그 집에 사는 네 여자

그 집에 사는 네 여자

미우라 시온

이소담 옮김

살림

일러두기

· 이 책의 주석은 모두 옮긴이 주입니다.

마키타가(家)에 사는 네 여자는 평일 아침 일곱 시면 식탁에 둘러앉는 습관이 있다.

이번 주 아침 준비는 사치가 당번이다. 어젯밤에 자수를 놓다가 탄력을 받아 조금만 더 하려다 결국 새벽까지 몰두해버렸다. 사치는 지금 잠이 쏟아져 정신이 없다. 진하게 내린 커피를 홀짝이며 긴 젓가락으로 프라이팬 속 달걀을 휘저었다.

식당에 난 베란다 창 너머로 아침 햇볕이 내리쬐는 마당 텃밭이 보인다. 텃밭이라지만 이 시기에는 대파 몇 줄기가 땅에서 삐져나온 게 전부다. 그중에 제법 큼지막한 파꽃이 달린 것도 있는데, 전골 요리에 질린 상태라 다 쓰지 못할 테니 저대로 말라죽을 운명에 놓였다.

텃밭 군데군데 꽂힌 나무젓가락은 금붕어나 장수풍뎅이의 무덤처럼 보이지만, 가을에 수확한 감자를 묻어뒀다는 표식이다.

겨울을 지내는 동안 조금씩 파내 먹었으나 전분질 섭취도 조만간 한계에 도달할 것 같다. 분위기로 보아 저대로 땅속에서 씨감자가 돼버리는 것도 나올 것이다.

지금은 대체로 갈색인 살풍경한 텃밭이지만 사치의 엄마 쓰루요가 정성을 다해 돌보는 덕분에 봄부터 여름에 걸쳐서는 녹음이 풍부한 작은 정글이 된다. 풋콩에 가지에 토마토에 탐스럽게 열매가 맺힌다. 사치는 여자 넷이서 이렇게 많은 채소를 때에 맞춰다 먹진 못하니 텃밭에 신경 좀 덜 쓰라고 쓰루요에게 부단히 부탁했지만, 쓰루요는 채소 귀신이 들러붙기라도 했는지 일사불란하게 벌레를 잡고 물과 비료를 아낌없이 준다. 쓰루요는 열매가 열리면 한동안은 기뻐하며 수확하지만, 채식에 금방 질려 "불고기를 먹고 싶구나. 더울 때는 기운 나는 걸 먹어야지" 한다. 이것 또한 쓰루요의 일상이다.

올해도 봄기운이 감돌면 쓰루요는 정신없이 흙 고르기를 할 테고, 여름에는 영원히 끝나지 않을 것만 같은 채소의 공격을 받겠지.

사치는 한숨을 내쉬며 텃밭에서 시선을 돌려 손에 쥔 프라이팬을 내려다봤다. 스크램블드에그를 너무 오래 익혔다. 방울토마토와 바삭바삭 구운 베이컨을 접시 네 장에 잽싸게 나눠 담았다.

달걀을 쳐다본 탓인지 아니면 내리쬐는 아침 햇빛 때문인지, 시야가 묘하게 누리끼리했다. 섹스에 지나치게 탐닉한 다음 날 아침에는 태양이 노랗게 보인다는 소리를 종종 들었는데, 아쉽게도 사치는 그렇게까지 섹스에 몰두한 경험이 없다. 시야가 노란

그 집에 사는 네 여자

것은 단순히 자수를 너무 오래 놓기 때문이다. 피로와 수면 부족이 세상을 노랗게 만드는 이유가 대체 뭘까. 사치는 그 이치를 잘 모른다. 그러나 천에 바늘을 따끔따끔 찌르는 일 말고는 시야가 노래져본 적 없다는 사실에 만족과 이유 모를 울적함을 동시에 느낀다.

이 감정들은 결국 '이대로 괜찮을까?'라는 자기 처지에 대한 불안과 초조이며, '그래도 이거 말고 하고 싶은 일도 없고 이렇다 할 불만도 없으니까'라는 체념 섞인 자기 긍정이기도 했다.

식탁에 접시 네 장을 올려놨다. 오븐 토스터로 두 번에 나눠 식빵을 굽고, 각자의 컵에 커피를 따르고, 취향에 따라 우유나 오렌지주스를 마실 수 있도록 여분의 컵 준비까지 마쳤다. 그때를 기다리기라도 한 듯이 엄마 쓰루요, 다니야마 유키노, 우에노 다에미가 식당에 들어왔다.

"좋은 아침이야."

아침 인사를 나누며 식탁의 각자 자리에 앉아 사치를 제외한 세 사람이 "잘 먹겠습니다" 하고 사치에게 인사했다.

"네, 맛있게 드세요."

사치는 각자의 요청에 맞춰 쓰루요와 유키노의 컵에는 우유를, 다에미와 자기 컵에는 오렌지주스를 따른 후에 세 사람과 함께 아침을 먹기 시작했다.

"소금을 너무 많이 뿌린 거 아니니?"

스크램블드에그를 먹은 쓰루요가 말했다.

"그런가?"

"괜찮은데요."

다에미가 웃으며 끼어들었다.

"빵이랑 같이 먹으니까 딱 좋아요."

"또 밤새웠어?"

유키노가 커피를 한 잔 더 직접 따르며 사치를 훑어봤다. 유키노와 다에미는 출근 준비를 마쳐서 화장도 옷도 완벽한 상태다. 출근을 하지 않는 쓰루요도 늘 그렇듯이 흰머리를 깔끔하게 틀어올리고 회색 카디건에 검은색 롱스커트를 차려입었다.

사치만 민낯에 머리카락은 푸석푸석하고, 사흘 내리 입은 남색 상·하의 저지 차림이다.

"그렇지, 뭐."

"피곤하시겠어요."

다에미는 사치에게 동정심을 보이지만, 차분하면서도 입 하나는 매서운 유키노는 호락호락하지 않다.

"이렇게 너저분한 여자가 그렇게 아름다운 자수를 놓다니 참. 실상을 알면 네 수강생들이 올 거야."

"안 울어요."

사치가 뭐라고 대답하기도 전에 다에미가 단호하게 말했다. 곧바로 "적어도 저는요"라고 덧붙이기를 잊지 않았다.

"저는 이 집에 와서 '선생님이 이렇게 고생하면서 작품을 만드시는구나' 하고 오히려 감동했는걸요."

"다에, 다정하긴. 고마워."

사치는 다에미에게 고마워하면서 상의 어깻죽지에서 냄새가 나는지 슬그머니 확인했다. 유키노가 지적하지 않았아도 슬슬 씻어야 한다고 자각하고 있었다.

"그렇게 사람 가리지 않고 비행기만 태우니까 이상한 남자가 달라붙는 거 아니니."

"비행기 태우는 거 아니에요. 사실을 말했을 뿐인데."

유키노가 기가 막힌다는 듯이 핀잔을 주자 다에미가 귀엽게 삐진 척했다.

"자, 슬슬 나가지 않으면 전철 놓칠 거야."

쓰루요의 재촉을 받고 유키노와 다에미는 허둥지둥 식빵을 입에 쑤셔넣고 커피를 마셨다. 세면대에서 이를 닦고 마지막으로 옷매무새를 확인하느라 한바탕 소란을 떤 뒤, 둘은 "다녀오겠습니다"라고 외치며 현관문을 열었다.

"우산은 챙겼니? 오늘 저녁부터 비가 온다던데."

쓰루요가 하는 걱정은 "우산 챙겼니?"나 "밥은 먹었어?"다. 이 세상의 어머니란 존재가 보통 그렇다면야 할 말이 없지만 사치로서는 마음이 복잡하다. 유키노와 다에미는 쓰루요의 딸도 아니거니와 무엇보다 이미 어른이다. 쓰루요의 오지랖 넓은 참견을 혹시라도 짜증스럽게 여기면 어쩌나 걱정되어 사치는 조마조마하다. 하지만 유키노와 다에미는 의외로 기쁜 모양이다.

"네, 챙겼어요."

"저는 늘 가방에 넣어둬요."

현관에서 둘을 배웅한 사치와 쓰루요는 어두컴컴한 복도를 걸어 식당으로 돌아왔다. 식당 창 너머 텃밭 옆을 마침 유키노와 다에미가 걸어갔다. 유리창을 사이에 두고 네 사람은 손을 흔들었다.

"슬슬 야마다 씨한테 유키노랑 다에랑 같이 산다고 말해야 하지 않겠어?"

"말해도 되지만."

쓰루요는 부엌에서 설거지를 시작했다.

"좀 번거롭기도 하고, 뒷문이 역이랑 가까우니까 뭐 어떠니. 야마다 씨도 이쯤 됐으면 눈치챘겠지."

"그럴까?"

쓰루요는 밖에서 일해보거나 자기 힘으로 돈을 번 경험 없이 규중처녀인 채로 일흔 살에 가까워진 여자다. 어떤 일에 솔선해서 나서는 경우는 거의 없고, 최대한 다툼을 회피하며 상대방이 알아차리기를 가만히 기다리는 성향이다. 즉, 말이 부족하다. 말수가 적다는 의미가 아니라 설명하는 능력이 떨어지는 쪽이다. 자기 생각을 남에게 전달하겠다는 의사 자체가 결여됐다.

쓰루요는 가끔 자기가 본 드라마 줄거리를 사치에게 들려준다. 사치가 아무리 열심히 들어도 등장인물의 관계가 모호하고 에피소드도 순서가 뒤죽박죽이다. 요령이 없다. 한 시간짜리 드라마의 줄거리를 설명하는 데 한 시간 반이나 걸린다. 결국에는 맥락하나 종잡을 수 없는 경우도 종종 있다.

"이런 걸 누가 줄거리라고 해."

사치는 화를 내지만 쓰루요는 아랑곳하지 않고 받아친다.

"나는 제대로 설명했는데 네 이해력이 나쁜 거야."

사치는 쓰루요에게 정리해서 말해달라고 부탁하기를 아예 포

그 집에 사는 네 여자

기했다. 그렇다고 쓰루요가 대화 상대로서 싱거운 존재인가 하면 신기하게도 절대 그렇지만은 않다. 쓰루요는 가끔 재미있는 표현을 쓴다.

며칠 전 일이다. 쓰루요는 밤늦게까지 깨어 있을 때가 많은 사치에게 문을 여닫을 때 조심하라고 주의를 줬다. 그때 했던 말은 이랬다.

"네가 문을 잡아 뽑을 기세로 여닫으니까 시끄러워서 잠을 못 자겠다. 유키노와 다에한테도 피해를 주잖니."

사치는 깊이 반성하는 동시에 "이야, '문을 잡아 뽑을 기세'라니 표현 한번 좋네"라고 감탄했다.

그건 그렇고 쓰루요는 이번에도 사정을 명확하게 설명하지 않고 시간을 흘려보낼 듯하다. 그렇게 해서 상대가 대충 알아차리고 이해해주기를 바라는 '떠넘기고 입 다물기 작전'을 쓸 모양이다. 사치는 '이래서 괜찮을까?' 하고 마음이 조금 심란했지만 공연히 끼어들었다가는 더 귀찮은 사태가 벌어질 것을 경험상 알고 있다. 엄마가 하고 싶은 대로 내버려두기로 했다.

"사치, 못 잤지? 설거지는 엄마가 할 테니까 너는 올라가서 좀 쉬렴."

"응, 고마워."

"오늘 교실 수업은?"

"이번 주는 토요일만 해. 장 보러 갈 거지?"

"해 떨어지면 추우니까 세 시쯤 갈까 해."

"같이 가. 자고 있으면 깨워줘."

사치는 현관홀로 나와 고풍스러운 나무 난간이 달린 계단을 올라갔다. 이 집에 사는 사람들의 손길을 수없이 받은 난간은 긴 긴 세월을 거치며 나뭇결이 부드러워졌다. 니스라도 칠한 것처럼 광택이 났다.

욕실은 2층에 있다. 욕실 청소도 당번제다. 목욕을 마친 사람은 탈의실에 걸어둔 자기 이름 팻말을 뒤로 돌려놓는다. 사치는 최근 일이 몰리는 바람에 목욕할 여유 자체가 없어서 팻말을 계속 돌린 채로 뒀다. 이번 주는 다에미가 당번이다. 어젯밤 마지막 순서로 목욕하고 욕실 구석구석까지 청소했나보다.

이 집은 어디 하나라고 꼽을 데 없이 낡았다. 부엌과 욕실만 수년 전에 리모델링했다. 동선을 고려한 시스템주방과 은색 대형 냉장고. 발을 뻗고 누울 수 있는 욕조. 천장이 높은 오래된 집에서 현대에 어울리는 몇 안 되는 물건이다.

사치는 타일 깔린 욕실에서 오랜만에 때를 밀고 간단히 샤워했다. 수세미로 대충 청소하고 욕실에서 나왔다.

냄새가 나기 시작한 옷을 세탁기에 집어넣고, 깔끔한 실내복으로 갈아입었다. 드라이어로 머리를 말릴 여력은 남아 있지 않았다. 2층 끝의 자기 방으로 들어가 책상에 흩트려놓은 자수 도구는 그대로 두고 침대로 뛰어들었다.

사치의 방은 서쪽과 남쪽에 창이 났다. 차츰차츰 위치가 높아지는 햇볕이 남쪽 창으로 내리쬐어 눈이 부셨지만 커튼도 치지 않고 잠이 들었다.

젖은 머리에 수건을 감고 침대에 엎드려 잠든 사치는 거대한

그 집에 사는 네 여자

고케시[*]처럼 보였다. 그 모습을 목격한 생명체는 마침 창밖을 날 갯짓하며 지나간 까마귀뿐이다.

쓰루요와 사치는 모녀지간이고 유키노와 다에미는 혈연관계가 아니다. 여자끼리 넷이서 기묘한 동거를 한 지 1년이 지났다.

사치와 유키노는 5년쯤 전에 묘한 인연으로 만나 친구가 됐다. 사치는 재택근무하는 자수 작가고 유키노는 니시신주쿠의 보험 회사에서 일한다. 사치는 태어나서 지금까지 엄마와 사는 이 집에서만 생활했지만, 유키노는 고향이 니가타고 대학교에 입학할 때부터 여기 마키타가에 굴러들어오기 전까지는 혼자 살았다.

직종도 처지도 다른 두 사람이지만, 둘 다 서른일곱 살에 독신이고 타인에게 지나치게 간섭하지 않는 성격이어서 마음이 잘 맞았다.

사치와 유키노는 사람을 잘못 본 계기로 만났다. 둘이 만났던 그날, 사치는 완성한 자수를 의뢰인에게 납품하기로 했다. 작은 편집숍을 경영하는 의뢰인은 사방 5센티미터 크기의 천에 귀엽게 변형한 교회와 마차, 꽃 자수를 놓아달라고 의뢰했다. 자수는 액자에 넣어 벽이나 정리장에 걸어놓는 소품용이었다. 사치의 작품은 사랑스러운 인테리어 소품으로 그럭저럭 인기가 있다.

사치는 자수를 넣은 액자 다섯 개를 정성껏 포장해 가방에 넣고 약속 장소로 나갔다. 편집숍은 시부야에 있는데, 가게가 협소한 까닭에 시부야역 앞에 있는 충견 하치코를 기리는 동상 앞에

---

[*] 손발이 없고 머리가 둥그런 여자애 모양의 일본 전통 목각 인형.

서 만나기로 했다. 적당한 카페에라도 들어가 물품을 확인받을 예정이었다.

평일 오후지만 누가 뭐래도 만남의 장소로 유명한 하치코 주변에는 사람이 많았다. 사치는 도쿄에서 나고 자란 토박이라는 자존심 때문에 하치코처럼 너무 유명하고 뻔한 장소에 다가서기 망설였다. 의뢰인과는 메일과 전화로 연락을 주고받았지 실제로 만난 것은 딱 한 번뿐이어서 얼굴을 정확하게 기억하지 못했기에 멀리서 하치코 주변을 둘러봤다.

분명 나이는 나와 비슷했고 이목구비가 시원시원하고 다소 고풍스러운 미인이었지, 하며 기억을 더듬던 사치는 하치코 꼬리 쪽에서 만나기로 한 상대로 짐작되는 모습을 발견했다.

사치가 달려가는 동안 상대의 시선이 몇 번쯤 이쪽을 향한 듯했지만 특별한 반응은 없었다. 그때 사람을 잘못 본 줄 알아차렸으면 좋았을 텐데 사치는 그 사람에게 말을 걸었다.

"스기타 씨, 오래 기다리셨죠. 죄송해요."

"저기……."

상대가 뭔가 할 말이 있는 것처럼 입을 달싹였다. 사치도 그제야 정신을 차리고 상대의 얼굴을 차근히 살폈으나, 스기타 씨인지 아닌지 확신하지 못했다. 상대는 사치의 스타킹에 줄이 간 것을 굳이 지적하지 않으려고 머뭇거리는 것처럼도 보였고, 생판 모르는 사람이 말을 걸어 당혹스러워하는 것처럼도 보였다.

어느 쪽일지 고민하며 사치는 자기 다리 근처를 티 내지 않고 확인하고는 상대방의 다음 말을 기다렸다. 그런데 어떤 대답 대신 하치코의 꼬리를 붙잡고 있는 것을 봤다.

'꼬리를 왜⋯⋯?'

당황한 그때였다.

"마키타 씨."

뒤에서 누가 이름을 불렀다. 돌아보자 이목구비가 시원시원한 여자가 웃으며 서 있었다. 그렇다면 새로 등장한 이 사람이 진짜 스기타 씨구나.

사치는 하치코의 꼬리를 붙잡은 사람에게 허둥지둥 고개를 숙였다.

"사람을 잘못 봤습니다. 죄송해요."

"괜찮아요, 신경 쓰지 마세요."

스기타 씨로 오해받은 사람이 너그럽게 대답했다. 사치는 진짜 스기타 씨와 스타벅스에 들어가 자수 액자를 건네줬다. 포장을 풀어 액자를 확인한 스기타 씨는 완성도에 지극히 만족했다. 그녀는 곧바로 작업비를 계좌에 입금하겠다고, 앞으로도 자수 작품을 많이 의뢰하겠다고 말했다.

작은 테이블을 사이에 두고 대화를 나누며 사치는 스기타 씨의 얼굴을 관찰했다. 이렇게 보니 진짜 스기타 씨도 스기타 씨로 오해했던 사람도 분명 미인이지만, 진짜 스기타 씨 쪽이 애교가 있었다. 그러는 사이에 머릿속에서 그녀의 얼굴이 흐릿해져서 미인이지만 흘러가는 구름처럼 인상이 흐릿한 얼굴이었다고 생각했다.

스타벅스에는 길어야 십오 분쯤 있었다. 스기타 씨는 가지고 온 편집숍의 쇼핑백에 액자를 소중히 넣고 가게가 있는 언덕길 쪽으로 올라갔다. 사치는 스크램블 교차로[*]를 건너 시부야역으로 걸어갔다.

도큐백화점 도요코 지점의 지하에서 식료품이라도 사려고 사치는 JR 개찰구로 가지 않고 하치코 앞을 지났다. 무심코 하치코를 봤는데 스기타 씨로 오해했던 사람이 아직 있었다. 여전히 꼬리를 붙잡고 서 있었다. 아니, 꼬리를 붙잡고 있어준 덕분에 일찌감치 까먹은 얼굴을 알아볼 수 있었다.

잠깐 망설였지만 사치는 그녀에게 다가갔다.

"아까는 죄송했어요."

그녀는 자기 앞에 선 사람이 조금 전에 사람을 착각하고 말을 걸었던 여자인 줄 금방 알아차렸다.

"아니에요."

차분한 대답이었다.

"원래 착각하는 사람이 많아서요."

"실례인 줄은 알지만."

호기심을 도저히 억누르지 못해 사치는 물었다.

"왜 꼬리를 붙잡고 계세요?"

"일 때문에 고객과 만날 약속을 했는데, 연세가 있는 분이세요. '하치코 동상이라면 아는데 당신 얼굴을 맨날 깜박해'라고 하셔서 '꼬리를 붙잡고 있는 여자한테 말을 거세요. 그게 저예요'라고 말씀드렸어요. 그런데 날짜를 잊어버리셨는지 안 오시네요."

---

[*] 시부야역 앞의 X자 형 횡단보도. 시부야역의 상징과도 같다.

그녀는 그제야 하치코의 꼬리를 놨다.

"휴대폰은요?"

"어르신이셔서 안 쓰세요. 어디서 쓰러진 것만 아니셨으면 좋겠네요."

사치는 왠지 모르게 그녀에게 호감을 느꼈다. 진짜 스기타 씨라면 입지 않을 평범한 정장을 입은 모습이 그제야 눈에 들어왔다. 처음에 왜 잘못 봤는지 의아할 정도다.

"원래 착각하는 사람이 많다고 하셨는데, 예를 들면 누구로 착각해요?"

"누구라고 할 것도 없어요."

약속이 사라져서 시간에 여유가 생긴 그녀는 사치와 대화를 해줬다.

"아는 사람 중 한 명쯤은 꼭 있는 얼굴인지, 엉뚱한 이름으로 불리거나 한참이나 일방적으로 말을 거는 경우도 자주 있어요. 친구한테 '어제 어디에 있었지'라면서 저는 전혀 간 적도 없는 곳에서 봤다는 소리도 툭하면 들어요."

"혹시 유체 이탈 같은 일 많이 겪는 체질이세요?"

"영감은 제로예요. 인상에 잘 안 남는 흔한 얼굴일 뿐이에요."

"스파이에 어울리네요."

"그렇겠네요."

둘은 허물없이 웃었다. 사치는 사교성이 좋은 편은 아니었지만 드물게도 이 사람이랑 좀 더 친해지면 좋겠다고 느껴 상대에게 명함을 건넸다. 메일 주소, 휴대폰 번호, 자수 작품을 올리는 홈페이지 주소를 적은 명함이다.

"괜찮다면 받아주세요."

그녀는 사치가 건넨 명함을 당황하면서도 받아들고 말똥말똥 쳐다봤다.

"자수 작가와 만나는 건 처음이에요."

"집에서 자수 수업도 하니까 흥미 있으면 연락주세요."

이것이 사치와 유키노의 첫 만남이었다. 사치는 당연히 유키노가 연락하리라고 기대하지 않았다. 오히려 너무 강제적이었다고, 자수 교실에 오라고 권유하려고 아무에게나 명함을 뿌리는 사람으로 오해했을지도 모른다고 후회하며 방에서 혼자 "아악!" 하고 괴로워했다. 얼마 지나지 않아서는 명함을 건넨 일 자체를 잊어버렸다.

한편 유키노 역시 사치를 나쁜 사람으로 보지는 않았다. 그저, 뭐 하자는 거였지, 붙임성 한번 좋은 사람이네, 라고 생각하며 사치의 명함을 가방 주머니에 그냥 넣어뒀다.

그 주 주말에 집에서 가방을 정리하다가 명함이 나와서 '아, 맞다' 하고 별생각 없이 컴퓨터로 홈페이지에 접속했더니, 아주 섬세하고 사랑스러운 자수가 실려 있었다.

묘하게 마음이 끌려 일단 메일을 보냈더니 사치에게서 답장이 왔다. 메일을 주고받다가 책과 영화 취향이 잘 맞는다는 것을 차츰 알게 돼 만나서 놀았다.

사치는 유키노의 얼굴을 도무지 기억하지 못해 약속 장소에서 두리번거렸고, 그 모습을 유키노가 지켜보면서 웃는 일이 반복

그 집에 사는 네 여자

됐다. 물론 지금은 그렇지 않다. 유키노는 다른 사람과 착각할 수 없을 만큼 소중한 친구이고, 사치의 머릿속에 깊게 새겨졌다. 사치 안에 새겨진 유키노의 얼굴은 도자기처럼 얌전하면서도 내면에 독기와 강인한 심지를 지녔다.

다에미는 유키노의 회사 후배로, 사치와 유키노보다 열 살이나 어리다. 대략 3년 전에 유키노가 있는 부서에 배정됐다. 체구도 자그마하고 귀여운 데다 일솜씨도 있어서 동료는 물론이고 고객들 사이에서도 금방 인기인이 됐다.

다에미가 수예를 좋아한다는 것을 알고 유키노가 사치를 소개했다. 사치는 집에서 일주일에 한두 번 자수 교실을 운영했다. 유키노를 따라서 견학 온 다에미는 그 자리에서 즉시 수강생이 됐다. 사치의 자수에는 뛰어난 기술과 센스, 마음을 자극하는 달콤함이 있기 때문이다.

수업을 마치면 사치와 같이 사는 엄마 쓰루요가 홍차와 과자를 대접한다. 거실 소파에서 여자로만 구성된 수강생들 예닐곱 명이 나이에 상관없이 수다를 떨며 오후의 한때를 보낸다. 토요일 수업에 다니기 시작한 다에미는 여기에서도 금방 섞여들어 부인들의 사랑을 받았다. 유키노도 가끔 따라왔지만 자수는 하지 않았다. 유키노는 단아한 외모를 가졌지만 손재주가 없어도 너무 없어서 자수 같은 섬세한 작업을 버거워했다. 그 대신에 대화에 참여했다. 잡지도 읽고 쓰루요를 도와 과자를 굽는 등 나름대로 즐겁게 마키타가에서 시간을 보냈다.

이런 식으로 사치, 유키노, 다에미는 수년간 교류를 맺었다. 그들 사이에 쓰루요도 끼어들어 막역한 사이가 되긴 했으나 설마 유키노와 다에미가 집에 굴러들어와 넷이 동거하게 될 줄은 예상도 못 했다.

이렇게 된 사정은 다음에 또 이야기하기로 하자. 아무튼 여자 넷이서 집안일 당번을 정해 같이 살게 된 지 1년이 지났다.

얼굴로 쏟아지는 햇빛을 견디지 못하고 사치는 정오가 조금 지날 무렵 눈을 떴다. 머리에 둘둘 만 수건을 풀자 샴푸 향이 퍼지며 아직도 축축한 머리카락이 뺨에 닿았다. 2층 세면대에서 잽싸게 머리를 빗어 묶고, 눈썹을 그리고, 블러셔와 립글로스를 발랐다.

집에서 일하다보니 자꾸 게을러져서 큰일이다. 각성하려는 마음은 있지만, 잠시 고민한 끝에 실내복을 외출복으로 갈아입지는 않았다. 저지 바지와 보풀이 잔뜩 인 스웨터지만 역 앞에 장을 보러 가는 것뿐이니 이대로도 괜찮겠지.

이를 변명 삼아 사치의 잠옷 겸 실내복 겸 외출복이 초라해지는 빈도가 늘었다. 지금은 신주쿠에 갈 때도 '같은 노선에 있는 역이니까 괜찮겠지'라는 게으른 판단을 해버린다. 이러다가 같은 지구 위라는 이유로 뉴욕이든 리우데자네이루든 민낯에 낡은 저지를 걸치고 나갈지도 모른다.

사치는 방으로 돌아와 책상 위의 천과 실을 대충 건드린 정도로 정리한 뒤, 1층으로 내려갔다. 쓰루요는 연어구이와 두부된장국과 고기감자볶음으로 점심을 먹고 있었다.

유키노도 다에미도 귀가 시간이 제각각이라 평일 점심과 저녁은 각자 알아서 먹는다. 식비를 포함한 생활비는 월초에 공동 자금 지갑에 넣는다. 이렇게 해서 필요한 것을 사는 식이다. 장보기는 보통 집에 있을 때가 많은 쓰루요와 사치가 담당한다. 각자 돈을 내서 산 식료품과 과자 중에 남이 건드리지 않았으면 하는 것에는 매직펜으로 이름을 써둔다.

다행히 네 사람 다 음식에 호불호가 강하지 않고 요리하는 것도 싫어하지 않으며 돈 낭비를 하지 않는 성격이어서 '자금 지갑'의 사용처나 만들어둔 반찬 분배 등으로 다투는 일은 생기지 않았다.

평일 저녁은 쓰루요가 만들 때가 많다. 시간이 지나도 데워서 먹을 수 있는 조림이나 카레, 햄버그스테이크를 랩으로 싸 냉동해두므로 보통 녹초가 돼서 퇴근하는 유키노와 다에미가 좋아한다. 꼭 그에 대한 보답은 아니지만 주말 저녁은 대체로 유키노나 다에미가 만든다. 사치는 주로 세탁을 담당하고, 당번제로 나누지 않은 배수 관련 이외의 집 청소, 마당 청소 등도 적극적으로 한다.

단, 이는 어디까지나 원칙일 뿐이다. 쓰루요는 워낙 기분파이고 밖에서 일하는 유키노와 다에미에게 미안하기도 해서 결국 사치가 집안일 전반을 도맡을 때가 많다.

아무튼 사치가 식탁을 들여다보니 남은 반찬인 연어구이와 고기감자볶음은 쓰루요 혼자 다 먹어치울 분위기였다. 그래서 사치는 부엌에 가서 물로 희석한 멘쓰유를 한손냄비에 붓고 끓여 냉동해둔 우동 면, 시금치, 냉동 유부를 찢어 넣었다. 마지막에는 달걀을 풀었다.

우동이 흐물흐물해질 때까지 끓인 후, 냄비째 식탁으로 옮겼다. 신문지 위에 한손냄비를 올리고 입에 물었던 나무젓가락을 쥐고 "잘 먹겠습니다"라고 말했다.

"냄비 받침쯤은 쓰렴."

낮 드라마를 보던 쓰루요가 미간을 찌푸렸다.

"에이, 괜찮아."

"너무 오래 끓인 거 아니니?"

"괜찮아. 난 부드러운 우동이 좋아."

"늙은이 같긴."

"엄마한테는 듣기 싫네요."

낮 드라마를 힐끔거리며 식사를 마치고, 이를 닦고 설거지를 한 모녀는 드디어 장을 보러 나섰다.

현관홀로 나왔는데 오늘 날이 좀 추운 것 같아 사치는 문 달린 신발장 겸 옷장에서 점퍼를 꺼냈다.

"엄마, 카디건만 걸치면 춥지 않을까?"

신발을 신으며 뒤를 돌아보니 쓰루요는 두툼한 숄을 빈틈없이 걸치고 있었다.

"너랑 다르게 나는 일기예보를 잘 체크하니까."

쓰루요는 사치 옆을 지나 무거운 나무 현관문을 열었다.

취미가 '일기예보 감상'이 아닐까 싶을 정도로 쓰루요는 몇 시에 어느 채널에서 일기예보를 하는지 완벽하게 알고 있었다. 매

　　　　　　　　　　　　　그 집에 사는 네 여자

일같이 챙겨 보며 날이 맑다, 비가 온다, 덥다, 춥다며 일희일비하곤 했다. 사치는 그때그때 필요에 따라 어떻게 입을지, 우산을 챙길지 말지 대처하면 된다고 생각한다. 하지만 쓰루요는 딸의 이런 무계획성에 화를 내다 못해 "그러니까 너는 자수를 할 때도 마감이 아슬아슬해서는 '아직 다 못 했어!' 하고 시끄럽게 허둥대는 거야"라고 하거나, "초등학생 때도 여름방학 그림일기를 미루고 미루다가 결국 엄마한테 부탁했지. 애초에 너는 태어날 때도 말이다, 출산 예정일을 한참 지나 잊어버릴 쯤에 진통이 와서 엄마가 얼마나 고생했는지 모른다"라며 점점 과거로 거슬러 올라가 나무란다.

엄마의 기분이 불길하게 흐른다고 생각하며 사치는 대꾸하지 않고 현관문을 잠갔다. 처마에서 나와 하늘을 올려다보니 물리적인 구름의 흐름도 안 좋았다.

"그러고 보니 저녁에 비 온댔지. 괜찮을까?"

"얼른 갔다가 얼른 돌아오면 돼. 저녁 때까지는 아직 시간 있으니까."

쓰루요는 부지 정면의 정문이 아니라 텃밭 옆을 지나 가옥을 빙 돌아서 뒷문으로 향했다. 텃밭 옆의 빨랫줄에는 잠든 사치를 대신해 쓰루요가 널어둔 네 명분의 속옷과 기타 등등이 바람에 넘실거렸다.

네 여자가 사는 마당 딸린 오래된 양옥집은 도쿄 스기나미구에 있다. 마침 젠푸쿠지강이 크게 굽어지는 곳이다. 강변에 공원이 조성돼서 가정집이 밀집한 주택지치고는 녹음이 풍부하다는 인상을 주는 동네다.

밭과 잡목림만 가득했던 이 동네에 도쿄 중심부나 지방에서 온 사람들이 마을을 형성하기 시작한 시기는 아마도 전쟁 전일 것이다. 전쟁이 끝난 고도 성장기에는 도쿄 인구가 폭발적으로 늘어나 교외가 바깥쪽으로 점점 확대됐다.

지금 스기나미구 근처는 교외라고 하기도 도심이라고 부르기도 어중간한 위치다. 가게가 밀집한 역 앞에서 조금 멀어지면 집 옆에 집뿐인 주택가다. 이렇다 할 산업이나 기업도 없어 베드타운이라는 표현이 꽤 잘 어울린다. 그러나 전철을 타면 신주쿠까지 십 분이면 간다. 통근에 두 시간은 걸리는 동네도 수두룩하다는 점을 고려하면 거리상으로 충분히 도심 범위에 들어간다.

사치는 이따금 이곳을 어중간하게 잠든 마을 같다고 생각한다. 마키타가에서 가장 가까운 역인 아사가야역까지 걸어서 이십 분이나 걸리니 더 그렇다. 한적하다고 하면 듣기 좋은데, 늘 겉잠이 든 것처럼 평범하고 고요할 뿐인 주택가다.

'무슨 수를 써서든 도시에서 살고 싶어'라는 갈망을 품는 것도 '정년퇴직 후에는 고향에 돌아가 느긋하게 살고 싶어'라는 몽상을 품는 것도, 이 마을에서 태어나고 자랐다면 불가능하다. 도시는 바로 옆에 존재하고 고향은 여기니까.

정신이 잠에 빠진 채 살아가는 죽은 듯한 마을. 한갓지고 평화롭다. 숨이 막힐 정도로. 도쿄에서 태어나고 자란 사람은 산소가 부족해 호흡하기 어려운 느낌, 갈 곳이라곤 아무 데도 없는 느낌, 가고 싶다고 생각조차 안 하는 느낌을 어려서부터 자주 맛봤을

　　　　　　　　　　　그 집에 사는 네 여자

것이다.

사치는 유키노를 대하다보면 눈이 부셔서 가끔 놀란다. 야심이나 포부 같은 그런 것에. 유키노는 도쿄에서 혼자 살아가려면 무슨 일이 있어도 일을 그만둘 수 없다고 자주 말한다. 말만 하는 것이 아니라 실제로도 기를 쓰고 일한다. 유키노가 태어난 곳은 자극적인 요소라곤 전혀 없고 일할 곳도 구청 이외에는 없어서 '그런 시골에선 죽어도 살기 싫다'고 한다.

"서른일곱 살 먹은 독신 여자라는 점에서 이미 그 동네에서는 끝장이야. 그렇게 되기 전에 결혼 안 하면 큰일이 난다고. 그런 곳, 끔찍하지?"

사치도 충분히 공감했다. 다만, 대체 어떤 '큰일'이 나는지 사실 감이 안 잡혔다.

"왜냐하면 넌 쭉 도쿄에서 살았으니까. 집도 있고 쓰루요 씨도 결혼하란 소리 안 하실 것 같고."

유키노는 사치가 마음 내키는 대로 살 수 있는 이유가 '도쿄'라는 장소 덕분이라고 한다. 그런 소리를 듣고 보면 사치의 환경은 축복받은 것도 같다. 그러나 쓰루요가 사치에게 결혼하라고 잔소리하지 않는 것은 이미 딸에게 그 어떤 기대나 희망을 품지 않기 때문이고, 애초에 쓰루요가 조금 독특한 사람이어서 딸의 결혼 문제 따위 어찌 되든 상관없다고 생각하기 때문이기도 하다.

게다가 유키노는 입으로는 고향을 지독하게 욕하면서도 의외로 애정을 느끼는지, 명절인 오본과 설날이면 귀성 전쟁에 시달리면서 부모님과 오빠 부부가 사는 고향으로 성실히 돌아간다.

그럴 때면 사치는 약간 쓸쓸하고 부러웠다. 초등학생 시절, 여름 방학이 끝난 교실에서 새까맣게 탄 친구들과 재회할 때와 비슷한 기분이다. 시골 할아버지, 할머니 집에서 즐겁게 놀다 온 여름 추억을 늘어놓는 친구들을 보며 귀성할 곳이 없는 사치는 혼자 뒤처진 기분이었다.

사치는 유키노의 야심 혹은 포부를 접할 때마다, 아니 접했다고 혼자 느낄 때마다 약간 위축된다. 자신 안에 그런 탐욕적인 부분이 없다는 것을 깨닫고, 그래서 성공을 못 하는지도 모른다는 생각이 들어 부끄럽다. 어려서부터 쌓인 쓸쓸함과 부러움이 소량의 질투로 바뀌었는지, '탐욕적이지 않은 점이 에돗코*의 미덕이야'라고, 따져보면 스기나미구는 에도라고 할 수 없는데도 속으로 허세를 부린다.

그런데 세상을 소란스럽게 한 반사회적 그룹 한구레**를 다룬 르포를 읽다가 그 그룹을 구성하는 주요 인물들이 스기나미구나 세타가야구 출신인 것을 알고 사치는 무척 놀랐다.

롯폰기에서 폭력 사건을 일으켰으며 구성원 중에 실업가로 성공한 사람도 있는 그룹이라니, 대체 어떤 존재일까. 사치는 버라이어티쇼 시청자 같은 호기심을 느껴 서점에서 발견한 그 르포를 샀다. 사치는 도쿄에서 태어나고 컸지만 롯폰기에 거의 가보지 않았다. 그 동네는 그냥 번쩍거리고 밤이면 다들 마약을 할 것 같

---

* 도쿠가와 막부가 에도에 터를 뒀던 시대에 에도에서 태어나고 자란 사람을 가리키는 말. 돈 씀씀이가 후하고 구질구질하게 굴지 않으며 남의 눈치를 보지 않는다고 한다.
** 조직폭력배와 달리 '동료 의식'으로 뭉친 범죄 집단. 주로 20대에서 40대의 젊은 층으로 이뤄졌다. 최근 들어 범죄 행위가 흉악해지면서 준폭력 집단으로 여겨지고 있다.

그 집에 사는 네 여자

다는 수준의 막연함만 있었다. 당연히 잘못된 생각이지만, 도쿄는 넓고 스기나미구 자택에서 자수만 놓는 사치에게는 텔레비전에서 보여주는 롯폰기가 전부였다.

그런데 르포에 따르면, 롯폰기에서 난동을 부린 그룹의 핵심 멤버에는 스기나미구 출신이 많다지 않나. 뭣이? 사치는 뺨이라도 맞은 기분이었다. 그들과 사치는 연령도 비슷했다. 그렇다면 사치가 사춘기가 왔는지 오지 않았는지도 모르는 청춘을 보내는 동안, 그들은 같은 스기나미구에서 탐욕스럽게 번뜩이며 야심을 키워 롯폰기 진출을 노렸다는 소리인가. 돈을 벌어서 멋진 차를 타고 섹시한 여자를 안고 싶어 스스로를 채찍질했을까? 스기나미구에서. 이 고요함만이 장점인 잠든 듯한 한적한 주택가에서.

사치가 '자수만 하다가 정신 차리고 보니 산 채로 죽은' 일상을 멍하니 보내는 것은 도쿄에서, 스기나미구에서 태어나고 자란 탓이 아니라 전부 자기 책임이자 성질 탓이었다. 야심이나 포부의 결여, 더 나아가 기개의 결여는 도쿄 사람의 특징이 아니라 사치의 특징이었다! 이 무슨 잔혹한 진실인가. 알고 싶지 않았다.

한구레 그룹이 태어나고 자란 스기나미구는 분명 여기와 매우 흡사한 평행우주의 장소일 것이다. 사치는 있지도 않은 SF 지식을 저 좋을 대로 적용해 불편한 사실에서 눈을 돌렸다.

아사가야역까지 이십 분 걸리는 길을 걸으면서도, 역 앞 상점가에서 채소와 돼지고기 따위를 사면서도, 사치는 생각했다.

'이런 느긋한 마을에서 기개를 어떻게 키웠을까.'

'어쩌면 도심이라고도 교외라고도 할 수 없는 어중간함을 참기

힘들어서 그들이 폭력적인 야심에 내몰렸을지도 몰라.'

사치는 버라이어티쇼 같은 망상에 또 빠져 흐린 하늘에 자기 영혼을 부유시켰다.

한편 사치와 동행한 쓰루요는 동백나무 생울타리 아래에 앉은 얼룩 고양이를 발견하고 "표정이 어쩜 저리 뻔뻔할까. 사치를 똑 닮았네"라고 혼잣말을 했다. 상점가 일각에 건설 중인 가게를 보고는 "무슨 가게가 들어오려나? 엄마는 카페가 좋겠는데" 하고 희망사항을 말했다.

이리하여 사치가 부유하던 영혼을 회수해 제정신을 차렸을 때는 대형 에코백이 어깻죽지를 파고들 정도로 무거워졌다. 쓰루요는 장지갑만 손에 들고 가볍게 걸었다.

"배추를 왜 한 통이나 사? 그리고 파는 마당에 있잖아."

"오늘 저녁은 전골이야."

대화에 논리가 없다. 늘 이렇다. 장을 본 사치는 하체가 부실한 산타클로스처럼 에코백을 몇 번이나 고쳐 들면서 집까지 이십 분이나 걸리는 길을 간신히 걸어갔다.

이 근방은 일방통행인 비좁은 길이 많다. 양쪽 길가에 키 높이쯤 오는 벽돌 벽과 생울타리가 이어지고, 단독주택, 빌라, 주차장이 슬롯머신처럼 반복해 나타난다. 그중에는 대문이 으리으리한 오래된 가옥도 있다. 전쟁 전부터 이곳에서 농사를 짓던 사람들 혹은 전후에 곧바로 토지를 사 이주한 사람들의 자손이 사는 집일 것이다.

사치가 사는 집은 토지와 가옥 모두 쓰루요 명의다. 벽은 벽돌

그 집에 사는 네 여자

로 쌓았다. 부지 면적이 백오십 평이나 되니 도내에서는 호화 저택이라고 불려도 지장 없다. 쓰루요의 조부가 전쟁 후에 바로 세운 이 집은 구조가 튼튼해 지금은 복고풍 양옥집이라고 불릴 만한 모습이다. 하지만 하도 오래돼서 바닥은 삐걱거리고 외풍이 심하며 복도는 어두컴컴하다. 마당도 제대로 관리가 안 돼 여름만 되면 사치가 아무리 애를 써도 잡초가 무성하게 자라고 거목이 된 녹나무가 가지를 제멋대로 뻗는다.

즉, 호화 저택의 실상은 누추하기 짝이 없다. 동네 초등학생들은 귀신의 집이라고 부른다. 그 말을 들었을 때 사치는 충격받기보다는 '하긴, 사는 사람도 귀신같긴 하지' 하고 납득했다.

쓰루요는 집안의 대를 이은 딸이다. 마키타가는 에도 시대부터 스기나미구 땅에서 농사를 지었다. 쓰루요의 조부 세대 때는 일가족 중에 유난히 우수한 인재가 많았다. 대대로 외교관으로 일한 먼 친척도 있다지만 사치는 만난 적이 없다.

종가의 자손인 쓰루요의 조부는 전쟁 전에 주식 혹은 선물거래로 한바탕 돈을 벌어 농사를 접고 무위도식했다. 그런데 쓰루요의 아버지가 맹한 사람이어서 마키타가의 자산은 축나기만 했다. 전후에는 소유한 토지를 야금야금 팔아 돈을 마련해 남은 토지에 맨션과 빌라를 세워 임대 수입으로 생계를 꾸렸다.

쓰루요로 대가 바뀐 후로는 맨션과 빌라 경영 능력도 서서히 궤도에 올랐고, 거품경제 시기에 부동산을 잘 팔아치워 목돈을 손에 넣었다. 현재 마키타가의 자산은 백오십 평 토지와 오래된 양옥집, 쓰루요가 평생 곤란하지 않을 저금이 전부다. 쓰루요의 딸이 평생 곤란하지 않을 금액까지는 아니어서 사치는 다가오는 노안에 대한 공포와 싸우며 매일 자수를 놓는다.

마키타가가 몇 대나 이어졌는지 모르지만 사치가 단성생식 기술을 개발하지 못하는 한, 양옥집에 사는 종가는 이번 대로 끊긴다. 마키타가의 자산도 마침 바닥을 보일 시기일 테니, 사치는 세상사가 제법 이치에 맞게 돌아간다고 내심 감탄했다. 다음 대를 이을 가족이 없기 때문에 토지와 돈을 유지하는 데에도 의욕이 생기지 않아 붕괴에 가속도가 붙는 것 같다.

사치와 쓰루요가 골목을 돌아 마키타가의 벽돌 벽이 보일 무렵이었다. 저녁이 되기를 기다리지 않고 갑자기 어두워지더니 하늘에서 비가 뚝뚝 떨어지기 시작했다.

"우산은?"

"배추랑 양배추 아래."

양배추까지 샀어? 그러니 무겁지. 우산을 꺼내느니 뛰는 게 빠를 상황이었다. 모녀는 걸음을 서둘렀다. 쓰루요는 일기예보를 곧이곧대로 미신처럼 믿기 때문에 매번 비에 젖거나 추위에 떨거나 더위에 신음하는 꼴이 된다. 미신에 휘둘려 오히려 손해를 보는 것 같아서 사치는 어처구니없다.

빨갛게 녹이 슨 뒷문을 열고 쓰루요가 먼저 마당으로 들어갔다. 사치는 차가운 비를 맞으며 '내가 내릴 줄 알았다니까' 하고 씁쓸하게 생각하며 뒤를 쫓았다. 얼른 현관 차양 아래로 뛰어가고 싶지만 에코백이 너무 무겁다. 그만 포기하고 멈춰 서서 축축한 지면에 에코백을 내려놨다. 옆에 초라한 텃밭과 빨랫줄이 있다.

어라, 널어둔 빨래가 없네. 사치가 생각했을 때 현관에 도착한 쓰루요의 목소리가 들렸다.

"어머나, 야마다 씨. 빨래를 걷어줬군요? 고마워요."

사치는 서둘러 에코백을 들고 현관으로 갔다. 차양 아래에서는 야마다에게서 쓰루요로, 두 팔을 한 아름 채우는 빨래가 옮겨지는 중이었다.

야마다 이치로는 수위실에 산다. 수위실이란, 마키타가의 정문을 들어오자마자 보이는 별채다. 판잣집을 겨우 면할 정도다. 쓰루요의 조부가 양옥집을 세우면서 창고 겸 서재로 같이 세웠다고 한다. 수년 후에 조금 손을 봤고, 야마다가 부모와 함께 그곳에서 살기 시작했다.

야마다의 부친은 원래 쓰루요의 조부에게 고용돼 농사와 자산 운용 등을 도왔다고 한다. 일꾼이자 집사였다. 야마다가 어려서 부모와 살던 집이 전쟁 때 불타는 바람에 야마다 일가는 몇 년간 나카노구의 친척 집에 몸을 의탁했다. 신세 지기 불편했지만 딱히 갈 곳도 없어서 어쩌면 좋을지 고민하던 차, 쓰루요의 조부가 통 크게도 "그렇다면 마당 별채에서 살지 그러나" 하고 제안한 덕분에 야마다 일가는 마키타가의 부지로 이사했다.

그로부터 60년 남짓. 야마다의 부모님은 세상을 떠났고 야마다도 여든 살이 됐다. 그는 단 한 번도 결혼하지 않고 마키타가의 이모저모를 지켜보면서 여전히 수위실에서 산다.

말은 수위실이라고 하지만 사치와 쓰루요가 그렇게 부를 뿐이다. 야마다는 수위가 아니다. 그저 부지 내에 살고 있을 뿐인, 세상 사람들에게 뭐라고 설명해야 좋을지 고민되는 관계, 수수께끼 같은 존재다. 야마다 이치로라는 평범한 이름부터 사치가 보기엔 가명 같은데, 본명이니 어쩔 수 없다.

야마다는 정년까지 작은 무역회사에서 일했다. 그때는 아침 여섯 시에 수위실에서 출근해 저녁 여섯 시에 수위실로 돌아왔다. 쓰루요의 증언에 따르면 그의 생활 패턴은 판에 박은 듯이 정확했다. 회사 일이라는 것이 그렇게 정확히 시작하고 끝나는 것인지, 정말로 무역회사에 다녔는지 진상은 분명하지 않다.

쓰루요의 기억이 정확하다면 거품경제 시기에도 야마다의 집세는 매달 2만 엔이었다. 셋째 주 일요일 오후가 되면 야마다는 정확하게 집세를 가지고 왔다. 퇴직 후에는 1만 엔으로 감액했고, 야마다는 여전히 셋째 주 일요일 오후에 지폐 넣은 봉투를 쓰루요에게 건넨다. 나이가 나이인 만큼 기세등등한 여름 잡초를 감당하지는 못하지만 마당 일도 간간이 해준다. 의리 있는 사람이다.

동거인이라고도 고용인이라고도 가족이라고도 할 수 없는 미묘한 관계인 야마다지만, 본인은 쓰루요와 사치의 보디가드를 자처한다. 정문 옆에 진을 치고서 쓰루요가 어렸을 때도, 사치가 태어났을 때도, 마키타가에 사람이 들락거리는 것도 야마다는 전부 지켜봤다. 쓰루요를 여동생처럼, 사치를 손녀처럼 생각하는지 '내가 두 사람을 지켜야 해' 하고 부탁받지 않은 사명감에 불탄다.

그러나 사치에게는 이런 골칫거리가 없다. 학생 때 밤을 새우고 집에 돌아오면 야마다가 수위실 앞에서 기괴한 체조를 하고 있었다. 사치는 부담스러웠다. 야마다는 '사치 아가씨가 아직 안 오셨어!' 하고 마음 졸이며 밤을 꼬박 새워 기다린 것이다. 성실하고 올곧은 노인임은 확실한데, 기분 나쁜 측면도 부정할 수 없다.

지금 야마다는 쓰루요에게 건넨 산더미 같은 빨랫감에 의심 어린 시선을 보냈다. 당연하다. 유키노와 다에미의 것도 포함한 네 여자의 빨래 양은 만만치 않다. 야마다에게는 유키노와 다에미가 동거한다고 보고하지 않았다. 동거인들의 존재를 알면 야마다가 더 의욕적으로 정문을 감시할지도 모른다. "통금입니다!" 같은 소리를 하면 속이 터질 것이다. 그러니 야마다에게 동거 사실을 일일이 보고해야 할 이유를 모르겠다. 귀찮다는 마음도 있어서 쓰루요도 사치도 말하지 못한 채 시간이 흘러버렸다.

네 명분의 브래지어니 팬티를 앞에 두고, 사치는 억지웃음을 지으며 변명했다.

"빨래가 좀 밀려서요."

그러고는 주머니에서 열쇠를 꺼내 현관을 열었다. 야마다는 말 없이 인사하고 나이답지 않게 다부진 걸음으로 수위실로 돌아갔다.

사치는 쓰루요를 먼저 현관홀로 들여보내고 이어서 들어가 손을 뒤쪽으로 돌려 문을 잠갔다.

"야마다 씨한테 좀 살갑게 굴어야지."

쓰루요는 식당과 이어진 거실로 가서 소파에 빨랫감을 놓았다.

"가족도 없이 처지가 딱한 사람이잖아."

나도 엄마가 죽으면 가족 없이 딱한 처지인데. 사치는 속으로 그런 말을 했다. 냉장고에 식료품 넣기는 일단 나중으로 미루고 쓰루요가 던져준 수건으로 머리와 옷을 닦았다. 부엌에서 손을 씻고 고기를 냉장고에 넣을 때 쓰루요가 와서 주전자에 물을 끓였다.

"살갑게고 뭐고. 애초에 야마다 씨는 우리 집에 왜 있는 건데."

"왜냐니?"

"가족이나 친척이 아니면 보통 같은 집터에 살지 않잖아. 그것도 공짜나 마찬가지로."

"인색하기는."

쓰루요는 단호했다.

"빨래도 걷어주는 좋은 사람이야. 야마다 씨가 있어서 곤란할 것 없잖니."

"야마다 씨 눈이 신경 쓰이니까 우리가 뒷문만 쓰는 거잖아."

"나는 전혀 신경 안 쓴다."

쓰루요가 사기 주전자에 찻잎을 넣었다.

"뒷문이 편하니까 쓰는 거야."

그렇다면 유키노와 다에미 얘기를 야마다에게 하면 된다. 결국 쓰루요도 야마다가 부담스러워서 피하는 것이다.

입주 고용인도 거의 사라진 현대 일본에서 관계를 규정하지 못하는 야마다가 곁에 있으면 아무래도 안정감이 없다. 평소에는 별로 신경 쓰이지 않지만 일단 신경 쓰이기 시작하면 신발에 돌멩이가 들어간 것처럼 짜증스럽다. 돌멩이를 얼른 꺼내고 싶은데 오가는 사람이 많은 길 한복판에 멈춰 서서 신발을 벗을 수도 없다. 아니, 신발 안에서 굴러다니는 그것이 정말 돌멩이일까? 정체 모를 무언가일지도 모른다.

사치에게 야마다는 그런 존재였다. 어릴 때는 야마다와 가까웠다. 휴일에는 마당에서 같이 놀기도 했고 쓰루요, 야마다와 셋이 함께 이노카시라 공원에 갔고 신주쿠 영화관에도 갔다. 야마다는 거의 아버지나 마찬가지였다.

그러나 언제부터인가 야마다가 조금 지긋지긋하게 느껴졌다.

사치는 아버지 얼굴을 모른다. 자세한 사정은 잘 모르지만 마키타가에 데릴사위로 들어온 사치의 아버지는 사치가 태어나자마자 집에서 나갔다고 들었다. 중학생 시절에 사치는 아버지가 사라진 원인이 야마다일지 모른다고 의심했다. 쓰루요가 언제나 곁에 있는 야마다를 매우 신뢰하는 것처럼 보였기 때문이다.

지금이야 쓰루요와 야마다가 남녀관계를 가진 적이 없다고 당연히 확신한다. 그러나 최소한 야마다는 쓰루요를 좋아하지 않았을까. 그러니 결혼도 하지 않고 계속 수위실에서 살며 쓰루요와 사치를 지켜온 것 아닐까.

이 의문을 떨치지 못해 사치는 자기도 모르게 야마다를 매몰차게 대했다. 쓰루요에게 야마다와 무슨 사이인지 대놓고 물어본 적도 있다.

"흥."

쓰루요의 대답은 이렇게 시작했다.

"무슨 말도 안 되는 소리니. 야마다 씨는 내 기저귀까지 갈아줬어. 나이 차이도 크게 나서 오빠나 삼촌 같은 사람이야."

"하지만 앙드레도 오스칼이랑 어려서부터 같이……."

"오숙할? 그게 뭐니, 사람 이름이야?"

발음을 듣고 이상한 한자를 조합한 억지 이름을 떠올리는 게

뻔히 보이는 억양이어서 사치는 설명하기를 단념했다. 모녀의 대화는 언제나 이어가기가 어렵다.

"그럼 야마다 씨는 왜 결혼 안 했을까?"

"그걸 내가 어떻게 아니. 야마다 씨를 이 집에 들러붙은 지박령이나 수호신이라고 생각해. 그냥 내버려두면 돼."

말이 너무 심하다. 쓰루요에게 야마다는 있는 게 당연한 존재, 딱히 방해도 되지 않는 공기 같은 존재인가보다.

사치는 쓰루요와 차를 마실 기분이 아니어서 식료품을 냉장고에 넣고 2층으로 올라갔다. 방 커튼을 치고 전등을 켜고 책상에 앉았다.

색색의 자수실 중에서 심홍색을 골라 바늘에 꿰었다. 하얀 토끼 눈에 아몬드 형태로 붉은색을 수놨다. 동화집 겉면에 쓰고 싶다고 출판사에서 의뢰한 작업이다.

바늘을 움직이다가 '나도 유키노랑 같아'라는 생각이 싹텄다.

지금 이 일을 절대 그만두고 싶지 않다. 생계 때문이기도 하다. 그러나 그 이상으로 머릿속에서 샘솟는 이미지, 바늘에서 천으로 쏟아져 형태를 이루는 아름다운 색채, 자수라는 행위 자체를 그만둘 수 없다. 어려서부터 그랬다. 사치 내부에 꿈틀거리는 숱한 생각과 감정은 말보다 바늘을 통해, 손 안에서 부드럽게 휘어지는 천과 실에서 바깥세상으로 해방됐다.

서서히 붉어지는 토끼 눈에 흡수되듯이 사치는 바늘을 계속 움직였다. 이윽고 생각까지 흡수돼 무의 상태가 됐다.

다시마로 국물을 내고 돼지고기와 두부와 파와 배추를 잔뜩 넣어 전골을 만들었다. 쓰루요가 김이 모락모락 나는 냄비를 불안하게 들어올려 식탁에 놓아둔 전열기로 옮겼다.

공기에 밥을 퍼서 막 먹으려는데 유키노와 다에미가 돌아왔다. 뒷문에서 마주쳤다고 한다. 아직 여덟 시 전이다. 드물게 이른 귀가였다.

넷이 전골냄비를 둘러쌌다. 오랫동안 단둘이 살아온 사치와 쓰루요는 식탁 의자가 전부 차고, 떠들썩하게 전골을 먹는, 오늘 같은 밤에는 자연히 마음이 들뜬다. 한편으로 언젠가 유키노와 다에미가 이 집에서 나갈 날이 오리라는 쓸쓸함을 성급하게 느끼기도 한다.

유키노는 청초한 외모와 어울리지 않게 육식파다. 그녀는 접시에 돼지고기를 건져 호쾌하게 먹었다. 화려하고 밝은 분위기인 다에미는 두부를 제일 좋아한다. 폰즈소스를 접시에 똑똑 떨어뜨려가며 벌써 혼자 두부 한 모를 해치웠다.

쓰루요가 부엌에서 두부를 추가로 가져와 배추와 함께 냄비에 넣었다. 뚜껑을 닫고 열이 통하기를 기다리는 동안, 넷은 젓가락질을 잠시 멈추고 작은 구멍에서 피어나는 하얀 김을 바라봤다.

"그런데."

유키노가 말을 꺼냈다.

"너 왜 택시 타고 왔어?"

"택시?"

사치가 놀라 다에미를 봤다.

"다에, 어디 안 좋니?"

아픈 사람 같지 않게 두부를 잘 먹었는데. 쓰루요까지 걱정스러운 시선을 보내자 다에미가 당황한 듯이 웃고는 얼굴 앞에서 손을 내저었다.

"괜찮아요, 정말 괜찮아요. 회사에서 나왔는데 길 건너편에 소짱이 있었거든요."

소짱은 다에미의 전 남친인 혼조 소이치다. 다에미보다 한 살 어린 스물여섯 살이고, 작년까지 사귀었다.

"깜짝 놀라긴 했는데 일단 전철을 탔어요. 그런데 퇴근 시간이라 지옥철이잖아요. 복잡해서 소짱이 쫓아오는지 잘 모르겠더라고요. 혹시 쫓아오면 안 되니까 만약을 위해서 고엔지역에서 내려서 택시를 탔어요."

뒷문에 도착해 택시에서 내리는데 아사가야역에서부터 걸어온 유키노와 마주쳤다.

"지겹구나, 끈질긴 남자는."

쓰루요가 얼굴을 찌푸렸다.

"그쪽도 택시 타고 쫓아오진 않았어?"

사치가 걱정했다.

"무엇보다 건너편에 있던 게 진짜 혼조 맞아?"

유키노는 의문을 제기했다.

"틀림없어요."

다에미가 힘줘 대답하고 연기하듯이 몸을 일부러 떨었다.

"그 새우등에 푸석푸석한 머리, 깐족대는 눈빛, 소짱이에요. 그래도 고엔지에서 택시를 탄 후에는 쫓아오지 않았다고 장담할 수 있어요. 일부러 빙 돌아서 골목을 여러 번 꺾어달라고 했고, 따라오는 헤드라이트도 없었고, 택시 기사님도 이상한 차는 없다고 말했거든요."

"기사님한테 사정을 설명했어?"

사치가 조심스럽게 물었다. "앞의 차를 쫓아가주세요"나 "미행당하고 있어요. 뒤에 따라오는 차를 따돌려주세요" 같은 말은 드라마에서만 할 수 있을 거라고 생각했다.

"네. 누가 쫓아오는 것 같다고요. 기사님도 흥분하시더라고요."

다에미는 천진난만했다.

"경찰한테 신고하는 게 좋을까?"

쓰루요가 냄비 뚜껑을 열어 두부 상태를 확인하며 중얼거렸다.

"증거가 없는걸요."

유키노가 후다닥 고기를 젓가락으로 집으며 말했다.

"전화를 걸거나 메일을 보내는 것도 아니고, 오늘도 다에미가 봤다고 할 뿐이니까요."

"그러면 꼭 제 망상 같잖아요."

다에미가 국자로 두부를 건지며 불평했다.

어쨌든 상태를 지켜보는 수밖에 없다. 문단속을 제대로 할 것. 불안하면 사치가 역까지 데리러 갈 테니 곧바로 연락할 것. 넷은 이상의 사항을 합의했다.

역시 야마다 씨에게 동거 사실을 밝히는 편이 낫지 않을까? 사치는 고민했다. 그러면 야마다도 다에미의 안전에 신경 쓸 것이다. 여자만 넷이서 대처하기보다는 여든 살이라도 남자가 곁에 있는 편이 아무래도 든든하다.

어차피 야마다도 대충은 알아차렸을 테다. 마키타가에 사는 인원이 늘었다고 이웃집은 물론이고 야마다에게도 알리지 않은 이유는 귀찮아서만이 아니다. 정보가 어디서 샐지 모르기 때문이다.

다에미가 이 집에 굴러들어온 이유는 혼조에게서 도망치기 위해서였다.

혼조는 다에미의 대학교 후배다. 둘은 학생 때부터 사귀었다. 그런데 혼조는 구직 활동이 잘 풀리지 않았다. 아니, 애초에 취직할 마음이 있기나 했는지, 대학교를 졸업하고도 백수인 채 혼자 사는 다에미의 아파트에 빌붙어 살았다. 이른바 기둥서방이었다.

그런 주제에 언젠가 엄선한 커피콩만 취급하는 카페를 열고 싶다느니 가게 한쪽에서 감각적인 잡화를 파는 것도 괜찮겠다느니, 공상하기 좋아하는 소녀도 꿈꾸지 않을 장래 희망을 늘어놓으며 다에미에게 돈을 달라고 졸랐다. 그리고 시장조사라는 명목으로 낮부터 카페에서 죽치며 살았다.

다에미는 오래 사귀었고 나쁜 사람은 아니니까 처음에는 긍정적으로 받아줬다. 하지만 그쯤 되니 "그거 정말 괜찮을까?" 하고 혼조에게 의견을 제시하기 시작했다. 그러자 혼조는 어떨 때는 훌쩍거리며 애걸복걸하고 어떨 때는 고압적인 태도를 취해 수단과 방법을 가리지 않고 다에미를 구워삶으려고 했다. 방에 둔 다에미의 돈을 멋대로 가져가기도 했다. 다에미가 그러지 말라고 화를 내고 나면 혼조는 꽁하게 다에미 말에 대꾸도 하지 않았다.

때로는 때리거나 떠밀기까지 했다.

　참다못한 다에미는 혼조를 내쫓고 방 열쇠를 바꿨다. 그러자 혼조가 한밤중에 찾아와 문을 두드렸고, 전화와 메일로 쉴 새 없이 다시 사귀자고 애원하는 사태가 벌어졌다. 다에미는 '빨리 나한테 질려주면 좋을 텐데' 하고 속 편하게 기다렸다. 그런데 회사 선배인 유키노에게 어쩌다가 혼조 이야기를 했더니, 마약 금지 포스터 같은 말이 돌아왔다.

　"안 돼, 절대로."

　유키노의 말을 빌리면, 혼조 같은 남자는 마약과 비슷한 수준으로 골칫거리다.

　"때리고 돈을 뜯어 가는 상대를 두고 질려주면 좋겠다고 안일하게 생각하는 시점에서 너는 혼조라는 마약에 빠진 거야."

　유키노는 열의에 넘쳐 다에미를 설득했다.

　"그 사람은 벌써 옛날에 너한테 질렸어. 그냥 돈이 필요하고 너한테 버림받으면 살지 못하니까 다시 사귀자고 하는 것뿐이야. 지금 손쓰지 않으면 질질 끌려서 사귀게 될 거다."

　오히려 내가 소짱한테 미련이 있었나? 소짱은 나한테 이미 질려버렸나? 다에미는 동요했다. 하지만 언제나 냉철하고 일도 잘하는 선배 앞이다. 추한 꼴을 보이고 싶지 않았다. 안간힘을 다해 아무렇지 않은 척 허세를 부렸다.

　"하지만 손을 쓰다니요, 어떻게……."

　"당장 빌라에서 나와서 우리 집에 와."

　유키노가 말했다.

"혼조라는 놈한테 들키면 위험하니까 이사도 도와줄게."

유키노가 말하는 '우리 집'이란 '자기 집'이 아니라 마키타가였다. 유키노는 그 시점에 이미 마키타가의 2층에서 살고 있었다. 동거인이 늘어나면 식비, 수도, 광열비가 저렴해진다. 친절한 선배 가면 아래에 그런 꿍꿍이를 감췄던 유키노는 쓰루요나 사치의 승낙은 나중으로 미루고 열심히 다에미를 꼬셨다.

그렇다면 유키노가 마키타가에 거주하게 된 사정은 무엇인가 하면, 지금부터 설명하겠다.

유키노는 보험회사에 취직한 후 계속 같은 빌라에서 혼자 살았다. 오다큐선 연선, 이즈미다마가와에 있는 빌라는 지은 지 40년쯤 된 목조 2층 건물로, 이름은 백합빌라다. 왜 백합인지 모를 허름한 빌라. 외벽에 칠한 갈색 페인트는 군데군데 벗어져 떨어졌고 외부 계단에는 주황색을 띤 정체 모를 녹막이도료가 도포됐다.

유키노 집은 서향이었다. 다다미가 뜨거워지는 단점도 있지만, 백합빌라에 대체로 만족했다. 역에서 도보 오 분이라 편리하고 붙박이장도 넓고 집세가 저렴했다.

그렇게 생각하는 사람이 많은지, 총 여섯 호인 백합빌라는 항상 거의 만실이었다. 입주자 대부분은 낡고 비좁아도 상관 안 하는 학생들이고 노인 한 명이 2층 끄트머리 집에 살고 있었다. 유키노의 바로 윗집이다. 즉, 백합빌라는 정기 수입이 그럭저럭 있는 직장인이라면 멀리할 건물이란 소리다.

유키노는 물건을 최대한 소유하지 않으려는 성향이어서 방이

좁아도 괜찮았다. 오래된 것도 별로 상관없었다. 어쨌든 15년 가까이 백합빌라에서 살아왔다. 유키노가 입주할 당시에는 백합빌라도 그렇게 오래된 빌라가 아니었고, 세월이 흘러 건물 여기저기가 부실해졌어도 일상의 한 풍경이었다. 매일 얼굴을 마주하면 부모가 나이 먹는 것을 자식이 잘 깨닫지 못하는 것과 비슷하다. 유키노는 1년에 두 번씩 귀성할 때마다 오랜만에 보는 부모님의 노화에 놀랐지만 백합빌라의 노화에는 무뎠다.

그렇다보니 유키노는 근처에 사는 주인집 일가와도 완전히 친해져서 백합빌라에서 쾌적하게 살았다. 그런데 어느 겨울날 밤, 일을 마치고 돌아와 현관문을 열었더니 방이 온통 물에 잠겨 있었다.

문을 연 채 망연자실 멈춰 선 유키노의 발아래로 신발 세 켤레를 놓으면 꽉 차는 현관에 고여 있던 물이 단번에 넘쳐흘렀다. 다다미 두 장 크기인 부엌 바닥은 완전히 침수됐다. 그 너머에 있는 다다미 여섯 장 크기 방 역시 축축해 보였다.

원인은 명백했다. 누수다. 현관 바로 옆의 조립식 욕실. 백합빌라는 30년쯤 전에 리모델링해 각 방에 조립식 욕실을 설치했다는데, 그 부근을 중심으로 천장에서 맹렬하게 물방울이 떨어지고 있었다.

유키노는 펌프스를 신은 채 방으로 들어가 축축한 물방울을 맞으며 욕실을 살폈다. 수도꼭지는 제대로 잠겼다. 그렇다면 이 물의 출처는 배치도가 동일할 터인 2층이다.

유키노는 즉시 몸을 돌려 녹슨 외부계단을 뛰어 올라가 할아버지가 혼자 사는 방의 문을 두드렸다.

"계세요?"

불러도 대답이 없었다.

욕조에 물을 받기 시작하고서 깜박하고 외출이라도 했을까? 유키노는 혹시나 하는 마음으로 문손잡이를 돌려봤다. 문은 잠겨 있지 않았다. 문은 쉽게 열렸고 그 사이로 물이 쏟아졌다.

불길한 예감이 들었다. 유키노는 자기 집보다 더 심각하게 침수된 그 집으로 들어갔다. 예의가 아니지만 펌프스는 벗지 않았다. 스타킹이 젖는 것이 싫었고, 신은 상태여야 무슨 일이 생겨도 재빨리 도망갈 수 있을 테니까.

여기 사는 할아버지와는 마주치면 인사를 주고받는 정도였다. 이름은 모른다.

"저기, 아무도 안 계세요?"

이렇게 부를 수밖에 없었다. 여전히 대답도 없고 기척도 없다. 다다미방은 비었으리라 짐작한 유키노는 이를 악물고 조립식 욕실의 문을 열었다.

수증기가 자욱하게 피어나는 그 안에 할아버지가 전라인 상태로 변기를 끌어안고 쓰러져 있었다. 욕조에서는 물이 콸콸 넘쳤다.

"어떡해!"

유키노는 할아버지 어깨에 손을 짚고 가볍게 흔들었다.

"괜찮으세요?"

의식이 없었다. 수증기 때문에 할아버지의 피부가 따뜻해서 살았는지 죽었는지 알 수 없었다. 유키노는 들고 있던 통근용 가방에서 휴대폰을 꺼내 119에 신고했다. 상황을 설명하며 한 손으로 수도꼭지를 잠갔다. 전화 너머로 기도 확보를 하라는 지시를 받았다. 할아버지를 일으키려고 당겼으나, 마른 노인이라도 힘이 쭉 빠진 데다가 욕실 겸 세면실 겸 화장실에서는 자세를 바꿀 만한 공간이 없어서 어려움이 있었다.

말도 안 되는 상황에 충격을 받아 울음이 터질 것 같았지만 의지로 참아냈다. 물이 흥건한 바닥에 가방을 내려놓고 할아버지의 양쪽 겨드랑이 뒤쪽에서부터 팔을 넣어 안았다. 그리고 간신히 부엌으로 끌고 나왔다. 그러고 보니 노인의 페니스를 보는 것은 처음이었는데 그런 생각을 할 상황이 아니었다. 천장을 보고 눕혀서 하라는 대로 턱을 젖혔다.

인공호흡을 해야 하나, 잠깐 망설이는 사이에 구급 대원이 도착했다. 여러 명이 할아버지 상태를 재빠르게 확인하고 담요로 싸서 들것에 실으려고 했다. 유키노는 그제야 할아버지 등에 문신이 선명하게 새겨진 것을 알아차렸다. 조금 전까지는 정신이 없어서 눈에 들어와야 했을 정보가 머릿속에 닿지 않았다.

얌전한 할아버지인 줄 알았는데 야쿠자였나. 유키노는 멍하니 생각하며 집주인에게 전화했다. 집주인 아줌마가 재깍 달려와 유키노와 함께 할아버지가 탄 구급차를 배웅했다. 그때는 다른 사람들도 "뭐야? 무슨 일이야?" 하고 밖으로 나왔다.

은빛 별이 반짝였다. 유키노는 뒤늦게 추위를 느껴 입고 있던 코트 단추를 목까지 잠갔다.

"이거 큰일 났네."

집주인 아줌마는 유키노의 방과 할아버지의 방을 둘러보고 한숨을 내쉬었다.

"리모델링하려면 많이 들겠어."

돈과 시간이 다 든다는 소리겠지. 이런 상황에서도 백합빌라를 철거할 생각은 없는 모양이어서 유키노는 감탄하는 동시에 경악했다. 젖은 다다미는 쿠션처럼 물컹물컹해졌다. 중고 가게에서 산 책상은 간신히 무사했다. 유키노가 유일하게 소중히 여기는 가구여서 불행 중 다행이었다. 붙박이장을 살펴보니 걸어둔 옷이 다 젖었다. 수납 박스에 넣어둔 덕분에 수난을 피한 옷 중 필요한 것을 골라 집주인 아줌마가 준 종이봉투에 담았다. 일단은 호텔에 묵는 수밖에 없다. 앞으로 일은 나중에 상의하기로 하고 유키노는 전철을 타고 신주쿠로 돌아가 비즈니스호텔에 묵었다.

다음 날은 토요일이었다. 유키노는 마침 신주쿠에서 사치와 차를 마시기로 했다. 구출한 검정 스웨터와 청바지를 입고 코트를 걸친 유키노는 통근용 가방을 손에 들고 기노쿠니야 서점으로 갔다. 이미 와 있던 사치가 눈치 빠르게 유키노의 변화를 알아차렸다.

"왜 그 가방을 들었어?"

사치가 물었다. 유키노는 빌딩 지하의 음식점에서 카레를 먹으며 사치에게 어젯밤 사건을 들려줬다. 사치는 끄덕끄덕 맞장구를 치며 "진짜 큰일이네" "그 할아버지는 어떻게 됐을까?" 하고 감상을 말하더니 이렇게 제안했다.

"그럼 리모델링 끝날 때까지 우리 집에서 지낼래?"

솔직히 말해 유키노도 사치가 그렇게 말해주리라 조금은 기대

그 집에 사는 네 여자

했다. 호텔에 며칠씩 묵을 정도로 윤택하지 않았다. 친구도 회사 동료도 결혼해 가족이 있거나 원룸에 혼자 살아서 피난처를 제공해달라고 부탁하기 어려웠다.

그러나 사치의 집은 다르다. 널찍한 마당이 있고 방도 여분이 있을 테다. 낡고 역에서 멀다는 단점도 눈감아줄 정도로 지내기 쾌적해 보였다. 유키노는 사치의 집을 방문할 때마다 '이런 집을 도쿄에, 그것도 23구* 내에 가졌으니 악착같이 일하지 않고 자수를 놓으며 살 수 있는 거지'라고 다소 심술궂은 마음을 품었다. 동거를 시작하고 사치가 어떻게 일하는지 옆에서 실제로 지켜본 후로 시샘했던 자신을 부끄럽게 여겼지만 말이다.

유키노는 곧장 백합빌라로 되돌아 갔다. 자질구레한 일용품과 옷 따위를 상자에 넣어 사치의 집에 택배로 보냈다. 그 길로 아사가야역으로 가서 토요일 밤부터 마키타가 2층의 거주자가 됐다.

역시나 마키타가는 지내기 쾌적했다. 다소 거북한 점이라면 부지 내에 거주하는 수수께끼 노인 야마다의 눈을 피하기 위해 뒷문만 이용해야 한다는 정도다. 회사에서 돌아와 혼자 사는 빌라에서 묵묵히 저녁을 먹던 과거와는 전혀 다른 세상이었다. 집 어딘가에 반드시 사람 기척이 있다. 마음이 내키면 사치의 방에 가서 자수를 놓는 그녀 옆에 앉아 밤늦게까지 수다를 떨 수 있다. 유키노는 마키타가로 이사하자마자 지친 탓인지 흠뻑 젖었던 탓인지 가벼운 감기에 걸렸다. 쓰루요는 죽을 만들어주고 밤에도

---

* 도쿄도는 23구와 시·정·촌으로 구성되는데, 이 23구는 도쿄도의 특별구로 인구가 과밀하게 몰린 지역이다. 도쿄의 핵심이라 할 수 있다.

상태를 보러 와서 냉각 시트를 갈아줬다.

이전의 유키노였다면 다른 사람과 함께하는 생활을 번잡하다고 느꼈을 것이다. 대학교에 입학한 이후로 유키노는 뭐든지 다 혼자 해왔다. 어른이니 당연하다고 생각했다.

그런데 그게 아닐지도 모른다. 경제적으로 자립해 혼자 사는 것은 어른이 됐다는 증거가 아니다. 진정한 의미에서 혼자 살 수 있는 인간은 없고, 돈도 어차피 천하를 돌고 돈다. 어디까지나 노동한 대가로 남에게 받는 것이지 유키노 본인의 가치를 나타내진 않는다.

양보하기도 하고 부대끼기도 하면서 누군가와 함께 살아가는 능력을 지닌 사람이야말로 어른일 것이다. 이렇게 생각이 바뀌었다.

나이를 먹어서 그런가? 유키노는 헛웃음을 지으며 욕실에서 쓰러진 할아버지를 떠올렸다. 리모델링 진척 상황을 들으러 집주인 아줌마에게 전화를 걸었다. 그녀는 공사가 완료되기까지 2주는 더 걸릴 예정이며 구급차로 병원에 이송된 할아버지가 세상을 떠났다는 소식을 들려줬다.

할아버지는 심장 발작을 일으켰고 유키노가 달려갔을 때는 이미 숨이 끊어진 뒤라고 했다. 기도 확보를 제대로 못 한 탓에 할아버지가 죽은 거면 어떡하지, 하고 내심 걱정하던 유키노는 할아버지 죽음의 전말을 알고 애도하는 동시에 조금 안도했다. 내 탓이 아니라 다행이라고.

할아버지 등에 있던 문신이 문득 머릿속에 떠올랐지만 집주인 아줌마가 그 사실을 아는지 굳이 묻지 않았다. 할아버지가 야쿠자였는지, 고지식한 기술 장인이었는지, 문신 마니아였는지는 미스터리로 남았다. 왜 이즈미다마가와의 빌라에서 혼자 살았는지, 가족은 있는지도.

할아버지의 삶이 이야기가 되어 유키노에게 전해지는 일 없이 끝났다. 그저 빌라 부지 내에서 마주쳐 인사를 나눌 때 미소 짓던 할아버지의 기억이 흔들거리는 그림자처럼 가끔 머릿속에 되살아날 뿐이다.

유키노는 집주인 아줌마에게 백합빌라에서 나가겠다고 했다. 아줌마는 진심으로 아쉬워했지만 사정이 사정이니만큼 이해한다며 보증금을 돌려주고 이사 비용도 부담해주겠다고 약속했다.

이리하여 유키노는 본격적으로 백합빌라에서 마키타가로 이주하게 됐다. 누수 소동으로부터 일주일이 지난 주말에는 이사를 마쳤다. 참고로 이때도 쓰루요와 사치에게 사후 승낙을 받는 형식으로 일을 진행했다.

그로부터 수개월 후, 스토커로 변한 전 남친에게서 도망치려는 다에미가 유키노에게 이끌려왔다. 쓰루요와 사치는 유키노 때도, 다에미 때도 똑같이 환영했다. 유키노는 예전부터 사치의 친구였고 다에미는 자수 교실에 다니니 이미 정이 들었다.

"맞다, 이거 알아?"

넷이 살게 된 이후로 사치는 가끔 말을 꺼냈다.

"우리, 『세설(細雪)』*에 나오는 네 자매랑 이름이 같아."

---

* 다니자키 준이치로의 소설. 오사카의 몰락한 자산가 가문 마키오카 집안의 네 자매가 중심이 되는 이야기다.

주로 밤에 넷이서 거실에 모여 있을 때 그런 말을 했다. 쓰루요는 고구마스틱을 먹으며 텔레비전 드라마를 봤고 유키노는 스트레칭이라면서 잠옷 차림으로 허수아비 같은 자세를 취했고, 목욕을 막 마친 다에미는 반바지를 입고 종아리 털을 뽑았다. 식탁에서 자수 도안을 그리던 사치는 그 모습을 보고 한숨을 쉬었다.

"그런데 우린 이게 뭐야."

"어? 저는 『세설』을 안 읽어봤어요. 애초에 소설을 잘 안 읽지만요."

다에미는 명랑하게 웃었다.

"나도 영화로만 봤다. 사치코를 연기한 배우가 아마 사쿠마 요시코였지. 너를 그런 대배우에 비유하다니 양심도 없구나."

"뭘 한탄하고 그래? 우린 『세설』이랑 비슷하게 살고 있잖아."

쓰루요는 코웃음을 쳤고, 유키노는 허수아비 상태로 고개를 갸웃거렸다. 사치는 다시 한숨을 쉬며 물었다.

"뭐가 비슷해?"

"쓰루요 씨는 속세를 벗어났고 사치는 세상 물정 모르면서 애쓰는 성격. 나는 남자라곤 그림자도 안 보이고, 다에는 남자에 한해서 분방하잖아."

"저기요, 잠깐만요!"

다에미가 족집게를 쥔 손을 높이 들었다.

"저는 분방하지 않아요. 지금도 봐요, 소짱이 언제 나타날지 몰라 덜덜 떠느라 다른 남자랑 마음 놓고 데이트도 못 하는데요."

"말은 그러면서 하고 있잖아."

한 가닥의 털도 허용하지 않는 다에미의 종아리를 보며 사치는 다시 한숨을 쉬었다. 사치는 겨울이면 나태해져서 체모 처리에 손을 놓는 타입이다.

"유키노, 너야말로 그렇게 남자가 없다고 당당하게 선언할 상황이야?"

"아무튼."

유키노는 허수아비에서 나무로 자세를 변경하며 이야기를 강제로 끌어갔다.

"『세설』도 제법 생생하고 추악하다고 해야 하나? 그야말로 생활 그 자체인 이야기였던 것 같으니까 괜찮아!"

뭐가 괜찮은지 모르겠지만 사치는 늘 그렇듯이 구워삶아져서 '그럴 수도 있겠네' 하고 생각했다.

전골을 다 먹은 네 사람은 분담해서 설거지를 하고, 이를 닦고 차례로 목욕을 한 뒤에 각자 방으로 들어갔다.

방에서 자수를 이어서 하려던 사치는 갑자기 불안해져서 바늘을 내려놓고 복도로 나왔다. 유키노는 아직 깨어 있는 것 같다. 다에미의 방은 이미 불이 꺼져 있었고 문 앞에 섰더니 새근새근 숨소리가 희미하게 들렸다. 한동안 나타나지 않던 전 남친이 또 스토킹을 시작한 상황인데 참 강심장이다. 그나저나 혼조도 참 문제다. 대체 어떤 계기로 '다에미는 어떻게 지내고 있을까?' 하는 궁금증을 가진 걸까. 헤어진 여자는 후딱 잊는 게 좋을 텐데.

사치는 1층으로 내려가 문단속이 잘 됐는지 재차 확인했다. 창문에는 셔터가 달려 있지만 오래돼 맞물림이 좋지 않다. 폭풍이 심하게 부는 게 아니라면 닫지 않는다. 커튼을 살짝 젖혀 잘 잠겼는지 확인하고 마당을 내다봤다. 야마다는 벌써 잠들었나보다. 수위실은 정문 곁에서 어렴풋한 윤곽이 된 채 어둠에 덮여 있다.

달력은 지금이 봄이라고 알려주지만, 오래된 집은 불기가 가시면 급속도로 추워진다. 거실과 이어진 식당, 그 옆의 부엌. 전부 이상 없다. 이어서 복도를 끼고 거실로 가서 계단 바로 옆인 쓰루요의 방 앞까지 갔다. 다다미방의 미닫이문을 열 것도 없이 늑대 울음소리 같은 쓰루요의 코골이가 복도까지 울렸다. 만에 하나 도둑이 침입하더라도 이 방 창문만큼은 피할 것이다.

사치는 복도 안쪽, 1층의 마지막 남은 방으로 시선을 돌렸다. 네 여자가 열리지 않는 방이라고 부르는 곳이다. 쓰루요는 창고 대신에 잡동사니를 넣어뒀다고 했지만, 사치는 어려서부터 쓰루요가 이 방에 들락거리는 모습을 본 적이 없다. 문이 항상 잠겨 있어서 안을 엿볼 수도 없다. 쓰루요가 말하기를, 오래전에 열쇠를 잃어버렸고 잡동사니 중에 딱히 쓸모 있는 것도 없어서 그냥 뒀다고 한다.

즉 열리지 않는 방인 채로 40년 가까이 지났다. 내부가 얼마나 엉망일지 상상만 해도 소름이 끼친다. 뒤뜰로 난 창에도 빛바랜 붉은 벨벳 커튼이 달려서 사정을 알 방도가 없다.

열리지 않는 방은 창이 잠겼는지 확인할 필요도 없다. 이곳이 열린다면 도둑 이전에 먼지나 쥐나 바퀴벌레가 집 안으로 뛰어들어와 마키타가는 멸망의 날을 맞이할 테지. 나무아미타불, 나무아미타불. 그날이 하루라도 늦게 오기를.

2층으로 돌아와 욕실을 들여다봤다. 왜 상하수도를 1층 부엌과 2층 욕실로 나눠 설계했는지, 사치는 이 집을 세운 증조부에게 의도를 물어보고 싶었다. 2층에 침실이 총 세 개 있는 점으로 미뤄보면 증조부는 아마도 아들 부부의 자식들이 목욕 후에 쌀쌀하지 않도록 침실과 욕실을 근접하게 설계했을 것이다. 하지만 태어난 애는 쓰루요 하나였고 현재 1층에서 잔다. 그래도 증조부의 배려 덕분에 사치는 목욕 후에 오는 한기는 모르는 채로 침대에 누울 수 있고 유키노와 다에미도 각자 방을 얻은 셈이다.

약간의 습기와 달짝지근한 샴푸 냄새. 네 여자가 몸을 담그는 욕조는 지금 다에미의 손길에 깨끗하게 씻겼다. 욕조의 텅 빈 공간이 밤공기에 닿았다. 꾸며내는 게 아니라 정말로 욕실 창문이 살짝 열려서 차가운 바람이 들어왔다.

아무리 창살이 달린 창문이라지만 조심성이 없다. 곰팡이가 생기지 않게 수증기를 빼려고 다에미가 마음 쓴 것이겠지만 스토커가 매복한 그날 밤에 하필 창문을 열어두다니. 정신머리가 없어도 이렇게 없을까. 사치는 짜증을 내며 욕실로 들어가 창문을 닫고 잠갔다. 타일에 남은 수분이 양말에 스며들어 기분 나빴다.

사치의 옆방, 유키노의 방은 아직 불이 꺼지지 않았다.

"잠깐 들어가도 돼?"

사치는 노크하며 물은 뒤, 곧장 문을 열었다.

"무슨 일 있어?"

유키노는 침대에 앉아 양다리를 벌려 스트레칭을 하며 주간지를 읽고 있었다. 사치가 보기엔 아저씨들이나 읽는 잡지인데, 유키노는 상사가 다 읽고 주는 그 잡지를 매주 성실하게 읽었다. 예능가십, 경제, 건강 정보까지, 아저씨들을 대상으로 하는 주간지 내용이 회사에서 대화를 나눌 때 도움이 된다고 유키노는 주장했다.

사치는 뒤로 손을 돌려 문을 닫고 연분홍색 러그에 앉았다. 유키노의 방은 물건이 적어서 언제 와도 깔끔하게 정돈된 모습이다. 출근할 때의 빈틈없는 차림과 달리 인테리어에 쓰인 색 조합이 아기자기하다. 침대 커버는 우아한 장미색이고 화장대 겸 책상은 고양이 발이 달린 고풍스러운 가구다.

다에미는 페미닌한 겉모습과 달리 방을 어수선하게 어지르고 지냈다. 옷은 옷걸이에 걸린 채 의자 위에 산더미처럼 쌓였고, 이사를 온 지 1년이 지났는데도 화장품을 상자에서 꺼내 쓰고 있다. 침대 바로 옆에 있는 벽에는 외국 축구 선수의 포스터를 붙여뒀다. 사치가 팬이냐고 묻자 누군지 잘 모르지만 근육 모양이 마음에 든다는 대답이 돌아왔다.

그런데도 남자에게 인기가 있고 동거까지 했다니, 연애란 심오하다. 그런 생각을 하던 사치는 '맞다, 다에 얘기를 하려고 했지' 하고 유키노를 찾아온 이유를 뒤늦게 떠올렸다.

"있지. 다에가 욕실을 청소하고선 창문을 그냥 열어뒀어."

"흐응."

유키노는 잡지를 옆으로 치우고 팔을 뻗어 발끝을 붙잡았다.

"그런데 그걸 왜 나한테 말해?"

"다에는 벌써 쿨쿨 잠들었거든."

"걔도 참."

유키노가 고양이처럼 낭창낭창하게 몸의 근육을 늘렸다.

"나도 조심하라고 말해둘게. 후훗."

"응? 뭐야, 왜 웃어?"

"내가 꼭 아버지 같아서."

"응. 너는 믿음직스러우니까."

사치는 신뢰와 고마움을 담아 한 말이지만, 유키노는 순간적으로 일종의 야유인 줄 알았다. 하지만 곧바로 사치가 진심인 것을 알아차리고 어이가 없었다. 사치에게 아버지란 대체 어떤 이미지일까. 유키노는 궁금했지만 캐묻진 않기로 했다. 자세히 들은 적은 없지만 마키타가에 아버지의 존재가 없는 것은 명백했으니 사치는 아버지가 어떤 존재인지 전혀 모를 것이라고 짐작했다.

"아니야."

유키노가 말했다.

"아버지 같다는 건 '응응, 내가 얘기해볼게'라고 적당히 대답해서 일을 귀찮지 않게 하려는 점이었어."

"어? 뭐야, 되는대로 말한 거야?"

"아니야, 다에한테 잘 얘기해둘게."

"응, 부탁할게."

완전히 안도한 사치를 내려다보며 유키노는 침대 위에서 책상다리를 했다.

"너는 꼭 엄마 같아. 일일이 신경을 쓰고 한밤중에 집 안을 둘러보고."

"그런가? 그럼 다에가 우리 딸이란 소리네?"

"필요 없는데, 그런 경박한 딸내미는."

"야, 말이 심하잖아. 그럼 우리 엄마는?"

"다에의 할머닌가?"

"노인 취급이나 하고. 그러다 엄마한테 죽는다?"

사치가 웃었다.

"다에도 걱정이지만 유키노, 너는 어때?"

"어떻다니 뭐가?"

"우리 집에서 살면 남자랑 사귈 때 아무래도 불편하지 않아?"

마키타가에는 불문율이 있다. 남자 출입 금지. 치정 싸움이 생기는 것을 미연에 방지하고 여자 넷이서 평온하게 살기 위한 이유도 있지만, 사실 유키노와 다에미가 굴러들어오기 전부터 모녀는 이 집에서 수녀처럼 매일 정갈하게 살았다.

사치도 학창시절에는 몇 명쯤 사귄 적 있지만 남자친구의 방이나 호텔에서 만났지 집에 데려와 쓰루요에게 소개한 적은 없다. 어차피 소개하더라도 쓰루요는 "흠" 하고 힐끔 쳐다보고 말 것이다. 그래놓고 상대가 돌아간 후에는 틀림없이 이러쿵저러쿵 품평하듯 말을 늘어놓겠지. 아아, 소름 끼쳐라. 사치는 몸을 떨었다. 모친이 딸에게 퍼붓는 신랄한 말에는 검처럼 날카로운 데다 뽑아내기 어렵게 가시까지 돋쳐 있기 마련이다.

사치는 상처받지 않으려고 남자라는 존재 자체를 집에서 멀어지게 하는 방법을 생각해냈다. 요즘은 일도 그럭저럭 바쁘고 자기 방에 틀어박혀 하는 일이다보니 만남 자체가 사라졌다. 최근

석 달 사이에 제대로 대화를 나눈 남자라곤 야마다뿐이다. 집은 커녕 사치 본인에게서도 남자라는 존재가 멀어진 느낌이다.

쓰루요의 연애 사정은 예나 지금이나 강철로 만든 베일에 덮인 것 같다. 사치도 별로 알고 싶지 않았다. 베일을 걷어내면 망막한 공백이 펼쳐질 것 같다. 그 사실을 목격하는 것이 "사실 남자를 백 명쯤은 너끈히 갈아치웠지"라는 소리를 듣는 것보다 무섭다.

"내가 나갔으면 좋겠어?"

유키노의 목소리가 들렸다.

"그런 의미가 아니라."

사치는 정신을 차리고 얼른 고개를 저었다.

"너는 회사에 다니니까 누군가와 만날 수 있을 거 아냐. 그러면 혼자 사는 편이 아무래도 편리하지 않을까 해서."

"이보세요."

유키노가 한숨을 쉬었다.

"밖에 나가면 호감을 주고받을 사람을 만날 거라는 거, 네 환상이야."

"그래?"

"그렇게 생각하고 싶은 마음은 이해한다만, 사귀는 상대가 없는 사람은 방에 있든 사람들 틈에 있든 어차피 외톨이야."

"잔혹한 진실이다."

"세상사가 원래 그렇답니다. 애당초 우리가 몇 살인 줄은 아니? 괜찮은 사람이 있더라도 대부분 결혼했어. 아니면 열 살쯤

어리지. 불륜에 빠지거나 한참 어린 남자에게 말을 걸 기력이 너한테 있어?"

"없어."

"나도. 그러니까 혼자 살지 않아도 연애에는 아무 상관없어."

그렇군, 사치는 완벽히 납득했다. 다에미를 보면 독신 여성이란 언제나 연애를 하거나 연애 관련한 문제를 안고 있는 것 같았다. 그런 에피소드가 없는 자신에게 문제가 있는 것일까봐 사치는 약간 불안했다. 그러나 유키노도 자신과 비슷하다는 것을 알게 되자 혼자 뒤처지지 않았다는 생각에 사치는 크게 안도했다. 동료가 있다는 이 든든함이란.

한편 유키노는 사치의 순진무구한 면모에 놀랐다. 사치가 아직도 연애 사냥터에 나가기만 하면 상대를 찾을 수 있다고 믿는 줄 몰랐기 때문이다. 사치가 한 말에 담긴 진심은 '나는 이 모양이지만 너는 아직 괜찮으니까 우리 집에 묶어두기는 미안해'였으나, 그걸 알아차릴 유키노가 아니다. 오히려 집에서 자수만 하니까 나이를 먹은 것도 깨닫지 못한 모양이라고 사치를 염려했다.

우리는 이제 연애 시장에서는 나머지 부류에 속한다. 그 나머지를 건드리려는 남자가 가끔 나타날지라도 어중간한 인간들이다. 가령 가정이 있는 주제에 적당한 연애 놀음을 즐기고 싶으나 젊은 여자를 돌아보게 할 정도의 매력이나 재력이 없는. 젊은 남자는 어떤가 하면, 세상에는 젊고 귀여운 여자가 넘치도록 있으니 역시 우리를 찾지 않는다. 이런 참혹한 현실을 사치에게 알려줄지 말지 고민하다가 '에라, 됐다' 싶어 유키노는 입을 다물었다.

　　　　　　　　　　　　　그 집에 사는 네 여자

어차피 사치는 바늘과 실과 천만 있으면 만족하는 사람이니까. 남자와 교제하고 싶다고 진심으로 바라는 것 같진 않았다.

유키노는 생각했다. 결국 사치도 자신도 타인에게 너그럽지 못하다. 무언가를 요구하는 것도 요구받는 것도, 허락하는 것도 허락받는 것도 귀찮다. 때로 자기 영역을 침범했다고 느낀다. 그런 인간은 혼자 있을 수밖에 없다.

백합빌라에서 살던 시절에는 한밤중에 갑자기 친구가 찾아오곤 했다. 양해도 구하지 않고 방에 들어와 수다를 떨면 '이거 뭐 하자는 거지?' 하고 화가 났다. 당시와 비교하면 유키노는 관대해졌다. 사치의 방문과 대화를 즐기기까지 하니까.

마키타가에서 타인과 함께하는 생활은 유키노에게 재활치료 같다. 부모님이나 오빠와 매일 싸우고 웃으며 지냈던 20년 전을 떠올리게 해준다. 자신의 리듬, 자신의 경제력만으로는 살 수 없었던 나날을. 자유가 없고, 취향을 반영한 인테리어도 없고, 간장이니 낡은 나무 기둥 냄새에 휩싸여 살았던, 애증이 반반 섞인 따뜻한 나날을.

"네가 우리 집에 있어서 다행이야."

사치가 이렇게 말하자, 유키노가 웃었다.

"갑자기 무슨 소리야."

유키노는 그때 나쓰메 소세키의 『마음』에 나오는 한 구절을 떠올리고 있었다.

'자유와 독립, 자기 자신으로 가득 찬 현대에 태어난 우리는 그에 대한 희생으로 모두가 이 외로움을 맛봐야 한다.'

그러나 거들먹거리지 않고 친밀감을 표현해주는 사치를 보면 외로움을 극복하는 유일한 방법은 남자나 가족 제도 따위가 아니라, 언제 끊어질지 모르는 느슨한 연대, 왜 같이 사는지조차 제대로 설명하기 어려운 지금 우리 같은 생활 내면에 있다는 생각이 들었다. 자수 실보다 가늘고 미덥지 못한 연결 안에 말이다.

외로움이라는 지옥. 그런데 이때까지 인간이 천국에서 살던 시대가 있긴 했던가?

유키노는 사치가 눈치채지 못하게 이번에는 숨죽여 웃었다.

그 후, '혼조가 스토킹을 계속하면 어떻게 대처할 것인가' '야마다에게 우리들의 동거 사실을 말하는 시기는 언제가 좋을까' 등을 의논했다.

전자에 대해서는, 사치는 역시 경찰에 알리는 편이 좋겠다고 제안했고 유키노는 괜히 혼조를 자극하면 좋지 않다는 의견을 냈다. 토론한 끝에 혼조가 출몰하면 기록을 남기고 증거가 좀 더 모이면 경찰에 갈 것. 그때까지는 동거인인 쓰루요, 사치, 유키노가 최선을 다해 다에미를 지키는 것으로 둘의 의견이 일치했다.

후자에 대해서는, 유키노가 "얼른 말하면 될 거 아냐"라고 말했고 사치가 "내가 왜? 엄마가 말해야지"라며 난색을 표했다.

"야마다 씨는 엄마의 오빠 같은 사람이자 보디가드니까."

그렇게 말하는 사치의 목소리에서 약간의 질투 혹은 토라짐을 유키노는 민감하게 감지했다. 야마다에게 엄마를 빼앗긴 기분일까, 그 반대일까. 설마 사치가 야마다에게 연애 감정을 품었을 리는 없다. 쓰루요와 야마다가 연애하는 사이라고 생각하기도 어렵

그 집에 사는 네 여자

다. 하지만 뒤엉킨 실타래처럼 복잡한 마음이 깔렸음을 감지하고 유키노는 지금까지 그랬듯 앞으로도 뒷문을 이용해 최대한 야마다의 눈에 들키지 않도록 조심하고, 그래도 야마다와 마주친다면 놀러온 척을 하겠다고 말했다.

사치는 유키노의 배려에 안심하며 고마워했다.

네 여자의 경계심이 무색하게 혼조는 한동안 잠잠했다. 시간이 흘러 봄이 시작되자 공기가 서서히 따사로워졌다.

정확히 말해 혼조는 한 달에 한두 번쯤 유키노와 다에미가 일하는 보험 회사 앞에 나타났다. 어느 날은 다에미가 일을 마치고 입구로 나왔을 때 도로 건너편에서 혼잡함에 뒤섞여 훌쩍 사라지는 혼조의 뒷모습을 보기도 했다. 또 어느 날은 가로수 그늘에서 혼조가 같이 집으로 가는 유키노와 다에미를 엿봤다.

혼조는 대체 뭘 하고 싶은 걸까. 말을 걸지도 않고 필요 이상으로 접근하지도 않는다. 매일 스토킹을 한다면 즉각 경찰에 신고할 텐데 혼조에게 그 정도 근성은 없는지, 잊을 때쯤에야 출몰하니 이게 또 민폐다.

혼조의 출몰 일기를 기록한 노트를 보며 사치는 한숨을 쉬었다.

"규칙성이란 게 없네."

2월 4일, 오후 일곱 시경. 2월 25일, 오후 여덟 시 사십오 분경. 3월 19일, 오후 일곱 시 삼십 분경.

'자유분방한 이리오모테살쾡이가 목격된 일시'처럼 법칙성 따위 없이 그냥 문득 생각나서 회사에 들렀습니다, 라고 말하는 숫자만 나열됐다.

"내가 밴드를 했다면 당장 멤버를 바꿀 거야. '드러머 급구'라고 잡지에 광고를 내겠어."

유키노는 저기압이었다. 다에미와 동거 중임을 혼조에게 들켰을 가능성을 고려해 유키노도 퇴근할 때 미행당하지 않는지 신경 써야 했다.

"그래도 어쩌면 우연일지도 모르잖아요."

다에미는 이 상황에서도 태평하다. 혼조에게 물러터졌다.

"우리 회사 근처에서 아르바이트를 시작했다거나."

"사람이 좋은 것도 정도껏이어야지."

쓰루요가 다에미의 말을 단호하게 잘랐다.

"무능력한 남자는 천재지변이 일어나도 일할 생각을 죽어도 안 해."

묘하게 실감 나는 말이어서 사치는 유키노와 시선을 주고받았지만, 현명하게도 말을 아꼈다. 괜히 덤불을 헤집다가 얼굴도 모르는 아버지를 향한 욕설이 튀어나오기라도 하면 곤란하다.

아무튼, 김빠진 맥주라고 해야 할까, 공포탄만 터지지 사냥감을 한 마리도 맞추지 못하는 사냥총이라고 해야 할까. 혼조가 하는 짓은 몹시도 성질을 긁었고 진절머리가 났다. 다에미 다음에 사귄 여자에게도 차이고 일하기 싫다는 이유로 자길 먹여 살려줄 여자, 즉 다에미 앞에 쪼르르 모습을 드러낸 게 뻔하다.

넷은 그렇게 결론을 내리고 노트에 기록이 조금 더 모이면 경찰에 신고하기로 결정했다. 혼조의 미적지근한 스토킹을 계속 방치했다가는 마키타가에 거주하는 네 여자의 재정 상태가 위험에 해진다. 혼조가 회사 앞에 출몰한 날에는 다에미도 유키노도 미행을 방지하기 위해서 가까운 전철역이 아니라 다른 곳에 내려 택시로 귀가해야 한다. 출몰을 확인하지 못한 날에도 지명 수배범처럼 뒤를 돌아보는 버릇이 생겼다.

"그래도요, 조금 '좋은 일'도 있어요."

삼치사이쿄야키*를 젓가락으로 바르며 다에미가 말했다. 혼조 대책 작전 회의로 변한 어느 날의 저녁 식사 자리였다. 세 사람은 다에미의 평범함에서 벗어난 긍정적인 마음가짐에 익숙했다. 내심 '또 시작이네'라고 생각하면서 조용히 이어질 말을 재촉했다.

"택시를 타면 운전기사님하고 얘기할 수 있잖아요. 꽤 재밌더라고요."

"그래? 나한테는 말을 안 걸던데."

강제적인 예상외 지출 때문에 유키노는 대단하게 분노하고 있었다. 사치는 대화가 평화롭게 이어지도록 서둘러 끼어들었다.

"무슨 얘기를 하는데?"

"얼마 전에 탔던 택시 운전기사님은 이런 말을 해줬어요."

다에미는 유키노의 분노에 아랑곳하지 않았다. 삼치를 먹으며 태연하게 말을 이었다.

"시외버스 운전기사님한테 들은 이야기래요. 친구인가본데, 버스 손님 중에도 독특한 사람이 되게 많대요."

"홈? 어떤 사람?"

---

* 생선을 달콤한 백된장인 사이쿄미소와 미림, 술 등을 더한 양념에 절인 뒤 구운 요리.

"시부야와 이케부쿠로 사이를 달리는 노선버스를 하루 내내 타는 할아버지가 있대요. 그, 경로우대권이라고 있잖아요. 그걸로 첫차부터 막차까지 운전석 바로 뒷자리에요, 매일같이 그냥 멍하니 앉아 있대요."

"한가한가보네?"

쓰루요가 중얼거리자 유키노가 받았다.

"그러게요."

"안면을 튼 승객이나 운전기사랑 얘기라도 나누나?"

사치는 궁금해서 물었다.

"저도 똑같이 물어봤는데요, 아무 얘기도 안 한대요. 이케부쿠로에 도착하면 시부야행을 타고 시부야에 도착하면 이케부쿠로행을 타고, 말 한마디 안 하고 그 노선을 왕복만 하나봐요."

꼭 버스의 신 같다.

"특별한 목적지가 있는 것도 아닌데 버스를 낭비하네" "치매라도 온 거 아닐까요?" "이왕에 경로우대권이 있으니까 버스를 갈아타고 멀리 나가면 좋을 것 같은데요" 등등 쓰루요와 유키노와 다에미는 할아버지의 알 수 없는 행동에 대해 나름대로 감상을 말했다.

사치는 가만히 있었다. 매일 버스를 타고 흔들리지만 어딘가로 가는 것은 아니다. 창밖 풍경을 보는지 아닌지도 불분명하다. 할아버지가 하는 행동의 압도적인 무위(無爲). 그렇지만 무위에서만 만들어지는 순수한 각오와도 같은 것이 느껴져 쓸쓸함인지 부러움인지 모를 감상에 잠겼다.

사치에게는 절대 남의 일이 아니었다. 노안이 와서 바늘을 잡지 못하게 되면 나도 할 일이 없다. 엄마는 그때쯤이면 세상에 없을 테고 유키노와 다에와의 동거도 끝났을 것이다. 가족도, 예전 동료라는 존재도 없는 나는 외톨이다. 할 일도 없고 대화할 상대도 없는 인간에게 남은 길은 지급받은 경로우대권을 들고 시외버스를 연달아 타는 것뿐이다.

문제는 사치가 노인이 됐을 때도 경로우대권이 과연 존재할지와 주변 시선에 굴하지 않고 할아버지처럼 의연하게 좌석을 점거할 수 있을지다.

노후를 생각하면 정신이 아득해진다. 그렇지만 노후를 맞이하기 전에 죽을지도 모르는데 정처 없이 우울해하는 것도 바보 같다. 분쟁 지역에서 매일 생명에 위협을 느끼며 살아가는 사람들은 노후는 생각도 못 할 테니까.

지금 당장 미끄러져서 머리를 박아 죽을 가능성도 엄연히 있는데, 거기에서 눈을 피한다. 이는 죽음에 대한 상상력의 결여가 아닐까. 노후를 생각하고 걱정할 때마다 사치는 이상하게 마음이 불편해진다. 이 불편함은 쓸쓸한 노후에 대한 불안이나 공포에서 온다기보다 노후가 반드시 찾아오리라 믿는 안온한 자신의 정신 상태를 수치스러워 하는 데서 오는 것 같다.

할아버지는 언젠가 버스 안에서 죽음을 맞이하지 않을까. 할아버지의 시체를 태우고 시부야와 이케부쿠로 사이를 끝없이 왕복하는 버스를 상상했다. 할아버지 이외의 사람이 내리고 또 타는 버스의 장렬한 운행을.

사치는 그날 밤, 방에서 자수 밑그림을 그렸다. 밤거리를 달리는 질푸른색의 버스. 승객은 곰과 여우와 다람쥐다. 그 안에 꽃에 파묻힌 채로 좌석에 앉은 노인이 있다. 사랑스러운 지옥도처럼 보이기도 하고 적적한 열반도처럼 보이기도 했다. 자수를 놓아도 수요가 없을 테니 상품으로는 탈락이다. 그러나 밑그림을 제법 잘 그려서 버리기는 아깝다. 밑그림을 보관하는 용도로 쓰는 사무용 하늘색 파일에 그림을 넣고 잠들었다.

꿈속에서도 할아버지를 태운 버스가 여전히 도로를 달렸다.

벚나무 가지에 부풀어 오른 꽃봉오리가 팝콘처럼 하나둘 터졌다.

이 시기가 오면 마키타가에 사는 네 여자는 가만히 있지 못한다. 언제 벚꽃놀이를 하러 갈지 일기예보와 다이어리를 살펴보며 의논했다.

"역시 다음 주 일요일이 좋겠어. 그다음 주말까지 기다리면 다 질 거야."

사치의 의견에 쓰루요와 유키노가 동의했다.

"서두르는 게 좋지. 벚꽃이 피는 시기에는 꼭 비가 내리니까."

"다에, 너 설마 데이트 있는 건 아니겠지?"

꽃가루알레르기가 있는 다에미는 마스크를 쓴 채 유키노의 추궁에 변명했다.

"데이트는 아닌데요, 미팅에서 꽤 괜찮았던 사람하고 만날 약속이."

"그런 걸 데이트라고 하지 않니?"

"······ 날짜를 바꿀게요."

참고로 사치도 꽃가루알레르기여서 콧구멍에 휴지를 쑤셔 넣고 마스크를 썼다. 이렇게 안 했다가는 망가진 수도꼭지처럼 콧물이 줄줄 흐른다. 다에미도 마찬가지로 코훌쩍이면서, 게다가 스토커 문제가 결말나지도 않았으면서 데이트할 상대가 있나보다. 사치는 그 사실에 굴욕을 느꼈다. 다에미를 약속 파기로 이끌고 가는 유키노의 명석한 두뇌에도, 고상하게 차나 마시는 쓰루요에게도 미워하는 마음이 생겼다.

머릿속에 안개가 낀 듯한 사치와 달리 쓰루요도 유키노도 노란 꽃가루를 전혀 감지하지 못한다. 그날 오후에도 사치는 쓰루요와 청소 방법을 놓고 티격태격했다. 쓰루요는 창문을 열어 환기를 하자고 요구했고, 사치는 자살행위나 마찬가지라고 결사적으로 반대했다. 결국 사치가 져서 거실과 식당의 베란다 창을 열었고, 그 덕분에 밤이 되도록 실내에서 마스크를 벗지 못하는 상황이 됐다.

"그럼 도시락은 나랑 엄마가 준비할게."

사치가 눈을 깜박이며 말했다.

"유키노랑 다에는 과자랑 마실 것을 준비해줘."

작년에도 같은 멤버로 벚꽃놀이를 갔다 와서 역할 분담은 확실했다. 일요일을 위해 각자 움직였다.

쓰루요와 사치는 상점가에 가서 필요한 식료품을 샀다. 유키노와 다에는 퇴근길에 신주쿠의 백화점에 들러 마카롱이나 찹쌀로 만든 오카키 과자, 백포도주 등을 조달했다.

벚꽃놀이 전날 밤, 다에미는 거실 창가에 휴지로 만든 테루테루보즈를 달았다. 다음으로 사다둔 캔맥주와 백포도주가 냉장고 안에서 시원해지고 있는지 확인하고 자기 방의 상자 더미에서 은색 보랭백을 끄집어냈다.

부엌에서는 쓰루요와 사치가 채소조림과 돼지고기조림을 만드는 중이다. 사치는 고깃덩어리를 연줄로 묶으며 조림 냄비를 들여다봤다. 쓰루요가 뚜껑을 열어 맛을 보는 참이었다. 토란은 간이 잘 배 차츰차츰 조청색으로 변해갔다. 당근은 꽃 모양 틀로 모양을 냈다.

"있잖아, 엄마. 예전부터 생각했는데 그거 벚꽃이 아니라 매화 모양 아니야?"

"듣고 보니 그러네."

쓰루요는 젓가락으로 당근을 집어 요리조리 살폈다.

"벚꽃을 보면서 매화를 먹는 게 또 풍류잖니."

그럴까, 고개를 갸웃거리는 사치를 무시하고 쓰루요는 달걀말이를 만들기 시작했다. 모양을 내고 남은 당근도 살짝 데쳐서 푼 달걀에 투입했다.

"어, 그걸 써?"

"당연히 써야지. 버리기 아깝잖니. 달걀말이 안에 오렌지색 벚꽃보라가 날리는 느낌이라 예쁘고."

"벚꽃이 아니잖아. 매화보라야."

"넌 이상한 거에 집착하는구나. 찔끔찔끔 자수나 놓으니까 그러지."

그 집에 사는 네 여자

"말이 되는 소리를 해."

모녀가 주고받는 대화를 들으며 유키노는 식탁에서 연어구이의 살을 발랐다. 달짝지근하고 포근한 조림 냄새가 집에 가득 찼다. 마키타가의 요리, 특히 쓰루요가 만드는 요리는 유키노 입맛에는 죄다 달다. 달걀말이에도 설탕을 넣어서 처음에는 놀랐다. 유키노는 조림에는 설탕을 쓰지 않고 미림으로 맛을 낸다.

시시껄렁한 소리를 툭툭 주고받는 쓰루요와 사치를 보면 자신도 고향의 엄마와 이랬는지 생각에 잠긴다. 유키노와 엄마 사이에는 좀 더 거리가 있었던 것 같다. 본가에서 나와 산 기간이 더 길어진 지금은 기억도 잘 안 나지만. 귀성해서도 서로 배려하면서 의중을 떠보느라 스트레스를 받는지, 보통 한 번은 다투고 화가 난 채 도쿄로 돌아오는 날을 맞이한다.

쓰루요와 사치는 사이가 좋다. 유키노에게는 그렇게 보인다. 사치에게 말하면 "으악, 절대 아니야" 하고 끔찍하다는 표정을 짓겠지만. 모녀는 사소한 일로 툭하면 싸우고, 큰일 나겠다 싶어 조마조마한 유키노를 뒤로하고 어느새 평소대로 돌아온다. 누가 사과하는 모습은 본 적 없다. 이렇다 할 계기도 없이 화해하는 모양이다.

유키노가 보기에는 이상했다. 쓰루요와 사치는 계속 단둘이서 살아왔으니까 거리감이 독특한지도 모르겠다. 아니면 보통 이런가?

타인과 동거하면서 유키노는 가족이란 정말 각양각색이라는 사실을 알았다. 현관에 들어섰을 때 나는 냄새가 가정에 따라 다르듯이 가족의 거리나 관계나 습관도 전혀 다르다. 차이점을 깊이 탐구할 기회가 딱히 없으니 직접 체험한 적 있는 가족관계를 보통이라고 여기기 쉬운데, 가족을 구성하는 인원이 다르니 완성된 가족의 형태도 당연히 무수하게 존재한다.

가족이라는 말에 근거 없는 안도감을 느끼고 다른 집들도 자기 가족과 비슷하게 생활을 꾸린다고 믿는다. 그러나 실상은 아니다. 쓰루요와 사치가 일반적인 가족의 거리감이라면 유키노가 자란 가정은 데면데면이라는 단어가 어울릴 정도로 서로 조심하고 예의 바르게 대했다.

실내에서는 알몸으로 지내는 가족이 있다고 해도, 화장실 휴지로 장문의 전언을 적어 대화를 나누는 가족이 있다는 말이 들려도 이제 유키노는 놀라지 않을 것이다. 가족에는 정형(定型)이나 전형(典型)이 없다는 사실을 깨달았다.

조림 냄비를 불에서 내린 쓰루요가 말을 걸었다.

"유키노, 얼마나 됐어?"

유키노는 연어의 가느다란 가시를 손가락으로 집어들고 대답했다.

"다 됐어요."

"고마워라. 그럼 준비 완료."

부엌에 나란히 선 쓰루요와 사치는 눈가가 닮았다. 두 사람이 나란히 웃으며 유키노를 바라본다.

유키노도 마주 웃으며 연어를 담은 접시를 들고 일어났다.

일요일 아침, 네 사람은 주먹밥을 만들었다. 재료는 두 종류,

명란과 연어였다.

사치와 다에미는 고양이 혀가 아닌 고양이 손이어서 김이 나는 밥을 앞에 두고 발만 동동 굴렀다.

"나 못 해, 못 해, 못 해, 뜨거워."

"장갑 끼면 안 돼요?"

어쩔 수 없이 쓰루요와 유키노가 삼각형 주먹밥을 척척 만들었다. 다에미는 "뜨거워, 뜨거워"라고 연발하며 주먹밥에 김을 둘러 도시락통에 담고 신문지로 부채질했다. 열기를 식히는 동안 쓰루요와 사치가 조림도 도시락통에 정갈하게 담았다. 유키노는 포도주와 과자와 비닐 돗자리를 전부 에코백에 담았다.

"다에, 맥주는?"

"보랭백에 넣어서 현관에 뒀어요."

"좋아, 그럼 갑시다."

유키노의 호령에 맞춰 네 사람은 출발했다. 에코백은 유키노, 보랭백은 사치가 들고 주먹밥을 담은 통은 봉지에 넣지 않고 다에미가 양손으로 들었다. 쓰루요는 손이 비었다.

현관을 나와 야마다의 눈에 띄지 않도록 특수부대처럼 재빨리 집을 빙 돌았다. 뒷문을 지나 젠푸쿠지강으로 향했다.

바람도 잔잔하고 햇볕도 따스했다. 화창한 봄날의 일요일이다. 가정집 마당에 벚꽃이 피어 마을 전체에 연분홍색 아지랑이가 깔린 것 같다. 벚꽃놀이 하기 아주 좋은 날씨였다.

사치와 다에미는 마스크를 쓰고 안경도 썼다. 사치는 평소 콘택트렌즈와 안경을 다 쓰는데, 다에미의 안경은 도수가 없어 꽃가루알레르기 시기에만 활약한다.

"몸이 그런데 도시락 먹을 수 있어?"

"당연히 괜찮지. 알코올이 들어가면 증상도 조금 나아지니까."

"편리한 꽃가루알레르기네."

대화를 나누다보니 젠푸쿠지강에 도착했다.

강변 공원에는 벚나무가 많았다. 산책로도 벚나무길로 조성해서 사람들이 붐볐다. 이 근방의 벚꽃 밀도는 아지랑이를 넘어 연분홍색 적란운 수준이었다. 꽃 아래에서 잔치를 벌이거나 산책하는 사람들은 구름 아래를 날아다니는 제비 같았다. 바쁘게 지저귀며 북새통을 팔랑팔랑 지나갔다.

"진짜 활짝 폈다!"

사치가 기뻐하며 유키노와 공원 구석에 얼른 돗자리를 폈다. 사치는 요 닷새간 쓰루요에 뒤지지 않게 일기예보를 주시한 보람을 느꼈다.

"아직 팔 할쯤 핀 거야."

쓰루요는 기뻐하는 딸에게 찬물을 끼얹는 것이 일상이다. 도시락통을 시트에 펼쳐놓고 앉았다.

"우리 상사가요, 다 피기 전이 제일 좋대요. 꽃도 여자도."

다에미가 포도주용 종이컵을 나눠줬다.

"완전 꼰대네. 그거 성희롱이잖아."

유키노가 젓가락과 캔맥주를 각자에게 건넸다.

"누구? 오카다 부장?"

"아, 네."

불온한 회사 얘기는 미뤄놓고, 사치는 휴대폰 카메라로 벚꽃을 찍었다. 자수의 자료로 쓸 계획이다.

사치는 5년에 한 번꼴로 봄이 몹시도 아름답다고 느낀다. 눈물이 날 정도로 고결하고 반짝이는 계절이라고. 왜 매년이 아닌지 잘 모르겠다. 올해가 그렇다. 그렇다고 해서 별달리 좋은 일이나 나쁜 일이 생기지 않는 것쯤 경험으로 알고 있다. 사치는 감격 어린 눈물을 참고 아무렇지 않은 척 굴며 벚꽃에 휴대폰을 들이밀었다.

촬영을 마치고, 우선 맥주로 건배했다. 내키는 대로 주먹밥이니 반찬에 젓가락을 뻗었다. 다에미는 돼지고기조림과 마카롱을 번갈아 먹었다.

"이 나이가 되면 앞으로 벚꽃을 몇 번 볼 수 있을까 싶어."

직접 백포도주를 따라 마시며 쓰루요가 감동에 젖었다.

"엄마라면 앞으로 서른 번은 여유만만하게 보겠는데?"

"저는 초등학생 때부터 앞으로 몇 번이나 볼 수 있을지 생각했어요."

다에미가 명랑하게 말해 다른 세 사람은 조금 놀랐다.

"다에, 지병이라도 있니?"

"아니요, 전혀요."

사치가 조심스럽게 물었으나, 다에미는 환하게 웃으며 고개를 저었다.

"초·중·고등학교 모두 개근상이에요."

"그건 건강함이 이상 수준에 도달한 것 같은데……."

사치가 질린 표정을 지었다.

"그런 사람이 어려서부터 '앞으로 몇 번' 같은 생각을 진심으로 하나?"

유키노가 무례한 질문을 던졌다.

"오히려 어렸을 때에 죽음을 생각하느라 잠 못 들고 그러지 않아요?"

다에미의 말에 사치는 '듣고 보니 그랬던 것도 같네' 하고 생각했다.

"그때 습관이 남았는지 벚꽃을 보면 반사적으로 앞으로 몇 번이나 더 볼 수 있으려나 생각해요. 정월도 그렇고요. 신기하게 크리스마스 때는 이런 생각이 전혀 안 드는데."

"의외로 섬세하네."

유키노가 또 무례한 발언을 했다.

"그럼요. 선배, 모르셨어요?"

"섬세함을 증명하는 다른 에피소드도 있어?"

"으음…… 지금 생각하면요, 초등학생 때까지는 불면증이 좀 있었어요."

뭐라고. 사치는 의외의 소리에 허를 찔렸다. 언제나 제일 먼저 잠들고 아침 먹을 시간에 아슬아슬하게 일어나는 다에미인데? 인간은 변화하는 생물인가보다.

"잠들기 위한 의식이 있어요. 이불을 덮고 똑바로 누워서 신께 기도를 드려요."

"다에, 특별히 믿는 종교가 있어?"

"아니요, 없어요. 저만의 의식이에요. '하나님, 부처님, 이나리님', 돌의 신님' 하고 속으로 기도문을 읊어요."

"⋯⋯돌의 신이라니?"

사치는 조금 전보다 더 조심스럽게 물었다.

"전에 살던 집 근처에 있던 석상이에요. 도조신**이라고 하나? 이나리님도 집 근처에 사당이 있었어요."

"⋯⋯그리고?"

"그리고 구체적인 소원을 속으로 읊죠. '엄마랑 아빠가 싸우지 않게 해주세요. 내일 수업시간에 걸리면 대답을 잘할 수 있게 해주세요. 오늘 다리를 살짝 삐었는데 빨리 낫게 해주세요.' 개인적인 일부터 세계 평화까지 떠오르는 걸 마구 읊어요. 많을 때는 소원이 백 개나 됐어요."

"백 개!?"

"네. 그러니까 잠이 더 안 와요. 걱정거리가 자꾸만 생각나서요. 매일 밤 '제발, 제발 부탁드려요' 하고 정신없이 기도했어요."

그건 좀, 정신 상태가 안 좋았던 건 아닐까. 사치는 그렇게 생각했지만 어린애들이란 어느 시대든 엉뚱하다고 하니까 판단하기 어려웠다. 밝고 건전함 그 자체인 지금 다에미를 보면 매일 밤 기도를 드리지 않은 자신이 이상한 것 같다.

"하긴, 어려서는 뭐든지 다 무섭고 불안했어."

사치의 마음도 모르고 유키노가 중얼거렸다. 유키노는 어린 시

---

* 풍작과 장사 번영을 관장하는 일본의 신.
** 마을 입구나 언덕, 길 등에 모시는 일본의 전통신. 그 마을을 지키는 역할을 한다.

절의 다에미가 어떤 마음인지 알 것 같았다. 명확한 말로 표현해 기도하진 않았지만 유키노도 밤을 맞이할 때마다 정체 모를 공포에 괴로워했다. 도와줘. 도와줘. 누구에게, 무엇으로부터 지켜달라고 갈망하는지도 모르면서 소리로 나오지 못하는 비명을 질렀다.

그건 뭐였을까? 어떻게 그 감각을 망각하고 어른이 돼 아무렇지 않게 살아갈 수 있게 됐을까. 유키노는 생각했다. 어쩌면 죽음과 폭력의 그림자가 나를 집어삼키려고 했을지도 모른다. 태곳적부터 인간을 노리는 것. 방의 장롱 뒤에, 바로 옆 안방에서 대화를 나누는 부모님의 등 뒤에 드리운 그림자에, 그것이 언제나 숨어 있었던 것 같다.

쓰루요로 말하자면, 유키노가 떠올린 언어화하기 어려운 감각과는 인연이 없다. 지극히 실리적이며 합리적인 인간이다.

"꽤 어른스러운 애였구나."

다에미의 말에 감탄한 듯이 말했다.

"난 어려서 급식 말고는 생각해본 적도 없어. 고래다쓰타아게˚가 나오면 좋겠다, 탈지분유를 남기려면 어떻게 해야 하나, 이런 거."

"메뉴가 전쟁 후의 잔해 같아."

사치가 기가 막혀서 지적했다.

"실례잖니."

쓰루요가 포도주를 종이컵에 한 잔 더 따르며 말했다.

"엄마가 초등학교 다닐 때는 그런 흔적 같은 건 남아 있지도

˚ 생강즙과 간장으로 밑간을 하고 녹말을 입혀 튀긴 일본의 향토 요리. 특히 고래 고기를 주재료로 한 고래다쓰타아게는 전후 일본에서 귀중한 단백질원으로 활약했다.

그 집에 사는 네 여자

않았어."

"자아. 먹죠?"

다에미가 오카키 봉지를 뜯어 내밀었다. 네 여자는 봉지에 손을 넣었고, 한동안 오카키를 씹는 소리가 돗자리 위에 울려 퍼졌다.

사치가 든 종이컵에 벚꽃잎이 하늘하늘 날아와 떨어졌다. 으스름달을 꽃잎 배가 가로지르는 것처럼 보였다. 이런 자수는 어떨까? 사치는 영감이 몸 안에 머물도록 둥둥 뜬 꽃잎과 함께 백포도주를 마셨다.

쓰루요의 예언대로 다음 날인 월요일에는 비가 내려 꽃샘추위가 찾아왔다.

사치는 오전에는 실내 공용 공간을 청소했고, 쓰루요와 함께 점심을 먹은 뒤에는 방에 틀어박혀 자수를 놨다. 여름용 손수건과 블라우스 장식, 왕골 가방에 달 싸개 단추 등 의뢰가 제법 들어왔다.

털실 양말을 신고 무릎 담요까지 덮어야 할 정도로 방이 추웠다. 이런 데서 여름용 무늬를 묵묵히 수놓는다. 갈매기, 형형색색의 아이스크림, 튜브, 수박. 바다를 떠올리게 하는 것이 많아 불만이다. 산도 괜찮잖아. 소나기구름도……. 하얀 손수건에 수놓은 하얀 구름을 달가워할 사람은 없겠지만.

빗줄기가 지붕을 때리는 리드미컬한 소리를 들으며 '매미는 어떨까?' 하고 생각했다. 바늘을 움직이던 손을 멈추고 책장에서 곤충도감을 꺼냈다. 매미는 역시 좀 멋이 없나.

사치는 빗줄기가 떨어지는 리듬에 묘한 소리가 섞인 것을 불현듯 깨닫고 도감에서 고개를 들었다. 뭐지? 고양이가 물을 핥는 소리처럼 들린다. 귀를 기울였다. 천장에서 들리는 빗소리와 다른 소리가 분명히 들린다. 옆방, 유키노의 방이다.

유키노와 다에미는 평소처럼 출근했다. 유키노가 고양이 요괴를 몰래 키우지 않는다면, 이건……

사치는 도감을 책장에 꽂고 서둘러 복도로 나왔다. 2층 방은 원래 어린이용으로 만들었기 때문에 잠금장치가 없다. 사치는 유키노의 방문을 힘차게 열었다.

물바다다. 뚝뚝 소리를 내며 천장에서 떨어진 빗물이 마룻바닥에 거대한 웅덩이를 만들었다. 연분홍색 러그가 있는 곳까지 물이 흘러들어왔다.

"꺅! 엄마아아!"

사치는 비명을 지르며 1층으로 뛰어 내려갔다. 쓰루요는 비가 오는데 쇼핑이라도 하러 갔는지 보이지 않았다. 유키노의 방 바로 아래는 거실 소파가 있다. 천장을 확인했는데 다행히 여기까지 비가 새진 않았다. 사치는 부엌 수납장에서 걸레와 수건 따위를 꺼내 2층으로 돌아갔다. 방바닥을 닦고 욕실의 세숫대야를 가지고 와 물방울 아래에 댔다.

그때쯤에는 누수가 더욱 심해졌다. 침대 위에서도 물방울이 떨어지기 시작했고, 처음부터 비가 새고 있던 곳은 이젠 샤워기 수준이었다. 사치는 초특급 속도로 1층에서 크고 작은 냄비를 안고 와 물이 새는 두 곳에 놨다. 침대는 아직 괜찮은데 방 한가운데는 큰 냄비를 놔둬도 채 삼 분이 되기 전에 물이 넘쳐버렸다.

이거 정말 비가 새는 거 맞아? 모르는 사이에 지붕이 날아간 거 아닐까? 사치는 울고 싶은 기분으로 냄비 수위를 지켜봤다. 가득 차면 작은 냄비와 얼른 바꾸고 큰 냄비의 물을 세면대에 버렸다. 다음에는 큰 냄비로 바꾸고 작은 냄비의 물을 버렸다. 이렇게 하다보니 침대에 둔 세숫대야도 꽉 찼다. 사치는 냄비들을 바꾸고 나르고 옮기며 유키노의 방과 세면대를 햄스터처럼 바쁘게 오가야 했다.

한 시간쯤 지났다. 이 상태가 계속되면 지쳐서 죽을지도 모른다며 사치가 두 손 두 발 들려는 순간이었다.

"다녀왔다."

쓰루요가 돌아왔다.

"엄마, 큰일 났어! 이리 좀 와요!"

"왜 그러니, 시끄럽게."

2층으로 올라온 쓰루요는 일단 느긋하게 사치의 방을 둘러보다가, "거기 말고 유키노 방!"이라는 외침을 듣고 옆방으로 왔다.

"어머나."

딸이 눈에 보이지도 않을 만큼 재빠르게 큰 냄비와 작은 냄비를 교체하고 있었다. 그러고 보니 얘, 둔한 주제에 다루마오토시* 하나만큼은 잘했지, 쓰루요는 생각했다.

"어쩌지?"

---

* 원통형 나뭇조각을 쌓아 그 위에 달마인형을 올리고, 이를 떨어뜨리지 않고 망치로 조각을 쳐내는 놀이.

사치가 반쯤 울며 쓰루요에게 묻고는, 일단 세면대에 가서 큰 냄비의 물을 버렸다. 서둘러 유키노의 방으로 돌아오자 쓰루요가 입구에 서서 팔짱을 끼고 천장을 올려다보고 있었다.

"누수가 보통이 아닌데."

"냄비를 계속 지키고 있을 순 없어. 나 벌써 지쳤어."

"응급처치를 해야겠다. 야마다 씨한테 부탁하자."

"유키노랑 다에가 들키는데!"

"좋은 기회잖니. 굳이 감출 일도 아니고."

"그러면 좀 더 일찍 엄마가 야마다 씨한테 말했으면 됐잖아."

누수 수리를 부탁하는 김에 동거인의 존재를 밝힌다면 야마다의 기분이 상하지 않을까. 사치는 걱정이었다. 누가 뭐래도 마키타가에 이변이 없는지 항상 눈을 빛내는 수위 야마다 아닌가. 자길 업신여겼다고 생각해 토라질 우려가 있다.

"그럼 네 방이라고 하면 되겠네."

"이런 소녀소녀하고 판타지한 방을? 내가 자수 도구 이외엔 아무것도 없는 소박한 방에서 자는 걸 야마다 씨가 아는데?"

모녀가 논쟁하는 사이에도 유키노의 방에는 물이 떨어졌다.

뚜욱, 똑, 또독, 툭, 톡, 뚜욱, 똑, 또독, 툭, 톡.

물방울이 내는 리듬에 맞춰 둘의 대화도 격렬해졌다.

"도대체 엄만 맨날 이러더라! 이 방을 보고 유키노가 막 울기라도 해봐. 수위실로 허둥지둥 달려가야 하는 게 누군데? 뒤처리를 도맡느라 번거로운 건 나란 말이야!"

"비가 샌 게 엄마 탓이니! 네 친구, 수해를 당하기 직전 아니

그 집에 사는 네 여자

야? 그렇게까지 말한다면 야마다 씨한테 무릎을 꿇든 애원하든 뭐든 할게. 그래, 하고말고. 하면 되잖니!"

예기치 못하게 어설픈 랩 배틀처럼 다툼으로 번지고 말았다. 침을 튀기면서도 물이 고인 냄비를 협력해서 세면대로 옮기던 사치와 쓰루요지만 결국 '도저히 안 되겠다. 야마다 씨를 부르자'고 합의했다.

무사안일주의의 대가를 치르기 위해 쓰루요가 우산을 쓰고 비를 맞으며 야마다의 수위실로 갔다. 사치는 2층 상황을 걱정하며 현관홀에서 팔짱을 끼고 발을 동동대며 기다렸다.

잠시 후 야마다가 왔다. 새까만 우비를 입고 손에 공구함을 들고 있었다. 쓰루요는 야마다 뒤에서 자기만 우아하게 빨간 우산을 쓰고 있었다. '잘 보렴. 엄마도 할 때는 하잖니. 당당하게 야마다 씨를 불러오는 것쯤, 식은 죽 먹기야'라는 말이 얼굴에 적혔다.

사치는 발끈해서, 교만한 표정을 지은 엄마에게서 시선을 떼고 야마다를 봤다. 비가 점점 본격적으로 내리나보다. 수위실에서 안채 현관까지 얼마 되지 않는 거리를 걷는 사이에 야마다의 우비가 흠뻑 젖었다. 야마다는 반들반들 새까만 점막 같은 우비를 탈피하듯 몸에서 미끄러뜨렸다. 우비를 어디에 둬야 할지 야마다가 고민하는 것 같아 사치는 옆의 신발장 겸 옷장에서 옷걸이를 꺼내 우비를 현관 손잡이에 걸었다.

우비 옷자락이 끌려서 현관 바닥에 축축한 물 흔적이 검게 퍼졌다.

쓰루요와 작업복 차림을 한 야마다가 신발을 벗고 올라왔다.

"어느 방이죠?"

야마다가 묻기에 사치가 대답했다.

"2층이요."

야마다의 키는 사치와 비슷한 정도지만 나이를 먹어도 눈이 새까매 안광에서 묘한 박력이 느껴진다. 야마다의 과묵함도 사치를 주눅 들게 하는 요인이다.

사치는 종일 자수만 놓아서인지 유키노나 다에미와 마주하면 시시한 수다를 늘어놓는다. 야마다처럼 묵묵히 마당 일을 하고 텔레비전을 보며 밥을 먹고 자는 생활을 하다보면 턱관절이 녹스는 건 아닐지 걱정이다.

한편으로 야마다의 과묵함은 일종의 포즈, 연기일지 모른다는 의심도 떨치지 못했다. 예전에 정문 앞에서 우연히 야마다와 마주친 적이 있는데, 그때 야마다는 츠타야 서점의 봉지를 들고 있었다. 사치의 시선을 알아차리고 부끄러운 듯이 이런 소리를 했다.

"사치 아가씨는 다카쿠라 겐*의 영화를 보십니까? 〈아바시리 번외지〉 시리즈는 항상 재미있어요."

사치는 〈아바시리 번외지〉 시리즈를 보지 않아서 아바시리라는 지명만 듣고 '추위를 견디기 위해 과묵하게 사는 사람이 주인공이겠지'라고 막연하게 생각했다. 다카쿠라 겐에게 반짝이고 경쾌한 매력이 있다는 걸 아는 팬이 들었다면 단도로 배를 한 방 쑤

---

* 다카쿠라 겐은 2014년에 세상을 떠난 일본의 국민 배우다. 과묵하고 의협심 넘치는 연기로 대중적인 인기를 끌었다. 이 다카쿠라 겐이 주연을 맡은 〈아바시리 번외지〉는 홋카이도의 아바시리 교도소에서 탈옥한 야쿠자 이야기를 담아냈다.

그 집에 사는 네 여자

시고도 남을 몹시 엉성한 인식뿐이었다.

그래도 이것만은 알았다. 야마다는 아무래도 다카쿠라 겐을 동경해 그처럼 멋있게 살고자 한다는 것을.

턱관절의 상태가 안 좋아서인지, 다카쿠라 겐처럼 굴려는 것인지, 야마다는 과묵하게 계단을 올라갔다. 사치와 쓰루요가 가만히 뒤를 따라갔다. 야마다는 물방울 소리에 의지해 헤매지 않고 유키노의 방을 들여다보고는 곧바로 뒤돌아 나와 계단을 내려갔다. 사치와 쓰루요는 2층 복도에 서 있었다.

현관문이 열렸다가 닫히는 소리가 났다. 야마다가 밖으로 나간 모양인데, 잠시 후 다시 문이 열렸다가 닫히고 흰머리와 어깨가 젖은 야마다가 2층으로 올라왔다.

"수도관 밸브를 잠갔습니다."

유키노의 방에 떨어지는 물의 양이 벌써 줄어들었다.

"비가 새는 게 아니었군요."

쓰루요가 천장을 올려다봤다.

"이렇게 샐 정도로 내리진 않으니까요."

야마다가 대답했다. 둘의 대화를 듣고 있던 사치가 놀라서 물었다.

"보통 2층 천장에 수도관이 지나진 않죠?"

"이 집은 네 할아버지가 설계해서 그런지 여기저기 이상한 점이 많아."

쓰루요가 한숨을 내쉬었다.

"문외한의 도락은 정말 무섭다니까."

마키타가는 지어진 지 70년 가까이 됐다. 이런 상태로 지금까지 잘도 버텼다 싶어 사치는 기가 막혔다.

원인을 알아도 대처법은 알지 못했다. 모녀는 여전히 못 박힌 듯 서 있었다. 대신에 야마다가 붙박이장을 열었다. 안에는 유키노의 옷이 들어 있었다. 평범한 통근용 정장과 소매에 프릴이 달린 일상용 옷이 가지런히 걸려 있었다. 투명한 수납 박스에는 속옷을 단정하게 말아 놨나보다. 케이스 너머로 알록달록한 색이 비쳤다. 레이스가 잔뜩 달렸을 것이다.

아아아, 사치가 동요하는 사이에 야마다가 붙박이장 상부의 작은 벽장으로 사라졌다. 작업복 바짓자락이 올라가서 야마다가 신은 남색 양말이 보였다. 스타킹 같은 소재에 정강이까지 오는 것이었다. 이른바 '아저씨들 양말'이다. 아아아, 사치가 또 동요했다. 요즘 세상에 저런 걸 신는 사람이 있을 줄이야. 회사원 시절에 사뒀던 것일까.

"사치 아가씨, 공구함을 좀."

야마다가 말했다. 사치는 방 한쪽에 놓인 공구함을 벽장 쪽으로 들어 올렸다. 벽장에서 내려온 손이 공구함을 움켜쥐고 어둠으로 사라졌다.

잠시간 천장 위에서 야마다가 기어 다니는 기척이 났다.

끼이익, 뚝딱뚝딱.

수도관을 수선하는 듯한 소리도 들렸다. 삐걱거리는 천장널과 낙하하는 물방울과 먼지를, 사치와 쓰루요는 방문 근처에서 지켜봤다.

　　　　　　　　　　그 집에 사는 네 여자

사치는 〈다락방의 산책자〉* 같다고 생각했다. 이대로 모르는 척 벽장을 닫으면 어떻게 될까? 유키노의 머리 위에서 서식하는 야마다를 상상하자 뭉근한 흥분을 느꼈다. 야마다가 숨은 줄 모르고 생활하는 유키노에게 느끼는 흥분인지, 아무도 본 적 없는 '혼자 있을 때의 유키노'를 엿보는 야마다에게 느끼는 흥분인지 사치 자신도 모르겠다.

"아가씨."

천장 위에서 야마다의 가라앉은 목소리가 들렸다. 사치는 막 잠이 들려다가 이름을 불린 것처럼 몸을 꿈틀거렸다. 쓰루요가 어리둥절한 시선을 보냈다.

"죄송하지만 밸브를 좀 열어주십시오. 물이 어디에서 새는지 모르겠군요."

쓰루요가 몽상을 꿰뚫어 볼 것 같아 사치는 시키는 대로 계단을 내려가 밖으로 나갔다. 안채 옆쪽, 지면에 끼워진 하늘색 뚜껑을 열고 수도관 밸브를 비틀었다. 처마에서 떨어진 빗물이 등을 마구잡이로 때리자 그제야 '왜 나야?'라는 생각이 들었다.

야마다는 '아가씨'라고 불렀을 뿐이다. 이 집에서 야마다가 '아가씨'라고 부르는 대상은 쓰루요와 사치 둘이다. 즉, 쓰루요가 밸브를 열러 와도 됐는데 얼떨결에 움직인 자신에게 화가 났다.

유키노의 방으로 돌아가니 침대 위쪽에서 또 물이 새기 시작했다. 야마다가 그쪽으로 기어가는 기척이 났다. 쓰루요는 여전

* 일본 추리소설의 아버지라 불리는 에도가와 란포의 단편을 원작으로 한 포르노. 한 남자가 지붕 서까래에 올라가 다른 방을 지켜보는 내용이다.

히 문가에 서서 "늦었잖니"라며 사치에게 턱짓으로 지시를 내렸다. 사치는 지시에 따라 냄비를 침대에 올려 물방울을 받았다.

사치가 밸브를 여닫으러 달려가고 야마다가 물이 새는 곳을 찾아 천장을 기어 다니는 일이 이후로 몇 번인가 반복됐다. 쓰루요는 무엇을 했느냐 하면, 두 사람의 작업을 묵묵히 감독했다. 사치는 쓰루요가 가진 '아가씨' 기질의 견고함, '어쨌든 남이 알아서 해주겠지 근성'을 절실히 깨달았다.

이 세상에 진정한 귀족이나 왕족이 있다면 파라오나 술탄이 아니라 쓰루요 같은 존재가 아닐까. 노예나 머슴은 없어도 가전제품이 일을 대부분 해준다. 사람 힘을 써야 하는 집안일은 치매 방지를 위한 일과라고 생각하면 된다. 파라오나 술탄도 사냥이나 승마를 즐기지 않았는가. 그것과 똑같다. 덧붙여 쓰루요는 쾌적한 의식주를 확보했고, 감기에 걸리면 곧바로 병원에 가 진찰을 받으며, 암살당할 위험도 전혀 없다. 정치나 후궁의 암투 때문에 골머리를 썩일 일도 없다. 무엇보다 의무에서 해방됐다. 무슨 수를 써서라도 자손을 남길 필요도 없고 객사할 자유도 있다.

이 정도로 다 갖췄다면 남아도는 여가를 활용해 피라미드나 모스크를 능가할 건조물 혹은 숙고에 숙고를 거듭한 최고의 예술작품을 창조할 법한데, 쓰루요가 이때까지 낳은 것이라곤 사치 하나뿐이다. 생산 활동과는 머나먼 영위를 담담히 이어가는 게 전부다.

너무 자유로워서 안 좋았을까. 그러고 보니 나쓰메 소세키가 그리는 등장인물도 억지로 고뇌를 짜내는 느낌이라 보고 있으면 "노동을 하시지?"라고 말해주고 싶은데, 고등실업자에게도 고등

그 집에 사는 네 여자

실업자 나름의 고뇌가 있다. 그런 것조차 없어 보이는 쓰루요에게 어울리는 단어는 무위였다. 모든 것이 무위여서 한가함을 주체하다 못한 끝에 고승 수준의 깨달음을 얻은 경지에 다다른 것처럼 보인다.

사치가 이런 생각을 하는 사이에 수리가 어느 정도 끝났다. 누수가 진정되자 천장에서 야마다가 내려왔다. 물기를 머금은 먼지가 진흙처럼 들러붙어 정글을 돌아다니는 병사 같은 꼴이었다. 옷장 속 유키노의 옷도 지저분해졌을 것 같아 사치는 조마조마했다.

"어디까지나 응급처치일 뿐이니 오늘 중에 설비 업체에 연락해두겠습니다."

야마다 귀환병이 말했다. 고맙다고 인사하는 사치 옆에서 쓰루요가 가볍게 고개를 끄덕였다.

"고생했어요, 야마다 씨."

감사 인사가 아니라 감상이다. 그런데도 야마다는 전혀 불쾌해하지 않고 오히려 기뻐했다. 엄마는 가전제품 이외에 충실한 수위도 손에 넣었다. 사치는 쓰루요의 근거 없는 가정 내 권력, 권위를 갖춘 태도에 새삼스럽게 질려 전율했다.

"리모델링하는 데 얼마나 들려나."

사치가 전율하든 말든 쓰루요는 벌써 현실적인 계산에 들어갔다.

"벽지하고, 어쩌면 마룻바닥도 교체해야 할지 모르겠군요."

야마다가 작업복 소매로 코를 문질렀다.

"그런데 이 방엔 누가 사시는지?"

"저저저저, 저요!"

사치가 손을 듦과 동시에 현관이 열렸다.

"다녀왔습니다."

다에미의 밝은 목소리가 들렸다.

다에미 바로 다음으로 유키노도 귀가했다. 유키노는 자기 방의 참상을 목격하고 절규했다.

마키타가에 사는 네 여자는 지금 거실 소파에 앉아 고개를 숙이고 있다. 정확히 말하면, 2인용 소파에 쓰루요, 사치, 유키노가 비좁게 끼어 앉았고 밀려난 다에미는 바닥에 무릎을 안고 앉았다.

맞은편 소파에는 야마다가 앉았다. 달라붙은 지저분한 진흙이 말라 전체적으로 갈색을 뒤집어쓴 노인이었다. 흙탕물에서 나온 요괴 같은 모습에 다에미가 힐끔 시선을 뒀다.

네 여자와 야마다는 저녁으로 사치가 서둘러 만든 볶음밥과 두부된장국을 먹고, 군법회의처럼 무거운 회의를 시작했다.

"우선 확실히 해야 할 것은."

쓰루요가 입을 뗐다.

"유키노가 수해를 당할 관상인지야."

응? 그거라고? 쓰루요를 제외한 전원이 생각했지만 이의를 제기하진 않았다. 야마다는 꼿꼿이 등을 펴고 소파에 앉아 꼼짝도 하지 않았다.

"어떠니, 유키노?"

쓰루요가 몸을 앞으로 기울여 사치 너머로 유키노를 봤다.

"누가 그렇게 지적한 적 없니?"

누가 그런 걸 지적하는데. 엄마도 참, 또 이상한 소리나 하고. 사치의 마음과 달리 유키노는 "그러게요" 하고 진지하게 생각에 잠겼다.

"예전에 자려고 누웠을 때 담배 피우지 말라는 말은 들었지만 수해는 딱히……."

"누구한테!"

사치가 저도 모르게 끼어들었다.

"잘 맞는다고 소문난 점쟁이한테. 대학생 때, 점을 좋아하는 친구가 있어서 같이 갔어."

"그거 사이비네. 잠자리에서 담배 피우는 건 당연히 위험하니까 조심하는 게 맞지만 너는 담배를 안 피우잖아."

"그렇지. 그래도 용하다 싶었어."

"왜?"

"우리 증조할아버지가 잠자리에서 담배를 피우다가 돌아가셨거든."

"진짜로요?"

다에미가 대화에 끼어들었다.

"장렬한데요."

"응. 가족이 발견했을 때 이미 불타고 있었대. 어려서 친척 집에 가면 증조할아버지가 쓰셨다는 방이 있어. 아직도 벽이 불탄 채로 남아 있고."

사치는 어둑어둑한 일본 가옥의 방을 상상했다. 모래벽 일부에 생긴 시꺼먼 얼룩을. 그러나 다에미가 말한 '장렬함'은 없고, 불꽃이라고 하면 떠오르는 격렬함이나 단말마의 각인도 없는, 그저 조용한 정경이었다. 누구라도 언젠가 삼켜지는 어두운 구멍, 누구라도 그곳을 지나 태어나는 어두운 구멍이 어쩌다보니 벽에 투영됐을 뿐인 것처럼.

사실 그것은 항상 거기에 있다. 바닥에 퍼지는 새까만 물. 벽을 핥은 새까만 불꽃. 우리는 모르는 척하고서 매일 살아간다. 그런 나날이 영원히 이어지기라도 할 듯이 울고 화를 내고 싸우고 웃는다. 그럴 뿐이다.

상상에 빠진 사치를 남기고 유키노의 증조할아버지 이야기가 이어졌다.

"증조할아버지가요, 양조장 도련님이었는데 알아주는 난봉꾼이었대요. 장례식에 가족도 몰랐던 애인에 숨겨둔 자식이 끝도 없이 몰려와서 유산을 내놓으라고 난리도 아니었대요. 엄마가 '우리 집의 몰락은 그때부터였어'라고 하더라고요. 계속 유복했다면 아버지 같은 사람하고 결혼하지 않았다고 말하고 싶나봐요."

"장렬하네요."

다에미가 또 말했다.

"그래도 몰락할 여지가 있는 것만으로도 좋은데요. 우리 증조할아버지는 뭘 하던 사람이었을까. 이야깃거리로 나온 적도 없었거든요."

이야기가 궤도에서 대놓고 벗어났지만 야마다는 묵묵히 등을 펴고 앉아 있었다. '증조할아버지'와 '무단으로 동거한 것에 대한 변명'이라는 서로 다른 차원의 공간을 이 상태에서 어떻게 이어야 할까. 사치는 수습할 방법을 몰라 고민했지만 억지는 쓰루요의 특기다.

"유키노와 잠자리 담배의 상관관계를 꿰뚫어 본 점쟁이가 수해 얘기를 안 했다면 괜찮은 거겠지."

갑자기 판정이 났다.

꿰뚫어 봤다기보다는 단순한 우연 혹은 일반론적으로 조심하라고 말했을 뿐 아닌가. 사치는 그렇게 생각했지만 물론 이번에도 입을 다물었다.

"그래도 너, 바다나 강에 놀러 가는 건 만약을 위해서 조심하는 게 좋겠어."

"그럴게요."

쓰루요가 진지하게 충고하자 유키노가 얌전히 받아들였다. 쓰루요야말로 점쟁이 같다.

"그래서."

그 대단한 다카쿠라 겐도 기다리다 지쳤는지, 야마다가 처음으로 입을 열었다. 그 전에 야마다가 언제 턱관절을 움직였는지 기억을 더듬으니 볶음밥을 먹고 "잘 먹었습니다"라고 했을 때까지 거슬러 올라갔다. 사치는 진지하게 야마다의 턱관절을 염려했다.

"사치 아가씨의 친구분이 여기에서 사신다고요."

"……네."

이미 체념한 사치는 더 깊이 고개를 숙였다.

"언제부터지요?"

"……1년쯤 전부터요."

"그렇게나……!"

야마다가 천장을 올려다봤다. 내가 동거인의 존재를 깨닫지 못했다니! 쓰루요 아가씨와 사치 아가씨의 보디가드를 자처한 내가! 늙었구나, 야마다 이치로! 이제는 직무를 포기하고 은퇴하거나 책임을 지고 할복하는 수밖에 없어!

이렇게 한탄하는 중인지 아닌지, 사치는 판단할 수 없었다. 야마다는 불완전한 다카쿠라 겐이어서 표정 근육으로 섬세한 감정을 표현하지 못하기 때문이다. 그래도 충격을 받았다는 사실만은 전해졌다.

"죄송해요, 야마다 씨."

사치는 사과했다. 어쨌든 가장인 쓰루요가 사과해야 옳겠지만 곁눈질해 살펴보니 역시나 여유만만한 태도였다.

유키노와 다에미도 야마다 노인이 얼마나 상심했는지 알아차렸나보다.

"당연히 인사를 드렸어야 했는데 죄송해요."

유키노가 고개를 숙였고, 다리를 편하게 됐던 다에미도 무릎을 꿇고 사과했다.

"어쩌다보니 타이밍을 놓쳤습니다. 죄송합니다."

"아닙니다. 저 같은 놈은 신경 쓰지 않으셔도 됩니다."

야마다는 마음을 다잡았는지 양손으로 가볍게 얼굴을 문질렀다. 마른 진흙이 벗겨져 거실 바닥에 떨어졌다.

"사실 대충 짐작은 하고 있었습니다. 하지만 두 분이나 늘었을 줄이야……."

　　　　　　　　　　　그 집에 사는 네 여자

유키노의 존재를 파악하지 못했으리라 사치는 짐작했다. 유키노와 다에미는 1년이나 이 집에서 거주했으니 야마다도 둘의 모습을 목격한 적이 있었을 것이다. '교실 수강생인가? 그렇다고 치기에는 자주 오는데' 정도로 의문을 품었을 것이다. 그러나 유키노는 인상에 잘 안 남는 타고난 특기를 발휘해 야마다의 머릿속에서 존재감을 드러내지 않았다. 야마다는 '아무래도 젊은 여자가 안채에 사는 것 같군'이라고 생각했지만 어디까지나 다에미만 인식했을 것이다.

대단한데, 유키노. 사치는 감탄 어린 시선을 보냈다. 유키노도 야마다 내면에서 자신이 숫자로 파악되지 않은 것을 눈치채고, 본의는 아니었지만 '고마워' 하고 사치에게 눈짓으로 인사했다.

"이게, 사정이 있어서요."

야마다의 상심을 달래려고 사치가 동거하게 된 경위를 설명했다. 살던 빌라가 침수돼 유키노가 거주지를 잃은 것. 다에미가 전 남친에게 스토킹을 당했고 지금도 가끔이지만 위협을 받는다는 것. 두 사람의 처지를 조금 과장해서 설명했다. 야마다가 지키겠다고 나서면 귀찮으니까 동거 사실을 보고하지 않았다는 것은 당연히 밝히지 않았다.

야마다는 "그것참" "호오" 하고 드문드문 맞장구를 쳤다. 설명을 다 듣고 나서는 등을 더욱 바르게 폈다.

"제게 맡겨주십시오."

상관의 명령을 경청하는 이등병 느낌이어서 저러다가 등이 뒤로 뒤집어질 것 같았다.

"이 야마다, 선대 어르신께도 신신당부를 들었습니다. 이렇게 됐으니 수상한 놈이 없는지 철저히 주의를 기울이겠습니다."

역시 흥분해서 나서는구나. 사치는 맥이 빠졌지만, 쓰루요는 미소를 지었다.

"의지가 되네요, 야마다 씨."

야마다는 감개무량하다는 표정이었다.

"다시 한번 잘 부탁드립니다."

유키노와 다에미가 입을 모아 흙투성이 야마다에게 인사했다.

유키노는 당분간 사치 방에서 자기로 했다. 생활 시간대가 겹치는 다에미 방이 여러모로 편리하지만 그 방은 상자의 전당이어서 유키노를 위한 공간을 마련하지 못하기 때문이다.

사치의 침대 옆에 손님용 이불이 깔렸다. 수해를 당하지 않은 잠옷을 찾아 입은 유키노가 누웠다. 사치는 책상에 앉아 자수를 놨다. 등을 구부정하게 굽히고 일사불란하게 바늘을 움직였다. 방의 전등은 이미 껐고 책상 스탠드만 사치를 비췄다.

야마다의 이야기를 들어보니 수도 설비는 내일 당장 와준단다. 하지만 리모델링은 업자 선정부터 해야 한다. 유키노가 회사에 출근한 사이에 사치가 젖은 이불을 말려주기로 했지만 어쩌면 새로 사야 할지도 모른다. 옷이나 가구나 소품도 젖은 것과 안 젖은 것을 나누고 손질해서…….

유키노는 한숨을 내쉬었다. 정말 수해를 당할 관상인가. 거울로 얼굴을 확인하는 것은 호들갑 떠는 것 같아서 양손을 들었다.

　　　　　　　　　　　그 집에 사는 네 여자

생명선이 손목 근처까지 길게 내려왔다.

"너무 밝니? 잘 수 있겠어?"

사치가 말을 걸자, 유키노는 당황해서 손을 이불 위로 내렸다. 사치가 기지개를 켜며 얼굴만 이쪽으로 돌렸다.

"괜찮아. 코 골지 모르니까 미리 사과할게."

"나도."

사치가 웃었다. 다시 책상으로 고개를 돌려 바늘을 손에 쥐었다. 리드미컬한 진동처럼 사치의 오른팔이 움직였다.

옆으로 누워 그 모습을 바라보며 유키노가 말했다.

"미안해, 사치."

자기가 수해를 당할 관상이어서 누수 사건이 발생했는지도 모른다는 생각이 들었기 때문이다.

"왜 사과를 해."

사치는 이번에는 등을 들썩이며 웃었다.

"너는 아무 걱정 안 해도 돼."

사치가 그렇게 말하면 이 세상에 불안한 것이나 자신을 괴롭히는 것이 정말 하나도 없는 기분이 든다. 신기하게도 유키노는 안심돼 일하는 사치의 뒷모습을 한참이나 쳐다보다가 어느새 잠이 들었다.

사치는 유키노의 고른 숨소리를 들으며 밤늦게까지 자수에 몰두했다. 유키노의 코에서 종종 '스흡스흡' 하고 피리라도 부는 듯한 소리가 나서 웃음이 났다.

다음 날 날씨가 좋아서 사치는 유키노의 이불 커버를 세탁해 마당에 널었다. 연분홍색 러그는 거실 창가에 혀처럼 매달았다. 이불도 러그도 젖은 정도로 보아 해를 받으면 마를 것 같았다.

수도 설비 기사가 점심때 와서 침대와 책상에 먼지 방지 시트를 씌웠다. 천장 위로 올라간 기사는 수도관을 휘어 꺾나 싶게 쇳소리를 냈다.

사치는 마스크를 쓰고 먼지가 날리는 방으로 돌입해 유키노가 부탁한 대로 옷장을 검사했다. 누수 피해를 본 옷은 없지만 진흙이 묻은 정장과 블라우스가 몇 벌 있었다. 야마다가 벽장으로 올라갈 때 묻은 것이다.

진흙이 다 마른 상태여서 사치는 정장에 붙은 진흙은 솔질해서 떨어뜨리고 블라우스는 오늘 빨랫거리로 분류해 세탁기에 넣었다. 마당 빨랫줄에 순백색을 되찾은 블라우스부터 네 여자의 속옷이며 셔츠가 만국기처럼 널렸다. 야마다의 시선을 걱정하지 않고 당당하게 빨래를 널 수 있다니. 속이 다 시원했다.

사치는 산뜻한 기분으로 빨랫줄을 바라봤다. 쓰루요는 거실에서 오후 티타임을 즐기고 있었다. 야마다는 유키노의 방에서 공사 진척을 지켜봤다.

수도관의 파손된 부위는 이틀에 걸쳐 전부 막았다. 수도 설비 기사의 소견에 따르면, 건물 자체의 노후화는 손 쓸 방도가 없지만 정기적으로 수리하면 한동안은 버틸 수 있다고 했다.

주 중반쯤 인테리어 업자 두 곳이 연달아 찾아와 무료로 견적을 냈다. 유키노가 회사에서 인터넷을 뒤져 동네에서 평판이 좋은 업자를 찾아 사치와 상의한 후에 연락해줬다. 쓰루요와 사치가 견

그 집에 사는 네 여자

적을 비교해 최종적으로 이 동네의 인테리어 업자로 정했다.

지금 상황에서는 벽지만 교체하면 된다는 결론이 나와 인테리어 회사 직원이 이번에는 카탈로그를 가지고 왔다. 다른 방과 조화를 고려해 다소 복고적인 직물 느낌의 벽지를 골랐더니 주문해서 받는 데 일주일쯤 걸린다고 했다. 사치는 유키노와 같이 지내도 전혀 지장이 없었고 유키노도 매일 숙면하는 모양이라 시간이 걸려도 상관없다고 판단했다. 네 여자는 그 벽지를 주문하기로 했다.

"마룻바닥은 이대로도 괜찮을까요?"

사치가 직원에게 물었다.

"닦긴 했는데 안에서 썩지 않을까 걱정이에요."

"바닥이 푹푹 꺼지는 것 같으면 벗겨서 확인하면 됩니다."

서른 초반쯤으로 보이는 직원이 차분하게 대답했다. 회색 정장을 입고 파란색이지만 야하지 않은 느낌을 주는 넥타이를 맸다. 이것저것 팔아치우려고 들지 않는 태도가 성실해 보였다. 하지만 악취가 나는 것에 뚜껑을 덮어 문제 해결을 나중으로 미루려는 태도로도 보였다. 그래서 쓰루요의 무사안일주의와 근거 없는 자신감을 떠오르게 만들었다.

"꽤 괜찮은 청년이구나."

동류의 냄새를 민감하게 맡았는지, 쓰루요는 직원이 돌아가자 그런 소리를 했다.

"회사도 이 근처라고 하니까 얘, 저런 남자랑 사귀지 그러니."

쓸데없는 참견이다. 사치는 못 들은 척했다. 애초에 그 사람은 영업직일 것이다. 무사히 공사에 들어가면 얼굴도 보이지 않을 사람이다.

이틀간 쇳소리에 시달린 사치는 저녁 무렵에 잠깐의 고요함을 맛보며 방에서 단추를 정리하고 분류했다. 상자에 오밀조밀 모아 둔 단추를 색깔별로 입구가 넓은 병에 나눠 담았다. 형태도 감촉 도 제각각인 빨강과 파랑과 노랑의 단추가 눈 결정처럼 유리병에 쌓였다.

토파즈를 닮은 노란색 자잘한 단추는 곰의 눈에. 푸른 하늘처 럼 반짝이는 단추는 숲속 호수에 잠든 공주님의 펜던트에. 윤기 흐르는 딸기 같은 단추는 꽃밭을 수놓은 왕골 가방의 잠금장치에.

단추를 만지면 어떻게 자수에 강조를 주는 요소로 쓰면 좋을 지 아이디어가 떠오른다. 이번에도 창밖이 어두워지는 것도 깨닫 지 못할 정도로 몰입했다.

사탕이 가득 든 것처럼 다채로운 색으로 꽉 찬 병을 책상에 나 란히 놓고 기분이 좋아진 사치는, 그날 밤 유키노에게 리모델링 일정을 보고했다.

"일주일 후부터……."

유키노의 표정이 어두워진 것은 예상외여서, 사치는 조금 당황 했다.

"어, 혹시 나 코 골았어?"

"아니야, 전혀. 가끔 '흡스흡스' 소리는 내."

"너도 그래. '스흡스흡' 하던데?"

"어, 진짜? 민망하다."

그 집에 사는 네 여자

유키노가 손님용 이불 위에 무릎을 꿇고 앉아 몸을 앞으로 숙이고 시트에 얼굴을 파묻었다. '어린이 자세'라는 요가 자세라는데, 사치에게는 설교를 듣고 과도하게 반성하는 애처럼 보였다.

"시간이 너무 오래 걸리면 미안하니까."

유키노가 시트에 대고 웅얼웅얼 말했다.

"에이, 괜찮아. 우리 술 마실까? 다에한테도 같이 마시자고 하자."

사치는 발랄하게 제안하고 계단을 내려가 시원한 맥주를 꺼냈다. 유키노가 집을 나간다고 하면 어쩌나 걱정이었다.

다시 돌아온 주말, 유키노는 며칠 동안 생각했던 일을 실행에 옮기기로 했다. 아침 일곱 시에 이불에서 빠져나와 소리 나지 않게 조심하며 잠옷을 갈아입었다. 사실은 얼마 전에 산 봄 원피스를 입고 싶었는데, 지저분해져도 괜찮은 저지 상·하의를 골랐다.

닫아둔 커튼 너머로 봄의 노란 빛이 희미하게 느껴졌다. 사치는 밤늦게까지 일을 한 탓에 아직 침대에서 '훕스훕스' 중이다. 유키노가 몸단장하는 기척이 있는데도 눈을 뜰 기미가 없다. 유키노는 이불을 개켜 방 한쪽에 몰았다. 그러면서 사치의 자는 얼굴을 훔쳐봤다. 사치는 왜인지 얼굴 옆에 둔 오른손을 움켜쥐고 괴로워하는 표정이었다. 꿈속에서도 바늘을 움직이는 모양이다.

유키노는 사치를 보면 토끼 같다는 인상을 받는다. 사치는 토끼처럼 귀엽지도 않고 날쌔지도 않다. 오히려 움직임은 둔중하다. 그러나 자수할 때 등이 그리는 완만하고 둥근 커브는 쪼그린 토끼 모습과 똑같다. 토끼는 가는 선처럼 생긴 콧구멍을 시종일

관 움찔거리고 주위를 알아차리려고 긴 귀를 세우는데, 그런 겁쟁이 같은 분위기도 어딘지 사치와 겹친다. 사치도 잘게 떨듯이 바늘을 끝없이 움직이며 집안의 인간관계에 주의를 기울인다.

유키노는 사치의 토끼스러움을 볼 때마다 정체 모를 조바심을 느껴 짓밟고 싶기도 하고, 손바닥으로 감싸 "아이, 예뻐라. 어쩜 이렇게 착해" 하고 무쓰고로 씨[*]처럼 쓰다듬고 싶기도 하다. 이렇게 상반되는 충동을 느꼈다.

유키노의 시선 아래에서 사치가 움켜쥔 오른손으로 코를 훔치고 뒤척이며 벽 쪽으로 몸을 돌렸다. 침대에 작게 공간이 생겼다. 저기에 파고들면 폭신하겠지, 유키노는 한숨 더 자고 싶은 유혹을 느꼈지만 꾹 참고 조용히 사치의 방을 나왔다.

1층 부엌에서 졸려 죽겠는 눈을 한 다에미가 큼직한 한손냄비 안의 죽을 신중하게 젓고 있었다. 쓰루요가 꼿꼿하게 식탁에 앉아 밥공기에 담은 죽을 먹고 있었다. 식탁에는 김과 조린 가리비, 가장자리가 붉은 차사오[**] 등의 반찬이 작은 접시에 담겨 놓여 있었다.

"안녕히 주무셨어요."

인사를 건네며 유키노도 식탁에 앉았다. 쓰루요도 인사를 했다. 그리고 선언하듯 이렇게 말했다.

"다에한테도 말했는데 오늘 난 외출할 거야."

"어디 가시는데요?"

---

[*] 일본의 소설가이자 에세이스트, 동물연구가인 하다 마사노리의 애칭.
[**] 중국식 간장절임 돼지고기.

"날이 좋으니까 이세탄백화점에 쇼핑하러. 여름용 홑이불이 낡아서 새로 장만해야겠어."

다에미가 한손냄비를 들고 와 국자로 유키노의 밥공기에 죽을 퍼줬다. 이어서 앞치마 주머니에서 날달걀을 꺼내 오른손만으로 죽 위에 깨뜨려 넣더니, 유키노의 젓가락을 멋대로 쥐고 죽과 달걀을 맹렬하게 젓기 시작했다. 다소 세 보이는 방식이었지만 공기 안에서 달걀죽이 완성됐다. 왜 달걀을 풀어서 냄비에 넣지 않을까, 유키노는 의아했다.

"쓰루요 씨가 신용카드 포인트를 모아서 중국식 죽 세트를 주문해주셨어요."

다에미가 아침 당번일 때는 주로 빵을 먹었다. 오늘 아침에는 무슨 바람이 불었나 싶었는데 이해가 갔다. 유키노는 쓰루요에게 감사 인사를 하고 다에미에게서 젓가락을 받았다.

"잘 먹겠습니다."

"모자라면 더 드셔도 돼요. 사치 씨는요? 아직 주무시는 것 같은데."

"응, 금방 일어날 것 같진 않더라."

"그럼 일단 불에서 내려야겠다. 계속 저어주지 않으면 뭉치거든요. 왜 그럴까."

오른손이 피곤한지 다에미는 손목을 돌리며 식탁 의자에 앉았다. 자기 밥공기에 죽을 덜고 주머니에서 달걀을 꺼내 깨뜨렸다. 뭉치는 것을 방지하기 위해서 냄비에 죽만 넣었나보다. 유키노는 그렇게 추측했다.

다에미는 뭉치는 것을 극단적으로 두려워한다. 분말 코코아나 콘수프 분말을 물에 녹일 때도 하염없이 집요하게 젓는다. 보는 사람은 저러다 식을까 걱정하게 된다. 하지만 다에미는 마셨을 때 뭉친 부분이 혀에 닿는 것이 더 끔찍하다고 했다. 그러고 보니 다에미는 희석한 칼피스나 알갱이가 든 주스도 싫어했다.

쓰루요가 죽을 다 먹고 일어나 식기를 개수대에 가져다놨다. 유키노는 쓰루요에게 할 말이 있는데 타이밍을 놓쳤다.

외출할 일이 있으면 쓰루요는 유난히 활력이 넘친다. 아마 평소에는 대부분 집에서 지내고 고작해야 역 앞에 장을 보러 나가는 정도여서 그럴 것이다. 매번 사치에게 떠넘기는 느낌인 세탁도 외출하기 전만큼은 쓰루요가 솔선해서 한다. 세탁이라도 안 하면 외출을 한다는 들뜬 마음을 감당하지 못하는 모양이다. 세탁기가 돌아가는 동안에 공들여 화장하고, 세탁이 끝나면 빨래를 재빨리 마당에 넌 다음 상쾌한 마음으로 외출하는 것이 평소 패턴이다.

외출 준비를 하는 쓰루요에게 말을 걸면 안 된다. 기분이 상하기 때문이다. 특히 눈썹을 그릴 때는 안 된다. 엄청난 집중력이 필요한 작업인가보다. 말을 걸어도 "으구으구으구" 하는 낮은 신음이 돌아올 뿐이다. 유키노는 그런데도 과감하게 대화를 시도하는 사치를 본 적 있는데, 쓰루요는 "그래, 그래"라는 대답만 했다. 정신이 완전히 딴 데 팔렸다. 그때는 "그럼 집에 올 때 바게트 사다 줘" "으구으구으구" "프랑스빵 같은 거야" "음" "알았어?" "오냐"라고 대답했으면서 쓰루요는 당연히 바게트를 사 오지 않왔다. 바게트를 사 오지 않았다고 지적한 사치에게 쓰루요는 오히려 "외출 전에는 바쁘단 말이다. 그럴 때 시답잖은 소리를 하면 내가 깜박하는 게 당연하지!" 하고 발끈하며 화를 냈다. 유키노가 보기에는 적반하장이다. 물론 모녀 싸움에 끼어들진 않았다.

상황이 그러니 유키노는 얌전히 죽을 먹고 다에미를 도와 식기를 씻었다. 쓰루요는 2층 세탁실에 틀어박혔다.

"선배는요?"

설거지를 마친 다에미가 물었다.

"외출할 거예요?"

"아니."

유키노는 주전자에 물을 끓여 커피를 타고, 다에미를 꼬셔 거실 소파에 앉았다.

"오늘은 열리지 않는 방을 청소할 생각이야."

"뭐라고요?"

다에미가 놀란 소리를 내서 "쉿" 하고 유키노가 조용히 시켰다. 2층에서는 세탁기가 탈수하는 소리가 들렸다. 슬슬 클라이맥스가 다가온다고 초조하게 부추기는 굉음이다. 그리 오래된 모델도 아닌데 마키타가의 가전제품은 전부 요란하다.

"왜 갑자기 청소를요?"

다에미가 목소리를 낮춰 물었다.

"그 방에는 오래전부터 아무도 안 들어갔잖아요? 안이 대체 어떨지⋯⋯."

다에미가 방 안을 상상했는지 몸을 떨었다. 하지만 그 모습을 보고도 유키노의 결의는 바뀌지 않았다.

"우리, 진짜 저렴한 월세를 내고 이 집에서 사는 거잖아. 그런데 누수 사건을 일으켜서 책임감을 느낀단 말이야."

"그건 선배 책임이 아니잖아요?"

"아니야, 나 정말로 수해를 당할 관상인 것 같아."

"에이."

"리모델링에도 시간이 걸릴 것 같고 사치도 일이 바쁜데 내가 방을 같이 쓰면 좀 불편하겠지. 그러니까 열리지 않는 방으로 이사하려고."

"음. 하지만 괜찮을까요? 마음대로 청소해도."

2층에서 세탁 종료를 알리는 소리가 삐삐삐 났고, 쓰루요가 분주하게 계단을 내려왔다. 화장을 마치고 외출복까지 갖춰 입었다. 흰머리를 깔끔하게 하나로 묶고 천박해 보이지 않는 정도의 빨간색 립스틱을 발랐다. 남색 롱스커트를 입고 같은 남색 카디건을 걸쳤다. 엄격한 교장 선생님 같아 보였다.

유키노와 다에미는 대화를 멈추고 커피를 홀짝였다. 쓰루요가 거실을 들여다보더니 모조진주 귀걸이를 달며 말을 걸었다.

"미안한데 빨래 좀 널어줄 수 있을까?"

"저희가 널어둘게요."

유키노가 승낙했다.

"고마워, 살았네."

말하는 도중에 쓰루요는 문에서 모습을 감췄다. 이미 마음은 이세탄백화점으로 날아가는 중인가보다. 방에서 가방을 들고나온 쓰루요는 어두침침한 은색 봄 코트를 걸치고 현관으로 향했다.

대체 어디에서 저런 옷을 샀을까. 우주 탐사원 같다고 해야 할까, 모래바람에 드러난 고대 유적이라고 해야 할까. 아무튼 고령 여성의 옷 조달처는 불가사의하다. 적어도 신주쿠 이세탄백화점에서 팔진 않겠지만. 이런 생각을 하며 유키노와 다에미도 커피잔을 손에 들고 배웅하러 나섰다.

"그럼 부탁 좀 할게."

쓰루요는 굽 없는 베이지색 펌프스에 힘차게 발을 밀어 넣고, 완전히 신이 나서 현관을 나섰다. 청소 이야기를 꺼낼 기회는 역시 없었다.

"이세탄이 몇 시부터죠?"

"아마 열 시 반이지."

"아직 아홉 시 전인데……."

흥분한 정도가 심상치 않다. 쓰루요가 남은 시간을 어떻게 보낼지 걱정하지 않기로 했다.

유키노와 다에미는 거실로 돌아와 대화를 재개했다.

"생각해보면 모처럼 방이 있는데 문이 안 열린다고 안 쓰고 두는 거 아깝잖아? 청소해두면 손님방으로도 쓸 수 있으니까 쓰루요 씨도 기뻐하실 거야."

"이제 와서 손님방이요? 이 집에 자수 수강생이랑 야마다 씨 이외에 손님이 올 리 없잖아요?"

"그건 그렇지만. 오늘 교실은 몇 시부터야?"

"한 시요. 맞다, 숙제 아직 다 안 했다."

상자 더미 방에서도 다에미는 자수 숙제를 열심히 하고 있나 보다.

협력해서 마당에 빨래를 넌 뒤 다에미는 자기 방으로 갔고 유키노는 1층 복도 안쪽, 열리지 않는 방 앞에 섰다.

나무로 된 문에 둥근 놋쇠 손잡이가 달렸다. 손잡이에 달린 열쇠 구멍은 전방후원분(前方後圓墳)을 본뜬 복고풍이다. 이거라면 할 수 있겠는데. 유키노는 문 앞에 몸을 굽히고 머리핀과 철사를 열쇠 구멍에 넣었다. 십 분 정도 덜컥거리자 운 좋게 철사가 열쇠 구멍 돌기에 걸렸는지 반응이 있었다.

조심조심 손잡이를 돌리니 정말로 문이 빠끔 열렸다. 준비해둔 마스크와 장갑을 서둘러 꼈다. 앞치마는 아까부터 입고 있었다. 아침 식사 때 다에미가 쓴 것을 빌렸다.

좋아. 유키노는 크게 한 번 호흡하고 문을 활짝 열었다.

"으아악."

마스크를 써도 느껴질 정도로 방 안에 먼지가 자욱했다. 뒷마당 쪽으로 난 창에 빨간 벨벳 커튼이 걸려 있다. 빛바랜 커튼 너머로 빛이 미약하게나마 들어왔지만 그래도 어두웠다. 손으로 벽을 더듬어 스위치를 눌렀으나 전구가 끊어졌는지 전등은 켜지지 않았다.

유키노는 슬리퍼를 신은 채 가만가만 안으로 들어갔다. 바닥에도 탁한 빨간색 카펫이 깔려 있었고 잡지나 오동나무 상자 따위가 난잡하게 쌓여 있었다. 마룻바닥이어서 정확한 너비는 모르겠는데 다다미로 따지면 열 장 이상은 될 것 같다. 물건을 밟지 않으려고 빈 곳을 신중히 살펴 창까지 접근했다.

커튼을 걷고 창도 열려고 했다. 창틀은 목제이고 나사식 열쇠가 달려 있었다. 이 열쇠도 놋쇠 같았다. 뻑뻑해서 열쇠가 잘 돌아가지 않아 장갑을 벗고 차가운 나사 머리를 붙잡았다. 나무가 비벼지는 감촉이 나더니 열쇠가 빠졌다. 창문 여닫음 상태가 매우 안 좋았는데, 다시 장갑을 끼고 있는 힘껏 옆으로 밀자 삐걱거리면서 열렸다. 방충망은 벌써 예전에 삭았는지 없었다.

청량한 바람과 직사광선이 수십 년 만에 실내로 쏟아졌다. 둥실거리는 먼지가 코점막을 자극해 유키노는 재채기를 하며 커튼을 태슬로 묶었다. 원래는 금색이었을 그물 태슬은 거무칙칙한 황토색으로 변색해 당장이라도 찢어질 것 같았다.

드디어 창을 다 열고 유키노는 실내를 돌아봤다.

"으아악."

또 비명이 나왔다. 밝은 빛을 받아 방의 전모가 드러났기 때문이다.

한쪽 벽에 더블 침대가 있었다. 그것도 캐노피가 달린 침대다. 아마도 캐노피일 것이다. 왜 '아마도'가 붙느냐면, 침대 기둥 네 개를 따라 늘어져 있는 것이 견직물인지 거미집인지 먼지 덩어리인지 판별 불가능하게 변한 물체였기 때문이다. 천이기를 바라며 얼굴을 가까이 대고 조심스럽게 내부를 들여다봤다. 침대에는 고블랭*같은 중후한 커버가 씌워져 있었다.

---

* 여러 가지 색깔의 실로 무늬를 짜 넣어 만든 장식용 벽걸이 천. 15세기 중엽에 프랑스의 고블랭 집안에서 만들기 시작한 것으로, 인물이나 풍경 따위의 그림을 짜 넣는다.

다른 한쪽 벽에는 천장까지 닿는 커다란 책장이 설치됐다. 먼지를 뒤집어써서 새하얗게 보였지만 원래는 맑은 갈색이었을, 나무로 된 훌륭한 책장이었다. 백과사전과 『마르크스 엥겔스 전집』 따위에 섞여 일본 소설도 꽂혀 있었다. 라인업을 보니 시간이 1970년대 중반에 멈췄다.

유키노는 책 제목 중에서 미시마 유키오의 『금각사』를 발견하고 초판이 아닌지 판권면을 확인하고 싶었으나 그러지 못했다. 책장 앞에 정체 모를 나무상자가 어마어마하게 쌓여 있었다.

나무상자의 사이즈와 형상은 기모노가 들어있을 법한 얄팍한 것, 다도용 도구나 항아리라도 들어있나 싶은 입방체, 웬만한 고리짝 정도는 되는 대형 직방체 등 제각각이었다. 스물에서 서른 개 남짓은 되어 보였다. 상자 옆에는 헤이본출판사의 「태양」 「아사히클럽」 「생활의 수첩」 같은 잡지가 반쯤 눈사태를 일으키며 쌓였다.

유키노는 침대와 책장에 나무상자에 잡지의 사이에 남겨진, 문에서 창문까지 이르는 좁은 통로에 서 있었다.

여긴 어쩌면 쓰루요와 남편이 쓰던 방이 아닐까. 아니, 사실 유키노는 대충 그러리라 예상했다. 쓰루요가 지금 쓰는 방은 현관홀에서 가까운 1층의 여섯 장 크기 방이다. 분위기가 차분한 다다미방인데, 원래는 쓰루요의 할아버지나 아버지가 쓰던 방일 것이다.

그렇다면 신혼 시절의 쓰루요 부부는 어디를 자기들 방으로 삼았을까. 유키노는 열리지 않는 방이 의심된다고 추리했다. 누수 사태로 사치에게 폐를 끼치게 돼 유키노가 책임감을 절실히

그 집에 사는 네 여자

느낀 것은 사실이지만, 열리지 않는 방을 청소할 생각이 든 것은 이곳이라면 사치 아버지의 흔적이 남아 있을지 모른다고 추측했기 때문이다.

사치는 아버지 얼굴을 기억하지 못하는지 화제로 꺼낸 적이 거의 없다. 그렇다고 사치가 아버지를 생각하는 순간이 전혀 없는가 하면 그건 또 아니다. 지금까지 유키노는 우연한 순간에 사치가 아버지를 신경 쓰는 듯한 분위기를 감지했다. 그래서 괜한 오지랖 같지만 열리지 않는 방을 청소하기로 했다. 사치의 방에 빌붙어 사는 상황을 타개하는 동시에 아버지의 인물상에 다가가는 실마리를 찾는다면 일거양득이리라 계산했다.

그건 그렇고 예상 이상으로 방이 황폐했다. 나무상자로 이뤄진 산기슭에는 손에 올라갈 크기의 솜먼지가 굴러다녔다. 솜먼지가 아니라 마리모였다면 상당한 거물이라고 불러도 손색이 없다. 마리모는 아칸호수의 물 흐름에 이겨지면서 동그란 형태가 될 텐데, 그렇다면 이 방의 먼지는 어떻게 해서 동그래졌을까. 창문도 문도 닫힌 공간에서 혼자 굴러서 거대화했을까? '기괴! 성장하는 솜먼지의 비밀!'이다.

천장에 달린 조명 역시 서민적인 공포물 소품 같은 모습이다. 처음엔 상들리에인 줄 알았는데, 밝은 빛 속에서 다시 보니 전등갓에 먼지와 거미집이 발처럼 드리워져 있었다. 이번에는 '기괴! 밀실 거미 침입의 비밀!'이다. 다행히 거미는 오래전에 죽었거나 다른 곳으로 이사했는지 거미집만 남아 모습이 보이지 않았다.

황폐한 방에 유키노는 조금 기가 죽었다. 그러나 단순히 수해를 당할 사람으로 인식되기 싫다면 마키타가의 믿음직한 동거인으로서 존재감을 보여줘야 한다. 덧붙여 깜짝 탐정이 돼 사치를 기쁘게 해줄 기회이기도 하다. 용기를 그러모아 청소에 착수했다.

접사다리에 올라가 우선 천장과 조명기구를 먼지떨이로 털었다. 기다렸다는 듯이 눈에 대량의 먼지가 들어갔다. 유키노는 손으로 더듬거리며 부엌으로 가 눈을 씻고, 거실 장식장에 있던 쓰루요의 선글라스를 빌렸다.

매년 나이를 먹을수록 햇살이 눈부시게 느껴진다면서 쓰루요는 작년 여름에 선글라스를 샀다. 사치의 주장을 들어보면, 눈부시다 운운은 구실이고 나이 먹은 여성 배우들이 스웨터 가슴 부근에 선글라스를 접어서 꽂아둔 모습을 잡지나 텔레비전에서 보고 따라 하고 싶어서라고 했다. 변덕을 동기로 산 선글라스여서 쓰루요는 존재를 까맣게 잊고 오늘도 날이 화창한데 눈을 휘둥그렇게 뜨고 외출했다. 이 정도로 알기 쉬운 패션을 위한 선글라스도 좀처럼 드물다.

유키노는 선글라스를 쓰고 수건으로 얼굴을 감싼 뒤, 다시 열리지 않는 방의 천장에 도전했다. 접사다리를 조금씩 이동해 먼지와 거미집을 털었다. 먼지를 털기 시작한 지 삼십 분도 지나지 않았는데 유키노의 목은 혈액순환 장애를 일으켜 점점 기분이 안좋아졌다. 가벼운 빈혈 상태에 빠져 접사다리 위에 쪼그리고 앉아 몇 번이나 쉬어야 했다. 시스티나 예배당 천장화를 그린 미켈란젤로도 분명 목 근육이 꽉꽉 뭉쳤겠지. 유키노는 르네상스의 위대한 예술가를 몹시 동정했다.

대충 먼지를 털고 조명 기구를 젖은 걸레로 닦았다. 조명 갓은 그러면 그렇지, 고딕 샹들리에도 뭣도 아닌 은방울꽃 모양이 네 개 달린 형태였다. 유서 깊은 옛날 분위기를 풍기는 조명이다. 유키노는 향수를 자극하는 그것을 쳐다본 뒤, 캐노피가 달린 침대에 도전했다. 위에서 드리운 천은 커튼과 같은 짜임새로 달려 있었다. 천을 떼어내고 하는 김에 침대 커버도 벗겼다. 침구는 없고 더블 사이즈의 거대한 매트리스가 나타났다. 혼자서는 이걸 못 옮긴다. 유키노는 일단 캐노피 천과 침대 커버를 마당으로 옮겼다. 천을 털자 성대한 먼지가 가루눈처럼 빛을 받아 날렸다.

세월의 흐름으로 캐노피 천은 찢어진 어망 비슷하게 변했다. 고블랭으로 보이는 침대 커버도 과연 세탁기를 견딜지 판단하기 어려웠다. 유키노는 두 종류의 넝마를 얌전히 개켜 열리지 않는 방의 문 옆에 놨다.

이 시점의 기분은 절망적이었다. 아무리 청소해도 쌓일 대로 쌓인 먼지를 다 제거할 수 없었다. 거대 매트리스는 딱 봐도 진드기 소굴이었다. 그렇다고 바닥에 이불을 깔 공간이 있는 것도 아니었다. 열리지 않는 방을 유키노의 임시 침실로 쓰는 것은 아무리 생각해도 무리였다.

그러나 유키노는 쓰루요의 허가도 얻지 않고 열리지 않는 방을 이미 열어버렸다. 이렇게 됐으니 최소한 깜짝 탐정으로서 성과를 올리지 못하면, '수해 당할 관상인 데다가 쓸데없이 먼지나 잔뜩 낸 사람'이라는 오명을 쓰게 된다.

유키노는 통로 부분의 카펫에 대충 청소기를 돌리고 무너지고 있는 잡지들을 정돈했다. 옛날 잡지의 표지는 코팅되지 않아 젖은 걸레로 닦으면 먼지와 함께 컬러 잉크도 벗겨진다는 것을 이번에 알았다. 어쩔 수 없다. 가볍게 먼지를 터는 정도로 그치고 잡지를 끈으로 묶었다. 바닥에 조금 공간이 생겨서 다시 청소기를 돌리고, 이번에는 나무상자의 산에 맞섰다.

상자에 쌓인 먼지를 닦고, 하나하나 뚜껑을 열었다. 내용물은 기모노나 허리끈이거나 칠기 식기나 도자기 꽃병 따위였다. 호화로운 후리소데*도 나왔는데 펼쳐 볼 마음은 들지 않았다. 습기가 찼고 벌레 먹은 구멍이 있을 것 같았다. 꽃병이 든 상자도 뚜껑 뒤에 무언가 적혀 있는 것으로 보아 값어치 있는 물건 같았다. 왜 제대로 관리하지 않고 수십 년이나 열리지 않는 방에 내던져뒀을까. 유키노는 쓰루요와 사치의 얼빠진 면모를 또 한 번 통감했다. 기모노도 꽃병도 칠기도, 쓰지 않는다면 전당포에 가져가거나 벼룩시장에 팔거나 해서 얼마간의 현금으로 바꿀 방법이 아주 많다.

돈에 쪼들린 적 없는 사람이란 이런가. 유키노는 한숨을 쉬었다. 쓰루요와 사치는 절대 사치를 부리지 않는다. 현금이 들어올 길이 한정적이어서 오히려 검소한 생활을 한다고 볼 수 있다. 그러나 몸에 밴 '도쿄 부잣집 아가씨 분위기'나 '집 있는 딸 분위기'는 사라지지 않아 "이번 달에 조금 빡빡한데" "그럼 열리지 않는 방의 꽃병을 팔까" 같은 발상까지 도달한 적이 없었다. "열쇠를 잃어버렸어" "그럼 어쩔 수 없네"라는 식으로 이 방의 물품을 수십 년에 걸쳐 썩혀 왔나보다.

---

* 주로 미혼 여성이 입는 화려한 예복 기모노.

그 집에 사는 네 여자

유키노는 예전에 읽은 체호프의 『벚꽃 동산』을 떠올렸다. 라네프스카야 부인의 현상 파악 능력 결여, 어떻게 해서든 현실을 직시하지 않으려는 단호한 태도는 어떤 의미에서 '될 일은 되게 마련'이라는 정신의 발로, 궁극적인 낙천주의라고 생각했는데, 쓰루요는 그야말로 라네프스카야 부인의 재래다. 부동의 낙천주의가 때때로 주위 사람들을 곤혹스럽게 하고 초조하게 하는 것 또한 쓰루요의 라네프스카야적인 점이다.

그렇다면 그 딸인 사치는 아냐일까? 이런 생각을 하며 유키노는 나무상자를 척척 열고 무엇이 들었는지 써넣은 포스트잇을 측면에 붙였다. '칠기 식기 세트' '쇠 주전자' '히나 인형(?)' 등이다. 히나 인형'에 물음표를 붙인 이유는, 작은 상자 안에 삼인 궁녀 장식 중 하나로 보이는 서 있는 여자 인형만 있기 때문이었다. 정원 가위와 원예용 삽이 든 상자도 나왔는데, 유키노는 왜 뭐든지 상자에 수납하는지 이해가 안 됐다. 예전에 마키타가의 누군가가 나무상자 수납마였다고 생각할 수밖에 없는데, 그러면서도 편지나 사진 같은 사치의 아버지를 알 실마리가 될 것은 어느 상자에서도 전혀 나오지 않았다.

상자 내용물을 절반쯤 확인했을 무렵, 큰 궤짝 크기의 나무상자와 마주쳤다. 특히 오래됐는지 전체가 갈색으로 변색됐다. 어린아이라면 팔다리를 굽히고 어렵지 않게 숨어들 크기였다. 혹시 히나 인형이 이 상자에 들어있지 않을까? 삼인 궁녀 장식이 수십

---

* 여자애들을 축복하는 히나마쓰리(양력 3월 3일) 때 붉은 천을 깐 단 위에 장식하는 작은 인형. 천황과 황후, 궁녀, 궁정 대신, 음악가 등을 각 단에 배치한다.

년 만에 동료와 합류할 수 있을지도 모른다.

유키노는 기대를 품고 상자를 열었다. 완충재 대신 넣은 듯한 종이 뭉치가 가득 들어 있었다. 그것들을 제거하자 방충제 향이 진해지더니 새까만 것이 보였다. 히나 인형의 머리카락치고는 좀 퍼석퍼석한데……. 의아해하며 누레진 종이를 헤쳐 상자 안을 들여다본 유키노는 움직임을 멈췄다.

놀랐기 때문이다. 그러나 자신이 무엇에 놀랐는지 약 삼 초 동안 파악하지 못했다.

새까만 것은 역시 머리카락이었다. 단, 히나 인형처럼 사랑스러운 것이 아니었다. 가쓰오부시처럼 말라비틀어져 주름이 새겨진 갈색 피부. 그런데도 유리처럼 반짝이고 투명감을 유지한 눈이 유키노를 올려다봤다.

가느다란 손발을 움츠리고 위를 보고 누운 자세로 상자에 담긴 것은, 미라였다.

유키노는 카펫에 엉덩방아를 찧었다. 그대로 자벌레처럼 무릎을 굽혔다 펴며 후퇴해 어떻게든 열리지 않는 방에서 복도로 나온 시점에서, 간신히 목에서 비명이 솟구쳤다.

"꺄아아아아아아아!"

"무슨 소리야!?"

"무슨 일이에요, 선배!"

사치와 다에미가 2층에서 뛰어 내려왔다. 사치의 눈은 반쯤 감겼고 자다 일어나 머리카락이 뻗쳤다. 다에미는 허둥거리느라 자수바늘이 꽂힌 천을 들고 있었다.

　　　　　　　　　　그 집에 사는 네 여자

"쥐라도 나왔어요?"

다에미의 질문에 유키노는 허리에 힘이 빠진 채 고개를 저었다.

"더 장난 아닌 게 나왔어."

"어, 열리지 않는 방이 열렸네."

사치가 그제야 깨닫고 문 너머로 들여다보려고 했다.

"자, 잠깐만 있어봐."

유키노가 황급히 사치의 다리를 붙잡았다.

"보여주기 전에 묻고 싶은 게 있어."

"뭔데? 유키노, 왜 이러는 거야?"

사치는 걸음을 멈추고 유키노 앞에 쪼그려 앉았다. 유키노가 밀랍 인형처럼 새파랗게 질려서 걱정됐다. 다에미도 사치 옆에 쪼그리고 앉더니 손에 든 천을 내밀었다.

"사치 씨, 질문이요! 여기 불리온 노트 스티치*였나요?"

"그보다는 저먼 노트**가 더 좋겠어."

"아니, 자수 얘기를 할 때가 아니라고."

유키노가 태평한 선생과 수강생 사이에 끼어들었다.

"사치네 아버지, 돌아가셨댔지?"

"뭐야? 갑자기 그런 걸 묻고."

"미안해. 하지만 중요해서 그래."

"……내가 태어나고 곧바로 집을 나갔대. 이후에 어떻게 됐는지 몰라."

---

* 바늘에 실을 휘감아 뽑아내 입체감을 주는 기법.

** 실을 건네 매듭을 짓는 기법.

"태어나고 곧바로라면 너는 아버지가 왜 사라졌는지 직접 아는 건 아니란 소리네?"

"응. 나중에 엄마한테 들었어."

사치의 대답을 듣고 유키노는 침을 삼켰다. 그렇다면 쓰루요가 거짓말했을 가능성도 있지 않나. 집을 나갔다는 사치의 아버지가 사실은 죽었다……. 아니, 살해당했을지도 모른다. 그리고 그 나무상자에 시신이 보관됐다면?

"진정하고 들어."

유키노가 말했지만, 절반 이상은 자신을 향한 말이었다.

"열리지 않는 방을 청소하다가 미라를 발견했어."

"뭐라고!?"

사치와 다에미가 비명을 질렀다.

"인간의 미라요? 투탕카멘 같은 거요?"

황금 마스크나 저주가 적힌 경고문을 기대하는지 다에미가 흥분했다.

"설마 그 미라가 우리 아버지라고?"

얼굴이 굳어진 사치가 물어서 유키노가 황급히 변명했다.

"되게 커다란 나무상자야. 그러니까 그, 숨바꼭질하다가 뚜껑이 닫히는 바람에 어쩌면 아버지가 거기 갇혔는지도 몰라."

말도 안 되는 가설이다. 멀쩡한 어른이 숨바꼭질을 할 리가 없고, 꼼꼼하게 포장된 것으로 보아 불의의 사고는 아니다. 누군가가 살해해 그 나무상자에 넣어 미라로 만들었고, 이후 보존을 위해 뭉친 종이를 틈새에 끼웠다고 생각하는 편이 무난하다.

그 집에 사는 네 여자

누군가라면 누구일까? 한 명뿐이다. 쓰루요다. 어쩌면 좋지. 유키노는 허리에 힘이 빠졌고 심지어 위까지 아팠다. 사치의 아버지가 어떤 인물인지 찾으려다가 사치의 어머니가 과거에 저지른 살인을 폭로할 줄이야.

"보여줘."

사치는 그렇게 말하며 의연한 태도로 일어났다. 다에미도 따라 일어났다.

"보면 엄청나게 충격받을 모습인데……."

"상관없어. 어디 있어?"

사치의 마음을 바꾸지 못할 것을 깨닫고, 유키노는 아직 허리와 다리에 힘이 들어가지 않는 상태에서 네 발로 기어 열리지 않는 방으로 두 사람을 안내했다.

"저기 갈색 상자."

유키노가 가리킨 상자에 사치와 다에미가 조심스럽게 접근했다. 둘은 가까이 다가가 손을 맞잡고 상자 안을 들여다봤다.

"히익."

다에미가 한숨인지 비명인지 모를 소리를 냈다. 사치는 묵묵히 미라를 응시하더니 곧 중얼거렸다.

"어쩌지. 아무 생각도 안 들어."

그때 딩동 하고 초인종이 울리는 바람에 사치와 다에미가 튀어 올랐다. 유키노도 돌발 상황에 놀라 자기도 모르게 벌떡 일어났다.

"자수 교실 시간이에요!"

다에미가 절박하게 외쳤다.

"말도 안 돼. 벌써?"

당황한 사치가 뻗친 머리를 누르며 쪼글쪼글한 실내복을 내려다봤다.

"여기 미라······."

그렇게 말하던 유키노는 실례라고 생각해 말을 골랐다.

"사치 아버지가 있는 걸 들키면 위험하지 않을까."

"그럼 어쩌죠?"

다에미의 눈썹이 팔자로 처졌다.

"엄마는?"

사치가 갑자기 생각나서 물었다.

"이세탄에 쇼핑하러 가셨어."

"좋아. 수업하는 동안에는 여길 열리지 않는 방으로 되돌리자. 유키노, 어떻게 했는지 모르겠지만 문을 열었으니까 다시 잠글 수 있겠지?"

"해볼게."

유키노는 앞치마 주머니에서 머리핀과 철사를 꺼냈다. 미라를 어쩔지는 자수 교실이 끝난 뒤부터 쓰루요가 돌아오기 전까지 생각하는 수밖에 없다.

셋은 서둘러 방에서 나왔다. 유키노는 열리지 않는 방 열쇠를 잠그려고 전방후원분에 머리핀과 철사를 꽂았고, 사치는 옷을 갈아입고 세수를 하려고 2층으로 올라갔으며, 다에미는 웃는 얼굴을 꾸미며 현관문을 열었다.

"어서 오세요. 사치 선생님이 조금 전에 일어나셔서요, 지금 옷을 갈아입는 중이세요. 차 내올게요, 어서 들어오세요."

"실례할게요."

자수 교실 수강생들의 밝은 목소리가 마키타가에 메아리쳤다. 그로부터 두 시간은 긴장감 넘치는 시간이었다.

오늘 자수 교실의 수강생은 다에미를 포함해 총 다섯 명이었다. 모두 여성이고, 다에미 이외에는 나이대가 50대부터 70대까지 있었다. 원래 수예를 좋아하던 사람들이다. 자식이 품에서 떠난 뒤부터 충실한 일상을 보내려고 취미로 자수를 시작했다.

시간에도 경제력에도 여유가 있으므로 필연적으로 대작에 도전하는 사람이 많다. 다에미는 베개 커버나 손수건에 자수를 원포인트로 넣는 것을 좋아했지만, 다른 네 명은 달랐다. 언젠가 핸드백으로 만들 천 일면에 수놓기. 남색 원피스의 깃과 소매와 옷단에 한가득 수놓기. 액자에 넣어 벽에 걸 예정인 50×30센티미터나 되는 천에 수놓기. 일흔여섯 살로 최고령인 나카무라 씨에 이르러서는 침대 커버 전면에 꽃무늬 패턴을 넣는 자수다. 수명과 완성, 무엇이 더 빠를지 심히 걱정스럽다. 도대체 같은 무늬만 지겹도록 수놓으면 안 질리나, 다에미는 그 점이 늘 신기했다.

자수를 좋아하는 사람은 공백공포증 증상이 있는 것 같다. 여기에도 자수, 저기에도 자수, 천을 색실로 채워 최종적으로는 갑옷처럼 두껍고 빽빽한 작품이 된다. 한편 사치는 감각적으로 자수를 배치한다. 다에미는 여백을 남기는지 안 남기는지가 프로와 아마추어의 차이라고 이해했다.

그러나 선생님인 사치는 학생의 자주성을 중시하는 주의인지, 총알을 튕겨내고도 남을 만큼 빽빽하게 수놓는 것을 제지하지 않는다. 나카무라 씨와 수강생들은 오늘도 즐겁게 여백을 메웠다.

자수를 좋아하는 사람들의 또 한 가지 특징은 수다가 대단하다는 점이다. 평소 집에서 묵묵히 천을 붙잡고 있기 때문인지, 교실에 모이면 고삐가 풀린 것처럼 수다를 떤다. 바늘을 쥔 손을 착실하게 움직이면서 말이다. 그들의 손에 뇌의 지령이 닿지 않는 미지의 생물이 기생하고, 그 미지의 생물이 천에 자수 실을 꿰는 것일지 모른다는 생각이 들 정도다.

빛이 드는 거실에서 수강생들이 고속으로 수다를 떨었다.

"우리 남편은 만들어둔 반찬에는 죽어도 젓가락을 안 대."

"응? 하루 지나면 안 먹는다는 소리야?"

"그렇다니까. 고기감자조림 같은 반찬도 다음 날 데워서 내면 싫어해."

"카레는?"

"카레도 싫어하더라고."

"어머나, 이튿날부터가 더 맛있는데."

"그렇지? 곤란하다니까."

"그거 당신이 바깥양반을 너무 받아줘서 그래."

"초장에 잡는 게 중요하다잖아, 그거 진짜야."

그렇게 떠들어대면서 그사이에도 손발을 놀렸다.

"선생님, 이렇게 해서 매듭을 지으면 되던가?"

"홍차 한 잔 더 마셔도 될까?"

　　　　　　　　　그 집에 사는 네 여자

"홍차는 이뇨 작용이 대단해. 화장실 가고 싶네. 좀 빌릴게. 나이를 먹으면 이게 싫어."

다들 한순간도 가만히 있지 않았다.

사치와 다에미는 재빨리 시선을 주고받고, 역할을 분담했다.

"눈에 띄지 않게 이렇게 매듭을…….".

"아, 차는 제가 내올게요. 앉아 계세요. 나카무라 씨, 화장실 같이 가드릴까요?"

가능하면 학생들이 소파에 얌전히 있어주길 바랐다. 자칫 열리지 않는 방을 들여다봤다가는 큰일이니까.

"이래 보여도 그렇게 늙진 않았어."

같이 가겠다는 말을 웃으며 거절한 나카무라 씨는 고개를 갸웃거리며 거실로 돌아왔다.

"이 댁 동거인이 복도에 앉아 있던데?"

유키노 얘기다. 당황한 탓인지, 유키노는 열리지 않는 방의 열쇠를 도저히 잠그지 못했다. 그래서 문에 등을 대고 책상다리를 하고 앉아 지옥의 옥졸처럼 침입자가 있는지 감시하는 중이었다.

"신경 쓰지 마세요."

따뜻한 김이 나는 컵을 모두에게 나눠주며 다에미가 웃었다.

"선배는 휴일에 종종 거기에서 시간을 보내세요. 마음이 차분해진다나."

"하지만 복도인데? 대청소라도 하는 차림으로 허공을 노려보고 있었어."

"명상 중이에요."

어머나. 사람들에게 의심이 파도치듯이 밀려들었다. 이상한 사람하고 같이 산다고 여기는 분위기가 명백해서 제대로 된 변명을 생각하지 못한 다에미는 '선배, 죄송해요' 하고 속으로 사과했다. 사치는 이제 해탈의 경지에 도달했다. 의심의 파도에도 아랑곳 않고, 열리지 않는 방 앞에 진을 친 유키노의 존재에도 나는 아무것도 모른다고 시치미 떼는 표정으로 대처했다.

"명상이라니까 생각났는데, 우리 조카가 가마쿠라 절에 좌선하러 갔어."

"조금 비뚤어졌다는 그 조카?"

"맞아. 걔 아빠가 수행하라면서 보냈다는데, 소용없지. 부처님도 할 수 있는 일이 있고 못 하는 일이 있어. 응석을 받아주며 키웠으니 비뚤어지고도 남아."

"그러고 보니 우리 고양이, 발정 난 것 같아."

"중성화 수술 안 했던가?"

"했는데, 갑자기 공격성을 띠고 야옹야옹 얼마나 시끄러운지. 혹시 발정이 아니라 비뚤어진 건가?"

"환절기이기도 하니까. 고양이도 반항할 나이가 됐나보네."

대화가 도달점 없이 다시 흘러가기 시작해 유키노라는 옥졸에게서 의식이 떠난 것에 사치와 다에미는 안도의 한숨을 내쉬었다. 참고로 다에미는 부인들이 입만 열었다 하면 1년 내내 환절기 소리를 하는 것도 언제나 의아했다.

그러는 동안에도 화장실에 가야겠다느니 쿠키를 접시에 보충해 달라느니, 수강생들은 한순간도 쉬지 않고 움직였다. 덕분에

그 집에 사는 네 여자

사치와 다에미는 마음을 놓지 못했다. 유키노로 말하자면 꼼짝도 하지 않고 복도에서 감시했다.

간신히 수업이 끝났다. 나카무라 씨를 비롯한 네 사람이 마키타가를 떠났다. 보금자리를 찾아가는 새 무리처럼 신이 난 목소리가 골목 멀리로 사라졌다.

피로가 순식간에 덮쳐와 사치와 다에미는 비틀거리며 열리지 않는 방으로 향했다. 유키노 역시 지쳤는지 문을 붙잡고 일어나려고 하는 참이었다.

다시 열리지 않는 방의 문을 열었다. 사치, 유키노, 다에미는 서로 몸을 받쳐주며 곰팡내 나는 방으로 들어갔다. 문제의 상자는 뚜껑이 열린 상태였다.

마음을 진정시키고 들여다봐도 그로테스크한 모습이다. 쪼그라들어 주름이 진 피부색과 피붓결은 E.T.를 생각나게 했다. 활짝 뜬 눈은 천장에 달린 은방울꽃 조명을 반사했다.

유키노는 과감하게 안에 채워진 종이를 전부 꺼냈다. 미라 전체 모습이 드러났다. 손발을 웅크리고 무릎을 안은 자세인데 다 펴도 어린이 정도 크기로 보였다. 성긴 섬유를 걸치고 있다. 기모노 같긴 했는데 천이 엉망진창이어서 잘 모르겠다. 어쨌든 연갈색이었다.

천을 젖혀 복부를 확인했다. 외상은 보이지 않았다. 살해당해 미라가 된 것은 아니란 소리일까? 아니, 목이 졸렸거나 코와 입이 틀어 막혔다면 명확한 살인 흔적이 남진 않는다.

"그걸 어떻게 만져요?"

다에미은 개똥이라도 밟은 표정이었다. 유키노 어깨너머로 상자에 담긴 미라를 들여다봤다.

"어때요, 사치 씨? 아버지 같아요?"

"모르겠어. 애초에 나는 아버지 얼굴을 모르고, 이거 왠지 육포처럼 보이고……."

사치는 곤혹스러워하며 유키노 옆에 무릎을 꿇었다. 덮치듯이 상자를 끌어안고 "아버지!" 하고 말해봤다.

"……안 돼, 모르겠어."

"그렇지."

사치와 유키노는 가까이에서 꼼짝 않고 미라를 내려다봤다. 이 물체의 정체와 진상을 아는 사람은 분명 쓰루요뿐이다. 성가시게 됐다는 생각이 서로의 체온을 통해 전해졌다.

다에미는 두 사람 뒤에 서서 최대한 냉정한 눈으로 미라를 관찰하려고 노력했다.

"저기, 이거 갓파 아니에요?"

듣고 보니 미라의 정수리가 둥글게 벗어졌다.

"그럼 내 아버지가 갓파란 거야?"

하지만 아무리 생각해도 아버지가 대머리였는지 혹은 갓파였는지, 사치의 기억에는 실마리가 단 한 조각도 남아 있지 않았다.

"진정해, 사치. 이게 사치의 아버지인지 아닌지 확실한 건 하나도 없으니까."

"하지만 네가 말했잖아. 이 미라가 아버지일지 모른다고. 그러고 보니 나, 비를 몰고 다녀. 갓파의 피를 물려받아서 그러나?"

"아니 아니 아니. 진정하라니까."

"사치 씨, 차라도 마실까요?"

유키노와 다에미가 혼란을 일으킨 사치의 손을 잡고 거실로 유도했다. 소파에 앉히고 더 흥분하지 않도록 논카페인 민들레 커피를 탔다.

청소할 마음을 먹은 것이 실수였다. 유키노는 후회했다. 닫힌 문은 그대로 뒤야 한다. 어려서 읽은『은혜 갚은 학』에서 교훈을 얻지 않았던가. 나처럼 수해를 당할 관상이 있는 인간은 샤워부스처럼 물이 새는 방에서 얌전히 잠을 자고 물에 빠진 갓파*나 되면 됐을 것을. 물에 빠진 갓파랑은 의미가 다른가? 물 만난 물고기? 이것도 아닌데.

사치는 커피잔을 오른손에서 왼손으로 번갈아들며 자기 손을 분석했다. 물갈퀴가 딱히 두드러지지 않았다.

"저기, 다에. 나 정수리 숱이 적어지지 않았니?"

"전혀요. 빽빽한데요."

다에미는 당연히 갓파가 실재한다고 믿지 않았지만 미라를 눈앞에서 보고 사치가 갓파의 딸일지도 모른다고 생각하니, 눈치 없게도 가슴이 뛰는 것을 부정할 수 없었다. 마키타가 젠푸쿠지강 옆에 있는 것도 사치 아버지 갓파설의 신빙성을 높였다.

젠푸쿠지강 근처에 갓파 동상이 설치된 공원이 있다. 마키타가에서 조금 떨어진 곳으로, 다에미는 쉬는 날에 산책하다가 그 공

---

* '물에 빠진 갓파'란 원숭이도 나무에서 떨어진다는 뜻의 일본 속담. 갓파는 물속에 사는 요괴다.

원을 발견했다. '왜 갓파지?' 의아하게 생각하며 공원 내에 설치된 설명서 간판을 읽었더니, '젠푸쿠지강에는 갓파가 살았다'라는 전설이 적혀 있었다. 그때는 '아, 그렇구나'로 끝났지만 지금 생각해보면 의미심장하다.

어느 날 밤, 강에서부터 찰박찰박 발소리가 다가오고, 젊은 쓰루요가 잠든 방의 창문을 무언가가 두드린다. 쓰루요의 가족도, 수위실의 야마다도 방문자의 존재를 모른다. 쓰루요만이 침대에서 일어나 조용히 문을 연다. 첫눈에 마음과 마음이 통해 쓰루요는 방문자에게 손을 뻗어 자기 방으로 초대했다…….

설령 상대가 갓파더라도 로맨틱하지 않은가, 아아아, 멋있어!

즉, 사치도 유키노도 다에미도 갓파로 추정되는 미라가 마키타가에 존재하는 사실에 충격을 받아 민들레 커피로는 도저히 어쩌지 못할 만큼 평상심을 잃고 말았다.

거기에 쓰루요가 귀환했다.

현관문이 열리는 소리가 난 순간부터 사치, 유키노, 다에미는 숨을 죽이고 쓰루요의 기척을 좇았다. 쓰루요는 콧노래와 함께 슬리퍼를 파닥이며 거실문을 열었다.

"다녀왔다."

쓰루요의 양손에 이세탄의 체크무늬 종이봉투가 주렁주렁 들려 있었다. 옷이나 반찬을 사 왔나보다.

"너희 왜 그러니?"

거실에 있던 세 여자의 시선을 받고, 쓰루요가 의아하게 물었다.

"내 얼굴을 잊어버렸어?"

연기하듯이 장난을 쳐도 아무 반응이 없는 것을 보고, 딸과 동거인에게 신경 쓰지 않고 손을 씻기도 하고 반찬을 냉장고에 넣기도 했다.

"이불은 도저히 못 들고 올 것 같아서 배송해달라고 했어. 내일모레쯤 올 테니까 사치, 받아놔. 어차피 한가하지?"

"엄마."

"그렇지, 이세탄은 열 시 반부터 열더구나. 알고 있었지? 나는 당연히 열 시부터인 줄 알아서 시간 보내느라 큰일이었어. 유키노도 다에도 알려주지 그랬니. 뭐, 비엔나커피를 마셨으니까 좋았지만. 정말 맛있더구나."

"엄마, 잠깐만."

"뭐니?"

사치의 부름에 쓰루요가 드디어 소파에 앉았다.

"사실은 열리지 않는 방을 열었어."

사치가 말하자 쓰루요가 천천히 눈을 두 번 깜박였다.

"어떻게? 열쇠, 어디 있었니?"

"죄송해요. 제가 머리핀으로 요령 부려서 열었어요. 청소하려고요."

"어머나. 열렸구나."

쓰루요 이외의 세 사람은 미라가 뇌리에서 떠나지 않았다. 어쩌면 쓰루요가 남편을 죽였을지 모른다는 의심을 품었기에 그녀의 표정을 관찰했다. 그러나 쓰루요의 말투는 태연자약해서 떳떳하지 못한 과거가 있을 것 같지 않았다.

"그래서 말인데요."

다에미가 추궁의 시작을 알렸다.

"저희가 열리지 않는 방에서 미이."

갑자기 본론으로 들어가려는 다에미의 입을 열쇠 딴 범인 유키노가 막았다.

"미이? 무민에 나오는 미이의?"

쓰루요는 '인형이라도 있었니?'라고 말하고 싶은 기색으로 되물었다. 다에미는 유키노의 손을 뿌리쳤다.

"아니에요. 저기, 쓰루요 씨의 남편 되시는 분은, 갓."

또 뻗어온 유키노의 손을 피하고 마지막까지 말했다.

"갓파였나요?"

직구, 스트라이크였다. 세 여자가 긴장해서 쓰루요를 봤다.

"뭐가 비참해서 내가 갓파와 결혼해야 하니?"

쓰루요가 기가 막혀 하며 되물었다. 지당하다.

"그럼 우리 아버지, 대머리였어?"

"그런 건 다 잊어버렸지."

사치의 질문에 무정하게 대답한 쓰루요는 순서대로 세 사람을 바라봤다.

"아니, 도대체 왜 이러니? 이상하구나."

불편한 침묵이 거실을 뒤덮었다. 그다음 순간, 소파에서 굴러 떨어지듯이 내려온 사치가 바닥에 앉아 쓰루요의 무릎에 두 손을 올렸다.

"엄마, 살인자는 아니지?"

말을 하자마자 공포심과 말도 안 된다는 심리가 사치 마음속에서 펑 터져 반쯤 울먹이는 목소리로 계속 말을 이었다.

"아버지는 집을 나간 거지, 그렇지?"

갑작스러운 질문에 놀란 쓰루요는 의미 없이 입을 뻐끔거렸다. 간신히 정신을 차리고, 단호하게 말했다.

"아니야."

"그럼, 역시 그 미, 미이……."

불길한 단어 같아서 사치는 도저히 미라라고 말할 수 없었다. 감정이 지나치게 격해져서 쓰루요의 무릎에 이마를 비볐다.

"그러니까 미이가 뭐니?"

상황이 도무지 이해가 안 돼 쓰루요는 짜증이 났다. 그렇다고 딸을 막 내칠 수도 없어 사치의 어깨를 쓰다듬었다.

"아까부터 왜 자꾸 무민 얘기를 하니? 그리고 살인이라니, 엄마한테 그게 할 소리니? 도대체 영문을 모르겠네."

쓰루요는 성을 냈고 사치는 쓰루요를 으앙으앙 눈물 젖은 눈으로 올려다볼 뿐이어서 결말이 나지 않았다.

"그게요……."

이 소동에 책임을 느낀 유키노가 이야기에 끼어들었다.

"'집을 나간 것은 아니다'라는 말씀은요, 쓰루요 씨 남편이셨던 분은 지금 어디 계세요? 상자 안에 들어가셨다거나?"

"상자?"

쓰루요가 의아한 표정을 짓자 이번에는 다에미가 유키노의 옆구리를 팔꿈치로 찔렀다. 꿈지럭대는 유키노를 무시하고 쓰루요가 의연하게 말했다.

"그 사람은 집을 나간 게 아니야. 내가 그 사람을 쫓아낸 거다."

"왜?"

답답한 것은 딱 질색인 다에미가 질문하는 사치를 말리며 소파에서 일어났다. 이어서 주저앉은 사치의 팔을 붙잡고 일으켜 세웠다.

"직접 보시는 게 빠르겠어요. 쓰루요 씨, 열리지 않는 방에 같이 가요."

네 여자는 장례식처럼 숙연하게 복도를 지나 고분 안 돌로 만든 방에 놓인 관 앞에라도 서듯이 열리지 않는 방의 나무상자 앞에 엄숙하게 정렬했다.

미라를 본 쓰루요가 말했다.

"어머나, 오랜만이네."

"이거 내 아버지는 아니지?"

필사적으로 매달리듯이 사치가 물었다.

"뭐가 비참해서 내가 말라비틀어진 요괴하고 결혼해야 하니?"

쓰루요는 이 상황에 이르러서야 자신이 어떤 혐의를 받았는지 알아차렸다.

수십 년 만에 재회한 갈색의 건어물 같은 물체를 가만히 내려다봤다. 아무래도 사치와 동거인은 이 건어물을 쓰루요의 남편이라고 의심했고, 나아가 쓰루요가 남편을 죽여 상자에 은폐했다고 생각해 겁을 집어먹은 것이다.

쓰루요 입장에서는 실례되는 막말이다. 왜 갓파와 결혼을 해야 하고 심지어 그 갓파를 살해해야 하는가. 나한테도 심미안과 이성이 있는데. 애초에 나이 먹은 어른들이 갓파니 뭐니 소동을 부리는 것부터 정신이 나갔다. 사치도 사치다. 자수처럼 속세와 동떨어진 일에만 열중하니까 친구라고 모이는 사람도 꿈만 먹고 사는 인종이다.

사치, 유키노, 다에미가 들었다면 "제일 속세를 떠나 사는 건 당신이야"라고 일제히 반론할 생각을 하며 쓰루요는 한숨을 내쉬었다.

"이건 사치의 아버지가 아니야. 무엇보다 이 갓파가 수컷이긴 하니?"

그래서 네 사람은 미라를 다시금 자세히 살펴보기로 했다. 벌벌 떨면서 그 경직된 몸을 안아 일으켰다. 미라의 등에 크기가 작고 끄트머리가 상한 거북이 등껍질 같은 것이 달려 있었다. 정말로 갓파인가보다. 낡은 천을 들쳐서 머뭇머뭇 사타구니를 들여다봤다. 아까는 복부에 주목하느라 몰랐는데 사타구니 사이에는 남성기도 여성기도 달리지 않았다. 항문도 없다. 곰 인형처럼 성(性)이나 생명의 흔적이 전혀 없었다.

"뭐야, 만든 거네."

유키노는 평상심을 잃었던 자신이 부끄러웠다.

"진짜 리얼해요. 눈이 살아 있는 것처럼 보여요."

다에미는 미라의 안구를 손끝으로 만졌다. 충격적인 모습에 모두 조금씩 익숙해졌다. 아무리 그래도 '살아 있는 것처럼 보이는' 안구를 찌르는 건 좀 아니지 않나. 유키노는 생각했다.

"사타구니 사이가 미끈한 생명체는 없겠지."

"선배, 갓파의 교미에 대해서 아세요? 접시랑 접시를 겹치는 걸지도 몰라요."

"교미는 그렇다 쳐도 배설은 어떻게 하는데. 똥도 접시 위에 뿅 나타나?"

유키노와 다에미 때문에 이야기가 점점 궤도에서 벗어났다.

"지금 그런 게 무슨 상관이야!"

사치는 속이 상해서 일갈했다.

"엄마, 왜 미라가 우리 집 열리지 않는 방에 있어?"

"짓궂은 장난질이려나?"

쓰루요는 그 한마디만 하고 말을 어물거렸다.

이래서는 도저히 진상에 도달하지 못할 테니 새로운 인물에게 등장을 부탁하자. 인물이 아니라 까마귀지만. 하지만 이 까마귀는 단순한 조류가 아니다.

마키타가와 가까운 젠푸쿠지강, 그 강가에 우뚝 선 거대한 느티나무를 아는 사람은 알 것이다. 가장 두툼한 줄기 부분의 직경이 1.5미터는 된다. 가지를 당당하게 펼친 거목으로, 수령 200년이라고 한다.

그 나무에 둥지를 튼 것이 까마귀 젠푸쿠마루다. 날개를 펼치면 1미터는 되는 거대한 까마귀이며 번들번들 까맣게 빛나는 깃털은 빛을 받기에 따라 심녹색이나 청색으로도 보여 아름답다. 굵은 부리도 새까맣고 당당하다. 번뜩이는 눈에는 지성이 깃들었다.

그야 당연하다. 젠푸쿠마루는 이 지역 사람들의 생활, 반려동

물 실정부터 시작해 화단에 어떤 꽃이 피는지, 프리우스 자동차를 소유한 집이 몇 채인지, 또 강에서 헤엄치는 잉어의 연애에 이르기까지 온갖 사정을 꿰뚫은 위대한 까마귀다.

당연히 마키타가의 역사에도 정통하다. 쓰루요의 어린 시절은 물론이고 결혼 생활도 파악했다.

"까마귀의 수명이 인간보다 길 리 없으니 그건 이상한데요?"라는 의문이 생기겠지만, 젠푸쿠마루는 일반적으로 말하는 까마귀가 아니다. 까마귀의 집단 지성 혹은 까마귀의 이데아인 완전한 까마귀다. 실체도 있고 인간의 눈으로 볼 수 있지만 동시에 시공을 초월한 존재, 까마귀 그 자체이기도 하다.

따라서 젠푸쿠마루는 과거, 미래 그리고 지금 이 순간에 마을에서 벌어지는 일들을 큰 느티나무의 정상에서 새까만 눈으로 지켜보고 있다.

그러니 쓰루요를 대신해 젠푸쿠마루에게 열리지 않는 문에 갓파 미라가 잠든 이유, 쓰루요와 남편 사이에 있었던 일을 들려달라고 하자.

우리는 젠푸쿠마루다. 이때까지 젠푸쿠지강 주변에서 살고 죽은 모든 까마귀, 앞으로 젠푸쿠지강 주변에서 태어나고 죽을 모든 까마귀, 그 지성과 경험의 집적이 이 젠푸쿠마루이므로 '우리'라는 복수형으로 지칭하는 것을 이해해주기 바란다.

마키타가에서는 현재 쓰루요를 필두로 네 여자가 거실에 모여 심각한 표정으로 대화를 나누고 있다. 사치나 유키노가 수단과 방법을 가리지 않고 질문을 퍼부어도 쓰루요는 말을 이랬다저랬다 하며 여간해서는 진상을 밝히려 하지 않는다. 다에미는 자수 교실에 내놨다가 남은 쿠키를 먹고 있다. 저 아가씨는 참 속도 편하다.

이래서야 쓰루요가 모든 것을 털어놨을 때는 시곗바늘이 한밤중을 가리킬 것이다. 우리가 척척 설명을 진행하겠다.

쓰루요는 어려서부터 청초한 분위기가 풍기는 아리따운 여자였다. 마키타가도 그땐 아직 유복해서 쓰루요는 장래 데릴사위를 들여 집과 토지를 물려받는 것을 지상 과제로 삼고 자랐다. 즉, 규중처녀의 소양으로 다도나 꽃꽂이나 일본 무용 같은 것을 배우며 생활과는 단절된 채 살았다.

그러나 우리는 알았다. 쓰루요 안에 마그마처럼 끓어오르는 무언가가 있는 것을. 언젠가 용솟음쳐 모든 것을 집어삼킬 위험한 격류가 소용돌이친다는 것을.

그 당시 여자로서는 드물게 쓰루요는 4년제 대학교에 입학했다. 쓰루요의 부친은 얼간이여서 딸을 우수한 데릴사위와 얼른 결혼시키고 자기는 은거 생활을 즐기려는 속셈에 대학교 진학을 반대했다. 그러나 생존했던 쓰루요의 조부는 쓰루요가 원하는 대로 하게 해줬다. 쓰루요는 패기 없고 불안정한 부친보다 강건한 조부를 더 따랐다. 조부도 쓰루요를 새끼 고양이를 사랑하듯이 아꼈다.

아, 이런. 우리 같은 존재가 교활하고 잔혹한 고양이 따위의 이름을 입에 담고 말다니.

그 집에 사는 네 여자

여하튼 쓰루요는 조부와 결탁해 부친의 의견을 묵살했다. 허나 이 건에 한해서는 어쩌면 부친의 주장이 옳았을지도 모르겠다. 대학가는 그 당시 학생운동이 한창이었다. 70년대 반미 시위인 안보 투쟁의 전초전이나 마찬가지였다. 안보 투쟁에 대해 아는가? 아, 안다고? 우리는 잘 모른다. 젠푸쿠지강에 데모대가 쳐들어온 적이 없었거든. 아무리 지혜와 경험이 있더라도 이 근방에서 생긴 일만 파악하는 것이 까마귀의 비애다.

그러나 그 당시에는 큰 소동이었다. 신주쿠 소란 사건*이 발발해 목숨을 걸고 스기나미까지 날아온 까마귀도 많았다. 완전히 영락한 꼬락서니로 깃털에 윤기가 없고 피로에 지친 붕우들이 몹시 흥분한 말투로 많은 이야기를 들려줬다. 우리는 가본 적 없지만 신주쿠 한가운데에서 화염병을 투척했다니, 거세당한 몰티즈 무리 같은 젊은이들만 넘치는 지금 시대에서는 믿지 못할 이야기 아닌가.

아니, 우리도 물론 안다. 화염병을 던지는 게 좋다는 소리가 아니다. 젊은이의 내면에는 거세되지 않은 정열, 순정이 잠들어 있다. 이는 어느 시대든 변하지 않는다. 얌전한 규수처럼 보였던 쓰루요 안에 믿지 못할 격류가 있었던 것처럼 말이다.

쓰루요는 대학교에서 남자 동기와 사랑에 빠졌다. '분트'라는 공산주의자 동맹에 가입했다고 들었다. 우리는 그게 뭔지 모른다. 화염병을 던지고 기동대에게 돌진하다가 앞니가 부러진 청년

---

* 1968년 10월 21일, 베트남전쟁에 반대하는 반전단체와 일본의 신좌파 및 학생들이 신주쿠역에서 벌인 대대적인 시위.

이었다. 혈기 왕성한 놈이었다.

그때까지 살며 인연 없던 부류의 남자와 만나, 마그마가 마구 들끓던 쓰루요라는 산은 마침내 분화했다. 다른 남자에게는 눈길 한번 안 주고, 마음에 둔 상대가 가끔 대학교 강의에 출석하면 쓰루요는 그놈 곁에 붙어 앉았다. 강의를 듣는 건지 책상 아래에서 손을 맞잡고 사랑놀이나 하는지 모를 꼴이었다.

대학교 내에서 쓰루요가 어땠는지까지 우리가 어떻게 파악했는가 하면, 쓰루요가 자택 창가에서 일기를 썼기 때문이다. 훔쳐봤다. 쓰루요가 다니는 대학교는 우리의 천리안으로도 도저히 보이지 않았다. 몇 번이나 말하지만 우리의 세력권은 젠푸쿠지강 주변 한정이다.

참고로 그 대학교는 비교적 유복한 가정의 자녀가 다니던 곳인데, 까마귀일 뿐인 우리도 좌익 운동과 좀 모순적이라고 생각했다. 이건 동네 소문인데, 정치나 학생운동에 무관심한 학생이 아무래도 많았던 모양이다. 쓰루요의 애인은 그런 활동에 열중한 탓에 대학교 내에서는 붕 뜬 존재였다. 이건 쓰루요의 일기를 훔쳐보고 알았다.

우리가 보기에 쓰루요의 애인도 원래 그런 것에 무관심한 사람인데 몸을 뺄 수 없게 된 면도 있다. 청초하고 아름다운 쓰루요가 활동가인 자신에게 존경과 애정이 이글거리는 눈빛을 보냈으니 말이다. 속으로는 화염병을 던지기 싫고 앞니가 부러지는 것이 싫어도 애인에게 실망을 안기거나 경멸당하기는 싫으니 어쩔 수 없이 마르크스를 읽고 기동대를 향해 돌진하는 것이 인간이

그 집에 사는 네 여자

다. 사랑은 인간을 허세 부리게 만든다. 그 점을 생각하면 그 남자도 어리석고 불쌍한 놈이다.

남자가 이도 저도 아니게 행동한 시기는 슬슬 대학교를 졸업할 때였다.

쓰루요는 스스로 상식적인 사람이라고 믿었다. 그러나 그녀와 그럭저럭 가깝게 지낸 사람이라면 얼마나 엉뚱하고 세상과 격리된 감각의 소유자인지 통감한 경험이 많을 것이다.

우리는 음식물 쓰레기 버리는 날을 정확히 파악해 맛있는 것을 먹으려고 쓰레기봉투의 내용물을 탐색하는데, 쓰루요에게 그 모습을 들키는 날에는 난리가 났다. 쓰루요는 대나무 빗자루를 흔들며 우리를 향해 사납게 질주했다. 우리 일족을 싫어하는 인간이 많다는 것쯤은 알고 있다. 하지만 다 큰 어른이 굳이 귀신 같은 형상으로 달려올 일인가? 쓰루요의 모습을 목격한 동네 60대 여성 오카모토 씨도 극혐하는 표정을 지었을 정도다. 우리는 사람들이 요즘 쓰는 말도 안다.

이처럼 쓰루요는 상식적인 척하는 주제에 자유분방한 정신의 소유자였다. 우리는 그 점을 사랑스럽게 여겨서 일기도 훔쳐본 것인데, 그런 면과 반대로 성실하고 교조적이며 완고한 면도 갖춘 것이 쓰루요의 묘한 점이었다.

대학교 4학년생이 된 쓰루요는 졸업논문을 쓰기 시작했다. 앞니가 부러진 남자는 유급이 기정사실이었다. 당시에는 학생운동의 여파로 강의가 제대로 이뤄지지 않았고 강의에 출석하는 놈들은 연약한 머저리라고 여기는 풍조도 있었다. 이런 사정 역시 우리는 전부 쓰루요의 일기를 통해 알았다. 쓰루요는 담담히 학교에 갔고 강의도 착실히 들었다. 시류에 휩쓸리지 않는 자세를 고결하다면 고결하다 하겠는데, 근엄하고 성실해야 한다는 자기 관념에 얽매여 꼼짝하지 못한 것이라는 의심도 든다.

우리는 지금도 쓰루요에게서 그런 위태위태함을 느낀다. 그것이 쓰루요의 매력이긴 하다.

쓰루요는 밤늦게까지 창가의 책상에 앉아 원고지의 칸을 메웠다. 자료도 책상에 산더미처럼 쌓아놨다. 일본문학과에 다닌 쓰루요는 졸업논문 주제로 미시마 유키오를 골랐다. '잘 팔리는 현대 작가'를 졸업논문 주제로 잘도 인정받았다 싶어 우리는 신기했다. 혹시 우리가 책을 읽는 습관이 없어서 잘 몰랐을 뿐이고, 미시마 유키오의 작품은 생존 중에 이미 문학 연구 대상으로 인정받았던 걸까?

미시마 유키오는 쓰루요가 대학교를 졸업한 다음 해에 자살했다. 그 소식을 접하고 "그럴 것 같았어"라고 혼잣말을 한 쓰루요도 우리에게는 인상 깊은 추억이다. 어째서 "그럴 것 같았어"인지 우리가 알 바는 아니지만. 작품에 불안한 그림자라도 있었을까.

아무튼 쓰루요는 논문을 차근차근 진행했다. 세미나 교수에게 지도를 받으러 종종 찾아갔다. 그런데 이때 문제가 발생해 교수와 쓰루요가 보통 사이가 아니라는 소문이 교내에 은밀하게 퍼지기 시작했던 것 같다. 불확실한 표현을 쓸 수밖에 없어서 우리도 안타까운데, 쓰루요가 이런 이야기를 일기에 명확하게 쓰지 않았다.

'A 교수님께 지도를 받았다' 'A 교수님이 얼마나 명석하신지,

그 집에 사는 네 여자

내게는 신처럼 보인다. 역시 학문의 길은 나에겐 무리라는 생각이 들 뿐이다' 'A 교수님께 지도를 받고 저녁을 함께 먹었다' 'A 교수님과 말도 안 되는 소문이 퍼졌다고 B에게 들었다. 헛소리하고 싶은 것들은 내버려두라지.'

고작 이런 서술뿐이어서 '에잇, 좀 더 구체적으로 쓰란 말이야' 하고 우리는 없는 이를 갈았다. 그러나 분명 일기장에 A 교수의 등장 비율이 높긴 했다.

큰일이 생길 것 같아 날개를 덜덜 떨었는데, 역시나 사건이 벌어졌다. 졸업논문 면접 심사 날, 앞니가 부러졌던 남자가(이미 부러진 앞니는 접착제로 붙였지만) 쇠파이프를 한 손에 들고 교실로 난입했다. 교수가 안절부절못하며 일어났고 면접관으로 동석한 다른 교수는 무슨 일인가 싶어 앞니가 부러졌던 그 남자와 교수를 번갈아 봤다. 면접관들과 마주해 앉았던 쓰루요는 교실 입구를 힐끔 뒤돌아봤다.

그 남자는 쇠파이프를 흔들며 외쳤다.

"내가 왜 여기 왔는지 알 테지!"

"어떻게 알아!"

교수는 기겁할 따름이었으나, 쓰루요는 호통을 쳤다.

"간다 군, 무슨 생각을 하는 거야?"

깜박하고 언급을 안 했는데 이 남자를 쓰루요는 간다 군이라고 부른다.

"하지만 쓰루, 너는 내가 있으면서 이런, 이런⋯⋯."

간다 군이 쇠파이프로 교수를 가리켰다.

"바보야."

쓰루요가 의자에서 일어나 간다 군에게 다가갔다. 쓰루요는 불쑥 내민 쇠파이프를 악수하듯이 붙잡고 어린이가 장난치듯이 위아래로 가볍게 흔들었다.

"내가 좋아하는 사람은 너뿐이야."

"……진짜야?"

"알면서."

간다 군은 수줍은 듯이 얼굴을 붉힌 쓰루요를 보고, 교수들에게 인사했다.

"실례했습니다."

그렇게 맥없이 교실에서 퇴장했다. 우리가 간다 군을 '이도 저도 아니다'라고 칭한 이유는 이런 부분 때문이다.

정숙함을 되찾은 교실에서 쓰루요가 교수진들을 돌아봤다.

"그럼, 교수님. 계속하세요."

우리는 그날 벌어진 사건을 평소처럼 쓰루요의 일기를 통해 파악했는데, 페이지 말미에 이렇게 적혔다.

'아아, 진짜 어처구니없어. 그냥 전부 다!'

얼굴을 붉히며 간다 군을 회유한 것이 본심에서 나온 행동인지, A 교수와는 정말 아무 일도 없었는지, 진실은 쓰루요만 안다.

쓰루요의 졸업논문은 평가는 우수였다.

대학교 졸업 후에 쓰루요는 취직하지 않고 신부 수업을 받았다. 요즘 세상에서야 기담 같겠지만 당시에는 그런 여자가 꽤 많았다. 특히 쓰루요는 조부도 부친도 일이란 걸 하지 않았다. 일할 필요가 없었다. 가옥 부지 이외에도 임대한 집과 밭이 많아서 부동산 수입과 주식 등을 운용해 어떻게든 생계를 꾸릴 수 있었다.

하지만 지금 와서는 그것이 마키타가 몰락하기 시작한 원인이라는 생각이 든다. 인간은 신기한 존재여서, 가지면 가질수록 잃을지도 모른다고 겁을 집어먹는다. 그와 달리 하루살이처럼 사는 우리는 편하다. 그러니까 진수성찬을 맛볼 가능성이 높은 날에는 혼신의 힘을 다해 쓰레기봉투를 뜯는 것인데, 질주해오는 쓰루요는 참 패씸하다.

아무튼 쓰루요는 조부와 부친을 잘 모시고 가정 내의 자질구레한 일을 도맡았다. 아, 그렇지. 지금 수위실에 사는 야마다 군. 그는 당시에도 마키타가의 별채에서 매일 아침 똑같은 시간에 출근해 똑같은 시간에 퇴근하며 살았다. 야마다 군의 부모는 세상을 떠난 뒤였다. 그는 동료와 술을 마시지도 않거니와 여자와 환락을 즐기지도 않아 무엇을 삶의 보람으로 여기는지 모를 이상한 사내였다. 휴일이면 시킬 일이 없는지 물으러 안채에 왔고 종종 쓰루요와 함께 마당 일을 했다. 화단을 만들거나 나무 가지치기 같은 일이었다. 우리가 보기에 둘은 딱히 대화를 나누진 않았다. 어려서부터 속을 터놓고 지냈기 때문일 것이다. 남매처럼 냉담하면서도 서로 이해하는 친근한 온도를 느꼈다.

쓰루요는 간다 군과 계속 사귀었다. 간다 군은 두 번 유급했는데도 졸업할 전망이 없었다. 그러다보니 70년 안보와 얽힌 열광도 사라져 결국 궁지에 몰리고 말았다. 쓰루요의 일기에 간다 군의 미래를 걱정하고 간다 군의 한심함을 원망하는 문장이 늘어났다. 우리는 마른침을 삼키며 상황을 지켜봤다. 뭐, 우리는 보통 뭐든지 삼킨다만.

쓰루요에게는 마키타가를 물려받을 후계자로서 제대로 된 남편과 결혼하고 땅을 관리해야 하는 숙명이 있었다. 여기저기에서 혼담도 들어왔나본데 쓰루요는 모호하게 얼버무리며 거절했다. 쓰루요의 조부는 당연히 손녀에게 왜 결혼을 안 하려고 하는지 캐물었다. 쓰루요의 부친은 멍청한 남자여서 젠푸쿠지강에 산책하러 나가 자주 집을 비웠다.

"어미를 일찍 잃은 너를 안쓰럽게 여겨 이 할아비는 듬뿍 사랑을 해줬다. 그런데 이렇게까지 고집을 피우면 나도 곤란하구나. 대체 뭐가 불만인지 할아비에게만 말해보거라. 맞선 상대들 다 성실한 남자 같아 보였다만."

"할아버지, 죄송해요."

쓰루요는 훌쩍훌쩍 울기만 했다. 하지만 우리는 알고 있다. 그날 밤, 쓰루요가 일기에 이렇게 썼다.

'성실한 남자만큼 지루한 존재는 없어.'

그런데 우리가 새이면서 어떻게 밤중에 활동하고 창문 너머로 일기를 훔쳐볼 수 있는지 의아하게 여기는 사람들도 있을 텐데, 잊으면 곤란하다. 우리는 까마귀 중의 까마귀다. 우리의 날개는 밤의 어둠 그 자체다. 눈은 어두운 밤하늘에 빛나는 별 그 자체다. 또한 햇빛이 비쳐 생겨나는 모든 그림자는 우리의 색이다. 젠푸쿠지강 주변의 밤과 낮을 관장하는 자가 바로 우리다.

이런저런 핑계를 대며 혼담을 거절하는 사이 몇 년이 빠르게

흘렀다. 간다 군은 졸업은 물론이고 취직도 못 해서 일용직 육체노동을 하는 모양이었다. 그런 일을 하면서도 왜 여전히 핼쑥하고 빼빼 말랐는지는 이 근방 까마귀들이 수군거리는 일곱 가지 불가사의 중 하나였다.

쓰루요의 조부는 그 무렵에 누워 지낼 때가 많아 1층 다다미방에 자리를 깔았다. 쓰루요는 성심성의껏 조부를 돌봤다. 결혼에 대한 압박도 점점 강하게 받았을 것이다.

쓰루요가 간다 군과 어떤 대화를 나눴는지는 모른다. 우리가 아는 것은 둘이 결혼할 의사를 굳혔다는 것뿐이다. 거기에 진정한 의미의 사랑이 있는지 우리가 판단할 수 없고, 우리가 이러쿵저러쿵 끼어들 영역도 아니다. 오래 사귀었다는 타성도 작용했을지 모른다. 오직 재산을 지키기 위해 성실한 남자와 결혼해야 하는 선택지를 쓰루요가 중요하게 느끼지 않았을 수도 있다. 또 간다 군은 간다 군대로 한때는 쇠파이프까지 들고 교수와 담판을 지으려고 했을 정도로 사랑했던 여자와 마침내 결혼한다는 사실에 낭만을 느꼈을 수도 있다. 육체노동은 피곤하니 이쯤에서 슬슬 땅 있는 집의 데릴사위로 들어가는 것도 절대 나쁜 선택이 아니라고 계산했을 가능성 역시 있다.

진실은 또다시 미궁 속에 있다. 하지만 우리는 아주 잘 안다. 인간의 마음은 전부 미궁이다. 탁 트인 청명한 땅 따위 없다. 그게 인간이다. 우리는 그렇기에 인간을 사랑한다. 관음꾼이라는 오명을 쓰더라도 관찰하고 일기를 엿보려고 너희의 창가에 다가간다.

어느 겨울날 오후, 간다 군이 처음으로 마키타가에 찾아왔다. 흐린 날이어서 낮에 비가 부슬부슬 내렸는데, 간다 군이 역에 내렸을 때는 부슬비도 그쳐 미약한 햇살이 나오기 시작했다. 까만 우산을 접어 손에 들고, 다른 손에는 없는 돈을 털어 산 도라야*의 양갱을 들고, 간다 군은 역에서부터 마키타가까지 짧지 않은 길을 걸었다.

비를 피해 큰 느티나무 그늘에서 날개를 쉬고 있던 우리는 그 모습을 흥미진진하게 지켜봤다. 간다 군은 딱 한 벌뿐인 양복을 입었는데 얄팍한 남색이어서 우리는 혹시 종이인지 궁금해 몸을 내밀었다. 한참 살펴보고 천이라고 판단을 내렸다. 그건 그렇고, 그렇게 양복이 안 어울리는 남자도 보기 드물었다. 마르고 가슴팍이 얇고 어깨 폭도 좁아서 한마디로 표현하자면 궁상스럽다. 그래도 눈빛은 좋았다. 시력 얘기가 아니다. 다정하고 미래를 믿는 밝음이 가득한 눈이었다.

한때 쇠파이프를 휘둘렀고 기동대에게 당해 앞니가 부러졌던 간다 군. 그런 행동도 애 같다면 애 같다 하겠지만 미래를 향한 희망을 행동으로 표현했다고 해석할 수도 있다. 쓰루요는 그런 젊은이 특유의 순수함, 구부러지지도 휘지도 않고 자란 명랑함에 호감을 느꼈을 것이다.

그것을 곧 성실함이라고 한다고? 흠, 맞는 말이다. 그렇다면 쓰루요는 성실함이 무엇인지 정확하게 파악하지 못했기에 결혼 생활을 유지하지 못한 걸 수도 있다.

---

* 500년 가까이 전통을 이어온 도쿄의 화과자점. 양갱이 특히 유명하다.

그 집에 사는 네 여자

간다 군에게는 성실한 부분도 분명 있었다. 쓰루요는 성실한 것을 기피했기에 살아가면서 그 장점을 꾸준히 사랑할 순 없었다. 지루함과 같은 맥락이긴 해도, 사실 성실함은 아주 중요하다.

게다가 간다 군은 쓰루요의 눈에 들었을 만큼 성실하지 않은 부분도 다분히 겸비했다. 그랬기에 결혼 생활이 파국을 맞았다. 어느 쪽이든 쓰루요는 성실함을 가볍게 여긴 성정 탓에 통절할 보복을 당한 셈이다.

아무튼 간다 군은 양갱을 들고 마키타가로 향했다. 이따금 우산을 옆구리에 끼고 얄팍한 양복 주머니에서 미리 쓰루요에게 받은, 손으로 그린 약도를 꺼내 길을 확인했다. 쓰루요의 약도는 알아보기 어려웠기에 간다 군은 몇 번이나 골목을 잘못 꺾어 되돌아오고, 지나가는 동네 주민에게 물어보면서 약속한 오후 두 시를 조금 지나 마키타가에 도착했다.

마키타가에서는 손님을 맞이할 준비를 완벽하게 했다. 쓰루요의 조부는 그날만은 자리에서 일어나 아침부터 목욕을 하고 수염도 깔끔하게 깎았다. 쓰루요의 부친도 비가 갠 젠푸쿠지강 산책을 포기하고 얌전히 집에 있었다. 남자 둘은 얄팍하지 않은 양복을 입고 식탁에 앉았다.

손님을 맞으려면 거실 소파가 적합하다. 쓰루요도 당연히 소파 세트 테이블에 홍차와 과자를 준비했다. 그렇다면 어째서 조부와 부친이 식당에 있을까. 차 준비를 마친 쓰루요까지 서둘러 식탁 의자에 앉았을까.

실은 그날 괌의 정글에서 일본 병사였던 요코이 쇼이치 씨가 귀국했다. NHK가 두 시부터 특별방송을 내보내 하네다공항에 도착한 요코이 씨의 모습을 일본인 모두가 브라운관을 통해 지켜 봤다.

이 얼마나 운 없는 남자인가. 물론 요코이 씨가 아니라 간다 군 말이다.

간다 군은 현관문 옆에 달린 초인종을 울렸고, 쓰루요를 따라 마키타가의 거실로 들어갔다.

간다 군은 소파에 앉기 전에, 쓰루요의 조부와 부친에게 인사 했다.

"처음 뵙겠습니다. 간다 사치오입니다."

"아아, 어서 오시게, 어서 와."

하지만 인사를 받은 상대는 대꾸하면서도 소파로 이동하지 않고 시선을 텔레비전에 고정했다. 거실 카펫에 무릎을 꿇고 앉아 간다 군의 컵에 홍차를 따르는 쓰루요까지도 고개는 텔레비전을 향했다. 덕분에 갈색 액체가 컵 받침에 흘러넘쳤다.

즉, 결혼 허락을 받으러온 간다 군은 완벽하게 무시당했다. 어쩔 수 없는 일이다. 정글에 잠복했던 요코이 씨와 핼쑥한 간다 군. "부끄럽지만 돌아왔습니다"라는 멋진 말을 한 요코이 씨와 "따따따님과, 겨겨겨겨결" 하고 요령 없는 간다 군. 모인 사람들의 주목이 어느 쪽을 향했는지 말하면 입만 아프다.

결국에는 간다 군도 식탁으로 자리를 옮겼다. 네 사람은 함께 텔레비전을 봤다. 한 시간 만에 방송이 끝나자 제각각 감상을 나눴다. "대단한 사람이 다 있구나"라든가 "전쟁이 끝난 게 전혀 아니었네요"라면서.

우리가 보기에 말을 하는 사람은 주로 쓰루요와 조부였고, 부친과 간다 군은 그저 미소를 지으며 고개를 끄덕이기만 했다. 그 광경은 미래의 모습을 상징하는 듯했다. 솔직히 말해 고개만 끄덕인다면 아카베코 인형*을 상대로 말하는 것과 뭐가 다를까. 아카베코 인형은 헛소리라도 안 하지, 간다 군은 종종 쓰루요의 신경을 거슬리는 발언을 하는 남자였으니 더욱 질이 나쁘다.

하지만 우리는 알고 있다. 여자의 신경에 거슬리지 않는 남자는 없고, 남자의 신경에 거슬리지 않는 여자도 없다. 인간은 언어가 있는 까닭에 서로 이해할 수 있다는 환상을 품지만 남녀 사이에 대화가 성립하는 일은 드물다. 그건 기적이다. 지금 우리는 너희에게 맞춰 인간의 언어로 말하지만 고귀한 우리 일족에게 원래 말 따위는 불필요하다. 날개나 부리의 윤기, 날갯짓해서 일으키는 미세한 바람 세기로 감정이나 의도를 전달할 수 있다. 단, 우리도 가끔은 사랑스러운 암컷 까마귀에게 쪼이곤 한다. 때로는 아름다운 수컷 까마귀에게도 쪼인다. 우리에게는 성별이 없다. 까마귀 중의 까마귀인 우리에게도 의사소통은 지난하다. 더군다나 말이라는 쓸모없는 도구를 지닌 인간은 더 그렇다.

텔레비전 시청과 감상 대회를 마치고 제정신이 든 마키타가 사람들은 그제야 간다 군이라는 진귀한 손님을 의식할 수 있었다.

"그래서?"

쓰루요의 조부가 짐짓 위엄을 차리며 말을 꺼냈다.

---

* 일본 후쿠시마현 아이즈 지방의 소 모양을 한 향토 인형. 소의 머리가 상하좌우로 흔들린다.

"자네. 쓰루요와 결혼하고 싶다, 이 소린가?"

"네."

텔레비전에 정신을 팔고 있다가 그제야 이곳에 왜 왔는지 떠올랐다는 듯, 간다 군은 긴장했다. '제가 쓰루요 씨를 행복하게 해주겠습니다' 같은 소리라도 해야지. 우리는 안절부절못했다.

"간다 군이라고 했지. 자네, 형제는?"

"형과 남동생이 하나씩 있습니다."

"그럼 괜찮겠군."

맥이 빠질 정도로 시원스럽게 쓰루요의 조부가 고개를 끄덕였다.

"쓰루요에게 들었겠지만 데릴사위로 들어온다면 결혼을 허락하겠네. 자넨 어떤가?"

동의를 구한 대상은 쓰루요의 부친이었다. 그는 타고나기가 얌전하고 패기와 기골이 없는 사내였기에, 순종적으로 생글생글 웃었다.

"좋지요."

사위가 들어와 자기가 편해진다면 아무래도 상관없었을 것이다. 마음은 벌써 젠푸쿠지강 산책로로 날아간 것처럼 보였다.

이렇게 쓰루요의 결혼은 곤약 썰듯이 시원시원 결정됐다. 전원이 요코이 씨에게 사로잡혀 흐지부지 결혼을 허락했다고 할 수 있다. 간다 군은 요코이 씨에게 감사해야 한다.

아니, 요코이 씨의 귀환이 그날이 아니었다면 쓰루요의 조부와 부친도 조금은 간다 군을 세세하게 살폈을 테고, 그랬다면 두 사람의 결혼은 좌절돼 이후의 비극도 피할 수 있었을까? 하지만

그 집에 사는 네 여자

이미 다 끝난 일이다. 아무리 우리라도 모든 운명을 꿰뚫어 볼 순 없고, 꿰뚫어 본다 해도 인간의 선택에 개입하진 않는다.

우리가 자유롭게 날갯짓하는 것과 마찬가지로 인간 역시 회전하는 운명의 수레바퀴 속에서 마음 가는 대로 살아갈 수밖에 없는 존재이므로.

쓰루요와 간다 군은 결혼식을 올리지 않고 마키타가에서 살기 시작했다. 우리는 식을 올리지 않은 이유를 간다 군이 쇠파이프를 휘두르던 과격파 활동과 맞닿아 있을 것이라고 추측했다. 좌익과 결혼식은 하나도 안 어울리니까.

쓰루요도 딱히 이의를 제기하지 않았다. 어려서부터 독특한 애여서 보통 여자들이 꿈꾸는 것을 동경하지 않았다. 하기야 쓰루요의 꿈은 부동산을 실수 없이 유지하는 것이었다. 동네 신사에서 매년 정월 첫 참배를 할 때마다 그렇게 기도하는 것을 우리는 알고 있었다.

결혼 생활은 초반까지는 괜찮았다. 마키타 사치오가 된 간다 군은 마키타가가 소유한 빌라의 관리인이라는 직함을 얻어 마키타가의 부동산 수입에서 월급을 받았다. 뭐, 내실은 무직이니 기둥서방이다. 그러나 간다 군은 근본이 성실한 남자여서 빌라에 자주 찾아가 홈통 관리나 마당 잡초 제거 등을 착실하게 했다.

쓰루요는 매일 조부를 돌보고 집안일을 하느라 바빴다. 이제 쓰루요의 어깨에는 조부, 산책이 취미인 부친, 지극히 기둥서방에 가까운 남편의 생활이 걸려 있었다. 쓰루요는 생쥐처럼 바지런하게 종일 집 안을 돌아다니며 요리, 세탁, 청소에 힘썼다. 그러면서 부동산 수지를 정리해 장부까지 썼다. 자택의 넓은 부지까지는 도저히 돌보지 못해 주말이 되면 야마다 군이 마당 일을 도맡아줬다.

쓰루요의 결혼과 간다 군을 야마다 군이 어떻게 생각했는지는 모르겠다. 야마다 군은 말이 없고 머릿속에도 "……" 같은 공백이 많은 사람이다. 그래도 쓰루요와 야마다 군은 꽃모종을 심고 감나무를 털며 같이 사이좋게 작업했다. 우리에게는 남매로만 보였지만 간다 군에게는 느낌이 또 달랐을 것이다. "아주 사이가 좋아 보이네"라며 쓰루요를 비꼬고 때로는 은연중에 탓할 때도 있었다.

그러나 부부 사이에선 그런 것도 양념처럼 작용한다. 쓰루요는 웃으며 간다 군의 질투심을 무시했다. 최소한 낮에는. 알다시피 밤에는 밤의 세계가 펼쳐진다. 훗날 열리지 않는 방이 된 부부 침실. 그곳에서 쓰루요와 간다 군은 몹시 뜨거운 사이였다. 오랫동안 사귀어 이젠 타성적으로 변한 것처럼 보였던 둘의 관계가 야마다 군이라는 촉매를 얻어 다시금 불타올랐다.

그러나 세월이 흘러도 아이가 생기지 않았다. 여기에는 쓰루요의 의사가 작용했을 것이다. 조부, 부친, 간다 군. 여기에 유아까지 추가되면 쓰루요의 집안일 능력을 넘어서니까. 쓰루요는 자연 피임법을 활용해 주도면밀하게 배란일을 파악하고 임신 가능성이 낮은 시기에만 간다 군을 받아줬다. 간다 군은 또 간다 군대로 핼쑥한 멍청이였으니 배란일이니 뭐니는 전혀 모르고 '조만간 생기겠지' 하고 느긋하게 생각했다.

그러던 중에 쓰루요의 조부가 세상을 떠났다. 쓰루요에게는 거의 유일하게 실속 있는 대화를 나눌 상대였다. 쓰루요의 슬픔과 비탄은 보통이 아니었다.

쓰루요의 조부는 상대의 성별이나 나이에 집착하지 않고 사람 대 사람으로 대화하는 공정한 인간이었다. 여자는 공정함을 중요하게 여기는 면이 있다고 생각하지 않나? 결벽증이라고도 혹은 융통성이 없다고도 할 수 있겠지만. 여자가 왜 공정함을 중시하는 경향이 있는지 숙고한 적이 있다. 우리에게 시간만큼은 넘치도록 있으니까. 사랑스러운 암컷 까마귀에게 필요 이상으로 쪼이지 않도록 대책을 짜려면 게으름을 피울 수 없다.

그 결과, 우리는 여자가 공정함에 민감한 것은 공정한 대우를 받지 못한다고 느끼는 상황이 많기 때문이라는 결론을 내렸다. 여자니까 혹은 젊다고 해서 깔보는 작자들을 여자는 표정 하나 바꾸지 않고 자세히 관찰하고, 죽을 때까지 잊지 않는다. 그러니 우리 역시 분노를 참지 못하는 귀여운 암컷 까마귀에게 쪼이는 것이다.

쓰루요의 조부는 그런 면이 전혀 없었다. 그래서 쓰루요는 조부와 허심탄회하게 뭐든 대화를 나눴다. 조부의 유해를 앞에 두고 쓰루요는 조용히 눈물을 흘렸다. 간다 군은 쓰루요의 어깨를 다정하게 안아줬다. 쓰루요의 부친은 '장례가 끝날 때까지는 산책을 자중해야 할까?' 같은 생각이나 했다.

그렇다, 쓰루요의 조부라는 누름돌이 사라지자 마키타가 남자들이 변했다. 쓰루요의 부친도 간다 군도 갑자기 물렁물렁해졌다. 남자에게 쓰루요의 조부 같은 존재는 조금 거북하고 대하기 어렵다. 공정하기 때문에 인간관계에서 '대충대충'을 용납하지 않았다. 개인 대 개인의 대화를 일일이 요구했다. 짜증스럽게 여기는 것도 당연하지 않나. 남자들이 보통 가장 어려워하는 것이 사회적인 위치나 역할에 구애되지 않는 대화이니 말이다.

쓰루요의 부친은 산책을 마치고 그대로 놀러 나가느라 부동산 관리에 점점 더 흥미를 잃었다. 간다 군도 빌라에 다니는 빈도가 줄었다. 그 대신 골동품 수집을 시작했다. 물론 쓰루요는 부친에게도 남편에게도 쓴소리를 했지만 누름돌이 사라져 물렁물렁해진 남자들은 한 귀로 듣고 한 귀로 흘렸다. 쓰루요는 마당의 풀을 뽑으며 불평불만을 늘어놨다. 옆에서 야마다 군도 같이 일했지만 타고나길 말이 없는 사람이라 맞장구도 치지 않고 듣기만 했다.

결국 쓰루요의 불평은 혼잣말이 됐다. 잡초를 뽑을 때마다 흘러나오는 불평이다. 뿌리가 인간처럼 생긴 식물, 만드라고라는 뽑힐 때 비명을 지른다고 한다. 그 소리를 들으면 절명한다나. 마키타가의 마당에는 뽑힐 때마다 불만을 늘어놓는 만드라고라가 서식하는 것 아닐까 걱정될 정도였다. 불평을 들으면 야마다 군이 적당히 맞장구를 쳐주면 좋겠다고 우리는 진지하게 바랐다. 그러지 않으면 불평이 매우 불길한 메아리로 변할 것 같았다.

간다 군은 골동품을 찾아 여행을 떠났다. 일주일, 때로는 한 달이나 돌아오지 않을 때도 있었다. 여행지에서 보내는 정체 모를 서화와 도기는 대부분이 가짜였다. 골동품을 즐기는 취미가 없는 우리가 알아볼 정도로 죄다 위조품이었다. 부부 침실이 가짜 골동품으로 가득 채워졌다. 그 대신에 마키타가의 재산이 줄어들었다. 어디에서 들었는지 수상한 골동품상이 빈번히 찾아오기도 했다.

　　　　　　　　　　　　　　그 집에 사는 네 여자

쓰루요는 잘 참았다. 간다 군이 집을 비웠을 때는 골동품상을 정중하게 돌려보냈다. 여행지에서 간다 군이 정체 모를 물품을 사서 보내면 내용물에 바람을 쐬어준 뒤에 상자를 부부 침실에 정성껏 쌓아 올렸다. 아마 쓰루요는 알아차렸을 것이다. 간다 군이 마키타가에서의 삶에 질린 것을.

성실한 정신을 지닌 간다 군은 아내 집안의 불로소득으로 생계를 꾸리는 하루하루를 무의미하다고 느꼈다. 그렇다고 나가 일할 만한 체력이나 기력이나 실력이 없는 것이 간다 군이 가진 모순이었다. 타고난 성실한 정신이 간다 군을 괴롭혔다. 그 괴로움을 무위하다고 부를 수밖에 없는 골동품 사냥에 쏟아부었다.

쓰루요가 간다 군을 용서한 이유는 역시 정이 있었기 때문이다. 간다 군의 성실함, 바꿔 말해 소심함을 지루하다고 느끼는 한편, 과도하고 과격하게 가짜 골동품을 수집하는 간다 군의 언밸런스함을 사랑했다. 여행지에서 돌아온 간다 군과 쓰루요는 교접했다. 큰 느티나무에서 잠든 우리의 날개가 떨릴 만큼 격렬하게. 같은 지붕 아래에서 자는 쓰루요의 부친은 산책과 유흥에 지쳐 눈을 뜰 기색이 없었다.

간다 군이 골동품에 매료된 지 1년쯤 지났을 무렵, 쓰루요가 임신했다. 쓰루요는 자식이 태어나면 간다 군도 조금은 정신을 차려주리라 기대했다.

그러나 간다 군은 변하지 않았다. 쓰루요가 출산한 그날에도 골동품을 사러 데와*에 갔다. 그리고 아이에게 줄 생일 선물이라

---

* 일본의 옛 지방을 일컫던 이름으로 지금의 야마가타현과 아키타현 부근이다

면서 갓파 미라를 보냈다.

평소처럼 상자를 열어 내용물에 바람을 쐬려던 쓰루요는 숨이 턱 막혔다. 상자에 든 간다 군의 편지에는 '아기가 무사히 태어나서 기뻐. 축하 선물이야. 곧 돌아갈게'라고 적혀 있었으나, 상자 내용물은 꺼림칙한 건어물이었다.

이건 무슨 장난이지? 쓰루요는 생각했다. 하필이면 이런 것을 보내다니. 선물로 갓파 미라는 확실히 일반적이진 않다. 데릴사위인 간다 군이 쌓이고 쌓인 울분을 작렬시키며 고른 것이 이 건어물이라는 소리일까. 아니면 '나는 앞으로도 꿈을 추구하며 자유롭게 여행하겠어. 당신은 열심히 부동산을 유지하고 아기나 돌보라고. 으하핫' 같은 혐오와 야유가 담긴 것일까. 쓰루요가 실제로 이런 말을 하진 않았지만 대충 이렇게 생각했으리라 우리는 추측한다.

때맞춰 울음을 터뜨린 아기를 안고 젖을 주며 쓰루요는 이혼하기로 결심했다. '무언가가 끊어졌다'라고 그날 밤 쓰루요는 일기에 썼다.

'인내 주머니의 끈인지, 신경인지, 애정의 가느다란 실인지 모르겠지만 내 안에서 무언가가 소리를 내면서 끊어졌다.'

난폭하게 휘갈긴 문장을 우리는 창 너머에서 벌벌 떨며 지켜봤다.

결심한 후의 쓰루요는 행동이 빨랐다. 갓 태어나 머리 하나 가누지 못하는 아기를 안고 관공서에 가서 이혼 서류를 받아 도장을 찍었다. 아기를 아기 침대에 재우고, 부부 침실에 산더미처럼

그 집에 사는 네 여자

쌓인 골동품 상자를 조부가 죽은 후 비었던 1층 다다미방으로 옮겼다. 출산하고 얼마 지나지 않은 몸인데도 쓰루요는 흐르는 땀을 닦지도 않고 혼자서 복도를 수없이 왕복했다. 미련이나 망설임을 떨치려는 귀기 어린 풍경이었다. 쓰루요의 부친은 어땠는가 하면, 딸의 변심 따위 꿈에도 모르고 젠푸쿠지강을 산책하는 중이었다.

갓파 미라가 도착하고 일주일 후, 간다 군은 만족한 표정으로 밤늦게 귀가했다. 처음으로 딸과 대면한 간다 군은 환하게 웃으며 작은 손가락에 자란 작디작은 손톱을 보며 만감 어린 소리를 냈다.

쓰루요는 남편을 위해 목욕물을 다시 데우고 정성을 다해 야식을 준비했다. 그리고 바지락된장국을 맛있게 먹는 남편에게 말했다.

"이혼해줘."

간다 군은 된장국 그릇을 식탁에 떨어뜨렸는데 거의 다 마셔서 국물을 머금은 바지락 껍데기가 한두 개 굴러 나왔을 뿐이었다.

"갑자기 왜?"

"갑자기라고 생각해? 정말?"

쓰루요의 싸늘한 노기와 마주한 간다 군은 입을 다물 수밖에 없었다. 짚이는 데가 많아도 너무 많았기에. 한편으로 불만이 있으면 그때그때 말하지 그랬느냐는 속마음도 우리에게 전해졌다. 하지만 간다 군은 현명하게도 그 생각을 꾹 삼켰다. 말해봤자 "몇 번이나 말했잖아! 당신이 제대로 듣지 않은 거야"라는 반론이 돌아올 것을 알았기 때문이다. 식당의 베란다 창 밖에서 얌전히 추이를 지켜보던 우리는 '지금 잘 참았어, 간다 군' 하고 칭찬을 보냈다.

그런데 생각해보면 간다 군은 무리해서 말을 참은 것은 아닐 수도 있다. 결혼을 허락받으러 왔을 때도 적극성이라곤 발휘하지 못했고, 그 후에도 골동품 수집 이외에는 자기 의사를 먼지 한 톨만큼도 표명하지 않았던 간다 군이니 말이다. 다정하고 온화한 것은 맞는데, 알고 보면 표명할 의사 자체가 희박한 인물이라는 의문을 떨치지 못하겠다.

우리는 창문 너머로 계속해서 관찰했다.

"어쨌든 나는 이제 지긋지긋해. 집에 머무르지 않는 남편이, 가끔 집에 와도 제대로 대화도 나누지 않는 남편이, 드디어 딸이 태어났는데 갓파 미라를 보내는 남편이!"

쓰루요가 다그쳤다. 간다 군은 뒤집어진 국그릇을 원래대로 세우고, 흩어진 껍데기를 젓가락으로 집어 그릇에 넣었다.

"알았어."

간다 군은 순순히 쓰루요의 요구를 받아들였다. 활짝 열린 침실 문 너머로 아기 침대에 누워 우는 젖먹이 소리가 났다. 쓰루요는 아기의 기저귀를 갈러 갔고, 식당에 남은 간다 군은 고개를 숙이고 앉아 있었다.

간다 군은 언젠가 이렇게 되리라 예상했는지도 모르겠다. 한시름 놓은 것처럼도 보였다. 드디어 해방됐다고.

간다 군은 그날 밤 침실에 들어가지 않고 골동품이 담긴 상자

그 집에 사는 네 여자

에 파묻힌 다다미방에서 잤다. 다음 날, 직접 짐꾼에게 연락해 짐을 옮길 트럭을 수배했다.

이혼 서류에 도장을 찍은 간다 군이 말했다.

"그럼 잘 지내."

"당신도."

쓰루요도 대답하고, 고무줄을 낀 것처럼 올록볼록한 아기의 손목을 살짝 붙잡아 흔들어 보였다. 간다 군은 쓰루요의 손까지 함께 아기의 손을 붙들고 한참 동안 눈을 감았다. 이윽고 몸을 떼고, 뒤도 돌아보지 않고 마키타가의 정문을 나가 어딘가로 사라졌다.

그때야 일어난 쓰루요의 부친이 2층에서 내려와 물었다.

"음? 간다 군은 또 어디 나갔니?"

"네."

쓰루요는 그렇게 대답했다.

간다 군과 마키타가의 인연은 이렇게 끊겼다. 그러나 우리는 목격했다. 간다 군이 다다미방에 옮겨진 골동품 중에서 갓파 상자를 찾아 침실의 기모노나 꽃병, 일용품이 든 상자 사이에 숨겨둔 것을.

간다 군은 갓파 미라를 절대 장난삼아 보낸 것이 아니었다. 태어난 딸과 딸을 낳아준 아내를 진심으로 생각해 고른 소중한 선물이었다. 진심으로 생각해서 고른 선물이 왜 갓파 미라인지, 까마귀 중의 까마귀인 우리도 모르겠다. 간다 군도 제대로 설명하진 못할 것이다. 부적처럼 생각했을지도 모른다. 갓파 미라가 여행을 갈구하는 마음에 불을 지펴 다른 세계에 대한 환상을 느꼈을지도 모른다. 어느 쪽이든 처자를 생각하는 기도와 마음을 담은 것이었다. 그래서 마키타가에 몰래 남겨두기로 했다.

간다 군은 갓산 산기슭의 오래된 골동품점에서 갓파 미라를 발견한 순간 '이거다'라고 느꼈다. 다다미방에서 마지막 밤을 보내며 "이거라고 생각했는데"라고 간다 군이 중얼거리는 것을 들었으니 장담한다.

풍문으로 들으니 데와3산*은 수험도**의 산으로, 우리 까마귀의 우두머리인 야타가라스와도 인연이 깊다. 그래서 우리도 가끔 일족의 정보망을 통해 그쪽 상황을 접하곤 하는데, 데와3산에는 텐구는 있어도 갓파는 없다고 들었다. 즉신성불한 승려 미라는 몇 구나 현존한다는데 그런 고귀한 미라를 갓산 산기슭에서 파는 천벌받을 짓을 할 리 없다. 종교적으로도 사회적으로도 범죄일 테니까.

자칭 '갓파 미라'는 필시 가짜일 가능성이 높지만, 군이 조사해서 꿈의 씨앗을 짓이길 이유는 없다. 간다 군이 '이거다'라고 느꼈다는 사실이 중요하다.

쓰루요는 간다 군과 좀 더 대화를 나눴어야 했다. 간다 군의 참뜻을 묻고 허심탄회하게 속을 드러냈어야 했다. 그러나 지금 말해도 이미 늦었다. 마음을 전부 말로 표현할 수 있는 인간도, 들

---

* 일본의 고대 데와국에 있던 신성한 산인 갓산, 하구로산, 유도노산의 총칭.
** 산에서 엄격한 수행을 해 깨달음을 얻으려는 일본 고유의 산악신앙이 불교, 밀교, 도교 등과 결합해 새롭게 탄생한 종교.

그 집에 사는 네 여자

고 싶은 말을 상대에게서 전부 끌어내는 인간도 이제껏 단 한 명도 없었으니까.

간다 군과 헤어진 쓰루요는 지금까지 쓴 일기를 마당에서 전부 불태웠다. 침실에서 아기 침대를 옮겨 1층 다다미방으로 딸과 함께 이사했다. 일기는 하얀 연기가 돼 구름에 녹아들었고, 부부의 기억이 빼곡하게 찬 침실은 열쇠로 잠겨 열리지 않는 방이 됐다.

쓰루요는 딸을 키우고 부친을 돌보고 부동산을 팔고 관리하며 덤덤히 나이를 먹었다. 쓰루요의 기쁨이나 즐거움이나 괴로움이나 슬픔이 무엇인지, 우리도 상세하게 파악하지 못했다. 원래부터 담담한 성격이기도 했다. 쓰루요가 불타오르는 정열로 들끓었던 때는 아마도 일생에서 단 한 시기, 졸업논문 면접시험을 보는 교실에 쇠파이프를 들고 난입하기 직전까지의 간다 군을 대하던 그때뿐일 것이다.

끝내 나오지 못했던 말과 표현되지 못한 마음은 어디로 갈까. 너희 인간을 관찰하다보면 우리는 이에 대해 종종 생각하곤 한다. 허공으로 사라져 두 번 다시 소생하지 못하는 마음과 말을.

너희 인간에게는 이상한 풍습 혹은 습관이 있다. 예를 들어 이 세상을 떠난 인간을 '별이 됐다'라고 표현하거나 꽃이나 바다나 산이나 달을 보고는 다시 만나지 못할 인간을 떠올리거나 한다. 우리는 그런 댁들을 볼 때마다 "별은 별, 꽃은 꽃, 바다는 바다, 다른 것도 다 그냥 그것일 뿐이야"라고 충고하고 싶은데, 그런 마음의 움직임이 분명 흥미롭긴 하다. 아름답다고 느끼는 대상에 소중한 인간의 모습이나 추억을 위탁하다니.

그렇게 생각하면 허공으로 사라진 말이나 마음을 슬퍼할 이유도 사라지지 않을까. 그것들은 알고 보면 사라지지 않고, 암흑 속에서 반짝이는 은빛 별처럼 미약한 전파를 내보내며 너희 마음 어딘가에서 계속 반짝이고 있을 수도 있으므로. 먼 미래, 몇억 광년이나 떨어진 곳에서 이번에야말로 누군가의 마음에 도달할 순간을 기다리며.

마키타가가 소장한 갓파 미라. 또 그 당시 마키타가에서 일어난 이모저모에 관해 우리가 아는 것은 여기까지다. 말 한번 장황하게 늘어놓는 까마귀라고 생각하겠지만 그것은 오해다. 우리는 까마귀 중의 까마귀 젠푸쿠마루다. 마음만 먹으면 이런 정보쯤은 단숨에 삐비비빅 너희 뇌에 전달할 수 있지만, 너희는 그런 것에 익숙하지 않아 혼란에 빠질 테니 일부러 언어로 변환해준 것이다.

평소에 우리는 지극히 과묵하다.

그럼 이만.

이야기를 마친 젠푸쿠마루는 보금자리인 큰 느티나무로 돌아갔다. 그러나 마키타가에 사는 네 여자 귀에 젠푸쿠마루가 하는 말은 당연히 들리지 않았다.

"밤인데 까마귀 소리가 유난히 시끄럽네."

"따뜻해져서 그런 거겠지."

쓰루요가 얼굴을 찡그렸으나 사치가 이렇게 대꾸하는 것으로 넘어갔다.

벌써 심야에 가까운 시각이다. 이세탄에서 귀가하자마자 곧장 사치, 유키노, 다에미에게 포위된 쓰루요는 전 남편과의 생활, 갓파 미라가 마키타가에 오게 된 경위를 이 말을 했다 저 말을 했다 하며 천천히 설명했다.

도중에 차도 마시고 쓰루요가 사온 반찬으로 저녁을 먹고, 엉덩이가 아파서 식당에서 거실 소파로 옮기기도 해서 쓰루요에게 유익한 정보를 다 캐낼 때까지 제법 시간이 걸렸다.

게다가 쓰루요는 툭하면 "소변 좀"이라며 화장실에 가고, "빨래는 걸었나? 그럼 개켜야지" 하고 2층에 올라가려고 하는 등 틈을 노려 도주를 수차례 시도했다. 그때마다 사치, 유키노, 다에미 중 누군가가 쓰루요에게 바싹 달라붙어 눈을 빛내며 감시해야 했다. 술래잡기를 반복한 네 여자는 완전히 지쳐버렸다.

"……그러니까."

사치가 엽차를 따른 찻잔을 손에 들고 정리에 나섰다. 요령 없는 쓰루요의 이야기에 끈기 있게 귀를 기울이며 홍차, 커피, 녹차, 다시마차 등 온갖 종류의 수분을 오후부터 지금까지 계속 섭취하느라 사치의 배는 물 풍선처럼 부풀었다.

"갓파 미라는 우리 아버지가 사온 가짜라고?"

"그야 당연하지."

쓰루요가 고개를 끄덕였다.

"진짜였으면 벌써 박물관에 가져갔다."

"하지만."

쿠키 한 통을 비운 다에미가 끼어들었다.

"쓰루요 씨, 갓파가 열리지 않는 방에 있는 줄 모르셨죠."

"그래. 당연히 그 사람이 가져갔다고 철석같이 믿었지. 아무튼 그건 가짜가 분명하니까 안심하렴. 그 사람은 골동품을 보는 눈이 없었어."

"사치의 아버님은 왜 갓파를 사셨을까요?"

유키노의 질문에 쓰루요는 "글쎄다" 하고 고개를 갸웃거렸다.

"그때는 질 나쁜 장난이라고 생각했지만……. 안 묻고 내쫓아 버렸어."

"아버지가 어디에서 어떻게 사는지 엄마 알아?"

사치가 진지한 목소리로 물었다.

"아니. 한참 전에 죽었다는 소식을 풍문으로 듣긴 했는데 나한텐 아무 연락 없었으니까 정확하게는 모른다."

등을 펴고 소파에 앉은 쓰루요가 옆에 앉은 딸의 손을 살며시 붙잡았다.

"미안하다. 호적을 조사하면 생사는 알 수 있을 거야."

"아니야, 됐어."

얼굴도 기억할 수 없는 아버지가 이미 이 세상 사람이 아닐지도 모른다고 알게 돼도 사치는 이상할 정도로 충격적이지 않았다. 그보다 사치가 내심 제일 묻고 싶은 것은 과연 부모님이 한때라도 서로 사랑하긴 했는지, 그 결과로 자신이 태어났는지였다.

사치의 마음속 어딘가에는 기댈 곳이 없다는 허전함이 항상 자리했다. 갓 태어난 자식을 남기고 훌쩍 집을 나가버리는 아버지도 아버지이고 쫓아낸 엄마도 엄마다. 하지만 이걸로 쓰루요를 몰아붙이며 따질 순 없다. 어른이 됐으니 더 그렇다. 돌을 삼켜

위장에 넣고 그걸로 음식을 짓이기는 악어처럼, 사치는 기댈 곳 없는 허전함을 돌로 삼아 수많은 감정을 소화했다.

사치의 마음을 유키노가 민감하게 감지했다. 그러나 쓰루요가 마음에 걸려 그 자리에서는 아무 말도 하지 않았다.

"그만 자자꾸나."

말하느라 지친 쓰루요가 제안했다.

"어휴, 끝까지 민폐만 끼치는 갓파네."

식기를 정리한 넷은 문단속을 하고 부엌 전등을 껐다. 쓰루요는 "목욕은 내일 아침에 하련다"라고 말하고 어깨를 두드리며 1층 다다미방으로 들어갔다. 사치, 유키노, 다에미는 한 줄로 나란히 계단을 올라갔다.

셋 중에 마지막으로 욕조를 쓴 유키노가 욕실 청소를 마치고 사치의 방으로 가자 다에미도 있었다. 깔아놓은 유키노의 이불에 앉아 침대에 앉은 사치를 올려다보며 대화를 나누고 있었다. 세면대에서 머리를 제대로 말리지 않았는지 어깨에 걸친 수건이 젖었다.

"아, 선배."

돌아본 다에미의 머리를 붙잡아 정면으로 돌렸다. 유키노는 다에미의 뒤에 무릎으로 서서 들고 있던 목욕 수건으로 머리카락을 말려줬다. 사치는 생글생글 웃으며 그 모습을 지켜봤다.

유키노 마음대로 하게 내버려두고 다에미가 입을 열었다.

"지금 사치 씨한테도 말했는데요, 갓파를 선물하는 아버지라니 참 멋있지 않아요?"

그런가? 유키노는 고민했다.

"그런가?"

사치는 속으로 떠올린 질문을 입으로 뱉었다.

"전혀 멋있지 않은데. 수십 년이나 지나서 이런 난리 통이고."

"꿈이 있잖아요."

다에미가 살짝 고개를 젖혔다. 허공을 황홀하게 쳐다봤다. 그러나 곧 "아파, 선배 좀 다정하게, 아야야, 혀 깨물었어" 하고 항의했다. 유키노는 목욕 수건을 옷걸이에 걸고 헝클어진 다에미의 머리카락을 쓰다듬었다. 이어서 입을 다문 사치를 대신해 순진무구한 다에미를 나무랐다.

"꿈만 있으면 아무 소용없잖아."

"그런가요? 왜요?"

"왜냐니. 같이 생활하니까."

"저는 전혀 신경 안 쓰는데."

다에미가 고개를 흔들었다. 아직 습기가 남은 머리카락이 물을 뒤집어쓴 개털처럼 퍼덕퍼덕 흔들렸다. 얘, 트리트먼트를 제대로 하긴 하나, 유키노는 걱정했다.

"꿈 없는 생활은 창호지를 안 바른 장지 같잖아요?"

"……어, 미안. 무슨 뜻이야?"

"틀만 있고 구멍 숭숭이라고요. 너무 훤히 보여서 불안하고, 지나가는 사람들도 안을 들여다보고서 '저 집은 시시하게 사는구먼'이라고 말할 것 같아요. 게다가 바람이나 모기가 들어오니까 불편하죠! 금방 무너질 거예요, 그런 생활은요."

그 집에 사는 네 여자

"이해하기 어려운 비유인데 '꿈이란 외부의 시선이나 바람을 막는 막. 즉 창호지 같은 것'이라는 소리야?"

"맞아요."

다에미가 가슴을 폈다.

"툭 하면 망가지니까 신중하게 다뤄야 하고 망가지면 재깍 새로 바를 성실함과 경제력도 필요하죠. 그래도 꿈이라는 창호지를 유지해야만 일상에 충실해질 수 있는 거예요!"

힘을 주어 하는 말에 유키노는 '그렇군' 하고 납득하다가 '아니지, 잠깐만' 하고 얼른 생각을 고쳤다.

"그건 그렇지만 역시 꿈만 꾸는 사람하곤 같이 살긴 어려워. 생활에는 창호지 말고 다른 것도 필요할 텐데."

"그건 제가 보충하면 되니까요."

다에미가 헝클어진 머리를 손으로 빗으면서 입술을 살짝 삐죽였다.

"선배도 알죠? 저 생각보다 근면 성실해요. 일하는 것도 싫어하지 않고, 요즘은 저금도 꽤 했고, 실무 능력도 나름 괜찮다고 생각해요."

"……그래?"

사치가 조심스럽게 끼어들었다. 상자가 널브러진 다에미의 방을 떠올렸기 때문이다.

"하긴."

회사에서 일하는 다에미를 보는 유키노는 후배의 명예를 살려 줬다.

"정리 정돈은 엉망이지만 다에, 일은 잘하는 편이야. 사무 처리 능력도 뛰어나고 사람 대하는 것도 괜찮고."

"어머, 선배. 부끄럽게."

그러면서도 다에미는 가슴을 한껏 폈다.

"그런데 유일하게 꿈을 꾸는 거에 서툴러요. 이러면 재미없잖아요? 아무리 돈을 모으고 일을 열심히 해도 제 안에는 하고 싶은 일이 하나도 없다니까요. 그러니까 저는 꿈을 꾸는 남자가 좋아요! 생활이라면 제가 얼마든지 지탱할 테니까 꿈을 보여줬으면 좋겠어요!"

그래서 그런 기둥서방한테만 잘도 걸리는구나, 사치와 유키노는 동시에 똑같은 생각을 했지만 둘 다 말하진 않았다. '제 눈에 안경'이라는 말도 있고, 남이 아무리 충고해도 취향은 쉽게 바꾸지 못하니 둘이 할 수 있는 일이란 다에미의 행복을 비는 것뿐이다.

"다에, 너 생활력이 있구나."

사치가 감탄했다.

"아, 쓰루요 씨를 디스하려는 건 아니고요."

다에미가 허둥지둥 손을 젓기에 사치가 알고 있다고 고개를 끄덕였다.

"나도 내심 '남자가 당연히 돈을 벌어야 한다'고 여겼던 걸 깨달았어. 어쩌면 엄마도."

"그렇구나. 저는 노동이 특기니까 돈벌이를 담당하면 된다고 단순하게 생각했을 뿐이에요."

다에미는 한없이 명랑했다.

그 집에 사는 네 여자

"그럼 안녕히 주무세요."

"벌써 자려고?"

"내일 일요일인데 조금 더 놀자."

사치와 유키노가 붙잡았다.

"아침부터 친구랑 바비큐 파티를 해요. 다마강에서. 날 맑으면 좋겠다."

다에미는 신이 나서 자기 방으로 물러갔다.

"아직 쌀쌀한데 바비큐라니."

"쟤는 인생을 누리고 있네."

남은 두 사람은 다에의 젊음과 밝음에 눈만 깜박였다.

유키노는 자기 이불을 걷고 시트 위에서 요가 자세를 취했다. 오늘은 '쟁기 자세'다. 드러누워 허리부터 아래를 천장을 향해 똑바로 세운 뒤, 서서히 두 다리를 얼굴 쪽으로 기울였다. 양쪽 발가락이 머리 위 시트에 닿자 정지하고 천천히 호흡을 반복했다. 옆에서 보면 몸이 '기역 자' 비슷하게 되는 형태다.

그 자세를 유지한 채 유키노가 말했다.

"다에가 저런 생각을 하는 줄 몰랐어."

"응."

사치는 침대에 책상다리를 하고 앉아 평소처럼 유키노의 유연성을 감탄 어린 눈으로 지켜봤다.

"맹해 보이는데 생각보다 야무지네."

"자기에게 꿈을 꾸는 능력이 없으니까 땅에 발이 닿지 않는 남자를 선택한다니. 일리 있어. 그러면 다에를 스토커 기둥서방이랑 헤어지게 한 건 괜한 참견이었나?"

"아니, 그건 아니지. 다에가 좋다면 기둥서방도 괜찮지만 가정
폭력은 안 되잖아. 헤어진 게 정답이야."

유키노는 갓파 소동을 일으킨 책임을 느껴 '나는 사방에 고개
를 들이밀어 괜한 짓이나 저지른다니까' 하고 과거를 반성하는
중이었다. 그래서 사치가 정답이라고 말해줘서 조금 마음이 편해
졌다.

"그리고."

사치가 말을 이었다.

"역시 남자한테도 프라이드가 있을 거야."

"무슨 소리야?"

"……그 자세 힘들지 않니?"

"아직 괜찮아. 말해."

"세상에는 아직 '남자란 당연히 일해야지'라는 고정관념이 남아
있잖아. 다에처럼 '적성에 맞는 사람이 벌면 되지'라는 사람도 늘
어났지만 '그래도 역시 생활력을 조금은 보여줬으면 좋겠어'라고
기대하는 여자도 많을 테고, 무엇보다 남자 본인이 '나는 남자니까
가족을 어떻게든 부양해야지'라는 압박을 많이 받을 것 같아."

"그건 그럴 것 같다."

남자 동료의 얼굴을 하나둘 떠올리며 유키노는 동의한다는 뜻
으로 다리를 살짝 흔들었다.

"그러면 '여자가 돈을 벌고 남자가 꿈을 추구하며 집안일을 전
담하는' 생활도 처음에는 괜찮다가도 점점 남자는 초조해지고 콤

플렉스를 느낄 테고, 여자는 여자대로 '집안일을 좀 제대로 하란 말이야'라는 생각이 들어 관계가 어긋나는 사람들도 그중에 있지 않을까? 다에가 사귀었던 기둥서방도 폭력을 쓴 건 물론 그 인간의 성격이나 습관이겠지만, 어쩌면 초조함이 폭력이라는 형태로 나타났을지도 몰라. 그게 정상참작을 해줄 이유는 못 되지만."

"그렇지."

슬슬 힘에 부쳐서 유키노는 '쟁기 자세'를 풀어 다리를 내리고 방석 위에 대자로 누웠다.

"그러면 여자도 남자도 어떤 관계를 추구해야 베스트일까?"

"그야 서로 '이래야지'나 '이랬으면 좋겠다'고 생각하지 말고 자기 자신과 상대에게 포용력 있는 마음을 지녀야 베스트겠지."

"엄청 어렵겠는데?"

"후후. 뭐, 나야 남자가 초조해할 정도로 돈을 벌지 않으니까 결국 떡 줄 사람은 생각도 않는데 김칫국 마시는 소리지만."

아닌가, 이 경우에는 기우(杞憂)라는 표현이 맞다. 그런 소리를 중얼거리는 사치를 유키노는 누운 상태로 고개를 돌려 바라봤다.

"그리고 적절한 거리감과 관계성을 유지하는 좋은 방법이 또 하나 있어."

유키노가 말했다.

"그 누구하고도 섹스를 하지 않는 거야. 연인이나 부부 같은 개인적인 일대일 파트너십을 안 맺는 거야. 그러면 과도하게 기대했다가 배신당할 일도 없고 상대의 요구에 응하지 못해 괴로워할 필요도 없어."

사치는 놀라서 누워 있는 유키노를 내려다봤다. 유키노는 양팔을 날개처럼 벌리고 천장을 바라보고 있었다.

"하지만 그러면 쓸쓸하지 않니?"

사치의 속삭임에 유키노가 작게 웃었다.

"그런가? 하지만 전부 다 손에 넣을 순 없어. 뭘 선택할지는 개개인에게 달렸지. 선택할 생각이 없었는데 정신 차리고 보니 그것만 손에 남은 경우도 있겠고. 그런 의미에서는 누구나 다 쓸쓸해. 연인이 있든 없든, 결혼했든 안 했든."

사람 수만큼 있는 수많은 종류의 쓸쓸함 중에서 너는 그 누구와도 연결되지 않는 쓸쓸함을 선택할 거니? 매우 특수한 선택 아닐까. 그러나 생각해보면 사치 자신도 벌써 몇 년이나 아무와도 연결되지 않았다.

어라, 생각보다 이런 게 흔한가. 아니면 '비슷한 것들끼리 모인다'는 공식에 따라 특수 사례가 우연히 여기 집결했을 뿐인가?

"왠지 우리, 사춘기 시절에나 할 얘기를 나누네."

사치가 말했다.

"사춘기 때 무슨 얘기를 했는지 까먹었어. 어땠지?"

"'섹스하는 데 시간이 얼마나 걸릴까'나 '아무도 나를 이해해주지 않아'나, 인생에 대해서 이러쿵저러쿵하는 게 사춘기 때지."

"어, 그래? 나는 친구랑 섹스 얘기는 전혀 안 했어. 시골 학교라서 그랬나?"

"지역은 상관없어. 그냥 잊어버렸을 뿐일걸?"

사치와 유키노는 마주 보다가 동시에 웃음을 터뜨렸다. 중년이

그 집에 사는 네 여자

라고 해도 딱히 반론할 수 없는 나이가 돼 이런 대화를 나눌 상대
가 있는 것이, 둘 다 말은 안 했지만 왠지 행복했다.

"우리, 분명 두 번째 사춘기일 거야."

유키노가 말했다.

"갱년기를 잘못 말한 거 아니야?"

사치가 웃었다.

"비슷하지 뭐. 저기, 사치."

"응?"

"아까 쓰루요 씨 얘기를 들으면서 생각했는데. 네 이름, 아버지
의 성함인 사치오에서 따왔구나."

사치는 침묵했다. 침대에 누워 이불을 끌어당겼다.

"전등 좀 꺼줘."

유키노는 시키는 대로 일어나 문 옆의 스위치를 내렸다. 어두워
진 방 안을 조심히 걸어와 손으로 더듬어 바닥의 이불에 누웠다.

눈이 익숙해지자 사치가 이쪽에 등을 돌리고 누운 것이 보였
다. 화가 났나? 설마 우는 건 아니겠지. 걱정했지만 몸도 마음도
지쳐버린 하루여서 유키노의 눈꺼풀이 점점 무거워졌다. 수마의
꼬리가 목덜미를 얽으며 다가왔다. 그런데 그때였다.

"유키노."

사치가 조용히 이름을 불렀다.

"응?"

"고마워."

사치도 유키노도 마음이 충만해진 기분을 느끼며 각자 꿈속으

로 헤어졌다.

인테리어 업자가 와서 벽지 교체를 시작했다.

사치는 견적을 내러 온 남자를 영업부 직원이라고 생각했는데, 실무 작업도 그가 직접 하는 모양이었다. 지난번에는 양복 차림이었던 그 남자가 베이지색 작업복을 입고 아침 여덟 시에 마키타가를 방문했다. 가슴 주머니에 오렌지색 실로 '가지'라는 이름이 수놓였다. 견적 때 받은 명함을 필사적으로 떠올려 동일 인물이라고 판단했다.

"견적 내는 것도 벽지 교체도, 직접 하시나봐요?"

"가족끼리 경영하는 소규모 회사여서요."

사치가 묻자 가지는 표정 근육을 움직이지 않고 대답했다.

"여긴 조카입니다. 오늘은 저희 둘이서 작업하겠습니다."

가지 뒤에 선 젊은 남자가 고개를 살짝 숙였다. 아직 10대인지도 모르겠다. 몸이 말랐고 가지와 비슷하게 단정한 생김새였다. 이 인테리어 업자 일가는 무표정으로 있는 게 내력인지, 방침인지 조카도 무뚝뚝했다. 그러나 이렇게 생긴 얼굴에 과묵한 기술자라면 둘 다 인기가 있을 것이다.

가지가 지시하자 조카는 문 앞에 세워둔 밴에서 둥글게 만 벽지와 사치는 뭐에 쓰는지 상상도 안 가는 도구를 실내로 옮겼다. 그러는 사이에 가지는 유키노 방의 고양이 발 책상을 복도로 나르고, 러그와 침대는 방 중앙으로 옮겼다. 복도 바닥이 상하지 않도록 낡은 담요를 깔아 완벽하게 보양도 해뒀다.

그 집에 사는 네 여자

침대가 치워진 곳에 잔뜩 쌓인 먼지와 머리카락을 보고 사치는 허둥지둥 청소기를 돌렸다. 청소가 끝나자 가지가 바닥에 시트를 깔았다.

가지와 조카는 벽지를 끝에서부터 벗기기 시작했다. 옆방에서 도배하는 소리가 나니 정신이 산만해져서 사치는 자수 도구를 들고 1층 식당으로 갔다. 텔레비전을 보는 쓰루요 옆에서 오늘 할 일에 몰입했다.

"어린애도 왔던데?"

쓰루요가 아침 정보 방송을 보며 말했다.

"응. 견적을 내러 온 사람의 조카래."

벽에 들러붙은 풀을 긁어내기라도 하는지 2층에서 드문드문 버적거리는 소리가 들렸다. 이 정도는 허용 범위다. 사치는 하늘색 실로 회전목마의 말을 수놓았다.

"열 시와 세 시에 어떻게 할 거니?"

"어제 오차즈케* 사다뒀으니까 괜찮아. 내가 가져갈게."

"그러렴. 훈남이더라."

쓰루요가 그런 소리를 하더니 사치를 곁눈질하고 히죽거렸다. 조금 있으면 고희를 앞둔 사람이 '훈남' 같은 단어를 말하다니 부끄럽지도 않나. 사치는 짜증이 났다. 쓰루요는 사치가 곁에 있으면 일하는 중이라고 해도 무신경하게 시시한 말을 건다.

쓰루요는 딸이 훈남에게 접근하고 싶어 하고, 어쩌면 그와 잘될지도 모른다고 진심으로 생각하는 걸까? 이미 사치는 설령 그

---

* 밥에 찻물을 부어 간단한 식재료를 얹어 먹는 음식. 또는 시판하는 식재료를 말한다.

러기를 바라더라도 이뤄질 리 없는 나이인데. 훈남뿐만 아니라 남자들은 보통 젊고 아름다운 여자를 좋아한다. 훈남은 더 그렇다. 별로 눈에 띄지 않는 마흔 가까이 된 여자를 일부러 고를 리가 있나.

딸에게 건 기대와 희망을 언제까지나 버리지 못하는 엄마가 사치는 왠지 안쓰럽고 사랑스럽게 여겨졌다.

그건 그렇고 쓰루요는 역시 자꾸 말을 걸었다. "얘, 잠깐, 거기 센베이 좀 주렴"이라느니, "이 사회자, 자꾸만 피부가 까매지네. 골프를 너무 많이 치나?"라느니, 인류의 역사상 드문 시시껄렁한 용건으로 말이다.

바로 옆에서 도배하는 소리를 듣는 것과 쓰루요를 상대하는 것, 어느 쪽이 나은 선택이었을까. 사치는 "응, 응" 하고 대충 흘려들었지만 마침내 참을성이 한계에 도달했다.

"좀 조용히 해. 지금 일하는 중이니까."

"일이라니, 그 따끔따끔하는 거?"

쓰루요는 눈을 휘둥그렇게 뜨고는, 바늘과 천을 든 사치의 손을 가리켰다.

"말하면서도 할 수 있잖니. 손만 움직이면 되니까. 엄마는 심심하다."

이 무슨 자기중심적인 사고인가. 주의를 기울여 바늘을 고르고 실을 매듭짓고 색을 고르려면 고도의 집중력이 필요하다. 무료함을 달래려는 사람을 상대해줄 정도로 한가로운 일이 아니다.

항의하고 싶었지만 말해봤자 안 통할 테니 사치는 체념하고

그 집에 사는 네 여자

"응, 응"을 재개했다.

결국 집에서 할 수 있는 자수 같은 일을 선택한 자신이 나쁘다.

쓰루요는 부친도 헤어진 남편도 회사원이 아니고 주야장천 어슬렁거리기만 한 남자들이어서 '자택 및 자택 주변에서 어슬렁거리는 행위'를 대하는 시선이 날카롭다. '매일 아침 어딘가로 제대로 출근해야 일을 한다고 말할 수 있다'고 굳건히 믿는다. 사치는 열정적으로 자수를 놓고 실제로 대가를 얻는데, 쓰루요에게는 '취미인 수예에서 조금 발전한 정도'로 보이나보다. 그러니 일하는 중이라고 사치가 아무리 말해도 들은 척도 안 하고, 지금도 또 "차 마시고 싶으니까 물 좀 끓이렴" 하고 딸을 하인처럼 부려먹었다.

사치는 쓰루요의 요구에 한숨을 쉬면서도 바늘을 내려놓고 부엌에 섰다. 주전자를 불에 올렸다. 역시 2층 방에서 하는 게 나았겠다. 도배하는 소리는 말을 걸진 않으니까.

다시금 "어휴우우" 크게 한숨을 쉬었다. 쓰루요는 당연히 거들떠보지도 않았다. 텔레비전 리모컨을 달칵달칵 누르고는 "버라이어티쇼 사회자는 시간이 지날수록 점점 인상이 나빠지지 않니?"라고 말했다. 알 게 뭐야! 사치는 소리쳐주고 싶었지만 이러니저러니 해도 세상살이에 닳지 않고 순하게 자란 몸이어서 갑자기 지저분한 말을 하거나 싸움을 걸지 못한다. 그런 의미에서는 비슷한 모녀였다.

무언가가 현관문을 두드리는 소리가 났다. 무언가는 야마다였다. 손님이나 택배 업자라면 문 옆의 벽에 설치된 초인종을 누른다. 야마다는 초인종이 눈에 보이지 않는지 항상 느닷없이 현관문을 두드린다.

"사치, 나가보렴. 엄마는 바빠."

심심하다고 했으면서. 물을 끓인 주전자와 차 세트를 담은 쟁반을 식탁에 놓고, 순순히 현관으로 갔다.

문을 열자 역시나 야마다가 서 있었다. 회색 작업복을 입은 야마다는 오늘도 등을 꼿꼿하게 폈다.

"사치 아가씨, 좋은 아침입니다. 왜 저를 부르지 않았습니까?"

"왜냐니……. 어, 왜요?"

사치는 당황해서 질문을 질문으로 되돌렸다. 야마다는 약간 원망 어린 눈으로 사치를 올려다봤다.

"업자가 오지 않았습니까. 제가 감시하겠습니다."

"왜요? 뭐를요?"

"벽지를 바르는 척하면서 도청기나 카메라를 설치하면 어쩌시려고요."

"설마요."

말도 안 되는 소리를 한다. 사치가 웃자, 야마다는 '이거 큰일이네'라고 호통치고 싶은 표정을 지었다.

"이 집에는 여자만 네 분이 살고 계시니 아무리 경계해도 과하지 않습니다. 실례합니다."

야마다는 신발을 벗고 성큼성큼 2층으로 올라갔다. 몇 박자쯤 뒤에 사치도 발소리를 죽여 계단을 올라갔다. 계단 상부에 몸을 숨기고 눈부터 그 위만 내밀어 2층 복도의 상황을 살폈다.

유키노의 방 앞에 야마다가 장승처럼 버티고 섰다.

"으악, 깜짝이야."

방 안에서 가지의 조카가 외치는 소리가 들렸다. 문득 기척을 느껴서 돌아봤다가 야마다를 봤을 것이다.

"작업을 지켜보겠습니다."

야마다는 우뚝 서서 날카로운 안광을 뿜으며 선언했다.

"그러시죠."

가지가 대답했다. 벽지를 펼치는 중인지 슥슥 뭔가를 비비는 소리가 났다.

사치는 야마다에게 들키지 않게 조용히 계단을 내려왔다. 가지와 조카는 야마다를 대체 뭐 하는 사람이라고 생각할까. 지금까지 가지와 그 조카가 마키타가에서 모습을 목격한 사람은 사치와 야마다뿐이다. 아버지와 딸? 할아버지와 손녀? 설마 부부라고 생각하진 않겠지. 사치는 부들부들 떨었다.

하지만 실상 야마다는 그저 마키타가의 부지 내에 거주하는 사람일 뿐이다. 이렇다 할 경위나 이유도 없이 그냥 어쩌다보니. 정월이니까 떡이라도 먹을까, 크리스마스니까 기분을 좀 내볼까, 이런 관습처럼 문득 정신을 차리니 야마다가 살고 있었다. 그런 사람을 타인에게 '이러저러한 관계예요'라고 설명할 수 있을 리 없다. 야마다는 말하자면 사치에게도 불명확한 수수께끼였으니.

야마다도 참 그렇다. 갑자기 부루퉁하게 등장해 작업을 달라붙어 감시하다니 업자에게 실례 아닌가. 아니면 요즘은 개인정보 취급에 민감해져서 보통 이 정도로 경계하나? 벽지 도배가 개인정보와 어떻게 이어지는지 전혀 모르겠지만.

물론 사치도 텔레비전 방송에서 콘센트 구멍이나 관엽식물 화분 따위에 도청기를 설치한 사건을 본 적은 있다. 하지만 지역 밀착형 인테리어 업자가 이 근방에 일부러 도청기를 설치할 리 없거니와 마키타가에 설치해도 하나도 재미없을 것이다.

식당으로 돌아온 사치는 마침 있는 종이에 숫자를 적어 계산했다. 마키타가에 사는 네 여자의 평균 연령은 마흔두 살이다. 딱 한 명 있는 20대인 다에미가 평균 연령을 끌어내리는 데 공헌했다. 다에, 고마워. 하지만 그래도 마흔두 살이다.

야마다가 "여자만 네 분이 살고 계시니"라고 했을 때, 사치는 부끄러움이라고도 분노라고도 할 수 없는 감정을 느꼈는데, 이는 가지와 그 조카에게 자의식과잉이라고 여겨질지 모른다는 두려움이었다. 쓰루요와 마찬가지로 야마다도 사치를 여전히 어리게 보고 나쁜 벌레가 꼬이지 않게 경계해야 하는 아가씨라고 인식하나본데, 경계당하는 남자들에게는 '그런 아줌마한테 왜 손을 대'일 것이 뻔하니 달라붙어서 작업을 감시하는 것만은 제발 그만뒀으면 좋겠다고 간절히 바랐다.

그러면서도 혹시 야마다와 부부라고 생각했다면 그 오해를 반드시 풀고 싶다는 의지, 아니, 야망을 억누를 수 없었다. 그래서 나이로 따져 야마다의 아내 후보로 적임인 쓰루요에게 열 시 휴식 시간에 가지와 조카에게 차를 대접해주면 안 될지 부탁했으나, 쌀쌀맞게 거절당했다.

"싫다. 나는 드라마 재방송을 봐야 하거든."

어쩔 수 없이 사치는 개별 포장된 센베이와 만주를 접시에 담

　　　　　　　　　　　그 집에 사는 네 여자

아 찻잔과 함께 쟁반에 올리고, 팔에는 보온병 손잡이 고리를 끼고 2층으로 갔다. 야마다는 여전히 복도에 당당히 서 있었다.

사치는 유키노의 방을 들여다보고, 가지와 조카에게 말을 걸었다.

"잠깐 쉬시겠어요?"

남편도 아니고 혈연도 아니고 인척 관계도 아님을 강조하려고 "야마다 씨도요"라고 이어서 권했다.

"고맙습니다."

가지와 가지의 조카와 야마다가 대답했다.

"차도 일단 가지고 오긴 했는데요."

사치는 쟁반과 보온병을 슬쩍 들어 올렸다.

"괜찮으시면 1층으로 내려오세요. 소파가 있어요."

"아닙니다. 지저분해지면 안 되니까요, 여기에서."

가지는 정중하게 제안을 거절했다.

"감사히 먹겠습니다."

쟁반을 건네줄 때 가지의 손가락이 사치의 손에 살짝 닿았다. 건조하고 딱딱하고 차가운 피부였다. 가지의 조카가 꾸벅 고개를 숙이고 보온병을 들었다.

가지와 가지의 조카는 유키노의 방에 깐 시트 위에 앉아 차를 마시고 과자를 먹었다. 사치는 문 옆에 서서 실내를 둘러봤다.

벽 패널의 풀을 제거하는 작업에 시간이 걸렸는지, 새 벽지는 아직 일부분만 붙어 있었다. 그곳만 생기가 감도는 것처럼 잔꽃 무늬가 차분하면서도 생생하게 숨을 쉬었다. 창문이 열려 있어서 나른한 봄바람이 실내를 어루만졌다.

야마다는 어느새 사라졌다. 사치와 감시 역할을 바통 터치했다고 생각하고 1층으로 내려갔나보다.

"사모님."

가지의 부름에 복도를 돌아보고 있던 사치는, 순간 반응이 늦어졌다.

사모님이라니, 나?

사치의 가슴에 드리운 것은 신기하게도 '사모님이 아닌데'라는 반발심도, '설마 야마다 씨랑 부부로 본 건 아니겠지'라는 절망감도 아니라 '나, 결혼한 것처럼 보이는구나'라는 기쁨이었다. 가지 씨에게는 내가 '결혼해도 이상할 것 없는 여자'로 보이는 거다! 이쪽이 가지에게 '이런 여자는 당연히 결혼 못 했겠지'라고 보이는 것보다 훨씬 낫고 다행이다.

"네?"

사치는 삐걱삐걱 어색하게 고개를 움직여 다시 방으로 고개를 돌렸다. 가지는 편하게 책상다리를 하고 앉아 찻잔을 덥석 쥐고 입가로 가져갔다.

"야마다 씨께 들었는데 사모님, 자수 선생님이시라고요?"

야마다는 사치를 누구의 아내라고 설명했을까. 어중간하게 말수가 적은 야마다를 원망했지만, 가지가 말을 걸어줘서 기뻤다.

"선생님이라니요, 그럴 주제는 못 돼요."

사치는 손을 파닥파닥 저었다.

"자수에 흥미가 있으신가봐요?"

가지는 조금 부끄러워하며 "네, 조금" 하고 대답했다. 가지의 조카가 끼어들었다.

"흥미 엄청 많아요. 삼촌은 태피스트리 전시회가 열리면 무조건 간다니까요."

"입 다물어."

가지가 무뚝뚝하게 말했다.

"태피스트리는 자수가 아니라 직물이야."

조카는 가지가 덧붙인 말에 입을 다물었다. 사치가 가지고 온 만주를 한입 가득 문 참이어서 주절대고 싶어도 아마 불가능했을 것이다.

설마, 설마. 사치는 자기답지 않게 심장이 두근거리는 것을 느꼈다. 가지 씨와 자수 이야기를 나눌 수 있을지도 모른다.

알다시피 친엄마마저도 자수를 취미의 연장선 정도로만 생각한다. 의욕이 날 리가 없다. 작품을 보여주더라도 유키노의 감상은 "눈이 피곤하겠다"이고, 다에미의 감상은 "와, 대단해! 예뻐요!"이다.

좀 다른 것을 원하는 사치는 감질이 나서 미치겠다. "그렇구나, 옷감의 두께에 맞춰서 실의 밀도를 바꾸는군요"나 "이건 무슨 기법이에요?"나 "이 실은 혹시 한정판 색상인가요?" 같은, 일률적이지 않은 코멘트도 있을 것이다. 그러나 이 세상에는 자수에 그렇게까지 마음을 쏟지 않는 사람이 대부분임을 알기에 이젠 포기하는 경지에 이르러서 그저 매일 '찔끔찔끔'에 혼자 몰두한다.

즉, 사치는 외로웠다. 체력과 정신력을 전부 쏟아부어 자수에 몰두하기 때문에 '내 자수가 제대로 인정받긴 하나?' 하고 늘 불안했다. 손수건이나 블라우스나 가방의 포인트로서 단순히 "어머, 귀여워"로 끝나는 것을 사치는 때때로 견디기 어려웠다. 그 포인트 하나를 위해 얼마나 많은 시간과 생각과 정열을 기울였는지, 누구라도 좋으니 단 한 명이라도 헤아려줄 사람이 있을까.

물론 일반적인 경우, 사치는 납기에 맞추려고 필사적으로 작품을 완성해 '마음에 들어하는 사람이 있으면 좋겠다'라고 속 편하게 생각하고 끝이다. 그러나 가끔, 특히 마음이 약해졌을 때는 비명을 지르고 싶다. 나는 놀이나 연애를 다 버리고 매일 찔끔찔끔 바느질을 한다고! 이 기력과 근성을 이해할 생각 따위 하지도 않고 '어머, 귀여워' '예쁘다'라며 가볍게 자수를 소비하고 내 자수로 몸을 꾸미고 데이트 따위를 만끽하는 거냐, 네놈들은!

한 땀 한 땀 감정을 담아 네놈들의 영혼에 직접 자수를 놓고 싶다. 네놈들의 영혼에서 뿜어져 나오는 핏줄기로 흰 실을 새빨갛게 물들여, 생생하기 그지없는 해골을 자수해주고 싶다고!

이렇게 생각하더라도 비명을 지르거나 입 밖으로 꺼내지도 못하는 것이 사치였다.

사치는 인정받고 싶었다. 네 자수는 네 영혼 그 자체야, 라고. 그리고 자수의 기쁨과 괴로움을 누군가와 마음껏 나누고 싶었다.

지금까지 사치가 사귄 남자들은 쓰루요와 마찬가지로 사치의 자수를 취미의 연장이라고 생각하는 면이 있었다. 사치가 본가에서 사는 것도 나쁘게 작용했다. 본가에서 산다고 하면 자립하지 못했다고 받아들이는 경향이 있고, 사치가 집에 틀어박혀서 하는 것이 하필 자수였으니, 점점 더 아가씨가 취미로 하는 자수로 용돈을 번다는 취급을 받았다.

그게 아닌데. 사치는 슬프고 분한 감정에 수없이 휩싸였다. 일정을 도저히 맞추지 못해 데이트 약속을 취소하면, 상대는 "왜?"라고 물었다. 이유를 말하고 사과하는데도 자수 때문에 데이트를 하지 못하는 것을 이해하지 못한 것 같았다.

"결혼해서도 집안일 하는 틈틈이 자수하는 건 전혀 상관없어"라고 말한 남자도 있었다. 그 말을 그대로 돌려주겠다.

"결혼해서도 집안일 하는 틈틈이 회사에 나가는 건 전혀 상관없어."

그러나 물론 사치는 말없이 미소만 짓고 '꽝이네, 이 사람' 하고 속으로 가위표만 크게 그렸다.

이리하여 벌써 몇 년이나 찔끔찔끔에만 몰두하며 살아온 사치지만, 오랜만에 봄이 도래할 징조가 찾아온 것 아닐까.

기대와 긴장으로 손바닥에 배어난 땀을 스커트 측면에 살그머니 닦았다.

"저기, 그게 말입니다."

가지는 차를 다 마시고 가볍게 헛기침을 했다.

"안 어울리는 줄은 알지만 좋아합니다."

어머, 안 어울리기는요. 저도 좋아해요. 자수를 좋아하는 남자를 좋아해요. 마음의 소리가 반쯤 입 밖으로 튀어나올 것 같았지만, 사치는 당연히 신중하게 추이를 지켜봤다. 갑자기 호감을 표현할 만큼 자신이 매력적이지 않다는 것쯤 경험상 알고 있으니까.

그러면 그렇지, "직물이나 자수를요"라고 가지가 이어서 말했다. 아아, 역시. 나를 좋아하는 게 아니구나. 당연하지, 하하하. 사치는 생각했다. 괜한 소리를 안 하길 잘했다. 이번에는 식은땀이 손바닥에 배어 나와 다시 스커트에 닦았다.

"벽지에도 직물이나 자수가 들어간 것이 있죠."

그걸 얼버무리려고 이렇게 말했더니, 가지가 책상다리를 풀어 무릎 꿇은 자세로 바꿔 앉았다.

"네, 그렇습니다."

가지는 흥분해서 말을 늘어놨다.

"태피스트리나 자수를 놓은 직물 벽지는 높으신 분들 집에서나 쓰니까 직접 다뤄본 적은 없습니다. 하지만 자수 패턴이 프린트된 벽지는 많고, 전람회가 열리면 시선이 저절로 갑니다."

말수가 적은 줄 알았는데, 가지는 벽지 이야기를 할 때는 혀가 닳도록 말하는 사람인 듯했다. 벽지 오타쿠. 일반적으로는 '유감스럽네'로 평가될 취미지만 자수 오타쿠로는 남에게 뒤지지 않는 사치에게는 호감으로 보였다. 절대 메이저가 아닌 것을 애호하는 동지로서 가지와 마음껏 대화를 나눌 수 있을 것 같다.

"저, 괜찮다면 나중에 자수를 보여드릴까요?"

"부디."

가지가 웃었다.

열 시 휴식이 끝나고, 사치는 들뜬 채 부엌에서 찻잔을 설거지했다. 1층 식당에서는 야마다가 쓰루요와 나란히 식탁에 앉아 연애 드라마의 재방송을 보고 있었다. 둘 다 적당한 거리를 두고 의자에 앉아 등을 펴고 정면에 놓인 텔레비전만 바라봤다. 대화는 없다.

왜 엄마는 상대가 야마다 씨면 말을 걸지 않을까. 사치는 고개를 갸웃거리며 물 묻은 손을 수건에 닦았다. 애정이 있어서 수줍어하는 분위기가 아니라 공기에 대고 말을 거는 사람이 어디 있느냐는 느낌이다. 아마도 전 남편과 있었을 때보다 야마다와 있을 때가 훨씬 더 부부처럼 보일 것이다.

쓰루요의 주의를 끌지 않으려고 사치는 조용히 2층으로 올라갔다. 야마다가 알아차리고 따라오려고 했다. 사치는 "유키노 방에 있을 테니까 야마다 씨는 텔레비전을 보세요"라고 완곡하게 거절했다.

방으로 돌아와 한숨 돌렸다. 옆방에서는 벽지를 붙이는 기척이 났다. 낮은 목소리로 가지가 뭐라고 지시를 내리고 조카가 대답했다. 자를 대고 선을 긋는 소리, 벽지를 단숨에 자르는 소리가 들렸다.

사치는 작업 책상을 뒤져 가지에게 보여줄 만한 자수를 찾았다. 완성한 작품은 바로 의뢰인에게 보낼 때가 많아서 남은 것은 대부분 습작이다. 그래도 간신히 작품을 몇 개쯤 발굴해냈다.

윌리엄 모리스 분위기가 나는 잎사귀 패턴. 하늘색 싸개 단추에 수놓은 작은 꽃을 부리에 문 새. 무염색 손수건 한쪽에 하얀 비단실로 수놓은, 레이스처럼 섬세한 무늬. 이건 몇 년쯤인가 전에, 지금 시점에서 마지막으로 사귄 남자와 헤어진 직후에 수놓은 것이다. 복잡한 생각으로 가득 채워진 손수건이다. 저주받을 것 같아서 서랍에 넣고 한 번도 쓰지 않았다.

용을 퇴치하는 중세 기사와 탑에 갇힌 공주님을 태피스트리 느낌으로 자수해 액자에 넣은 것도 있다. 자수 교실 수강생들이 자꾸만 걸작, 그것도 꽃병에 꽂힌 장미처럼 유화스러운 소재에만 도전하려는 것에 질려서 '이왕이면 좀 쓰기 좋은 크기에 판타지 분위기를 내면 좋을 텐데' 하고 한밤중에 혼자 만든 것이다. 인상적인 색 조합과 북유럽 그림책에 등장할 법한 용, 기사, 공주의 형태가, 자기 손으로 낳았지만 고개가 끄덕여지는 완성도였다. 하지만 벽에 걸지 않고 마찬가지로 서랍에 넣어두기만 했다. 쓰루요가 보면 "그렇구나, 너는 지금도 언젠가 기사가 탑에서 구해주리라 기대하고 기다리는구나" 같은 소리를 할 것 같았다.

가지에게 그런 사람으로 비친다면 수치스러워서 죽을지도 모른다. 사치는 잠시 망설였다. 이렇게 툭하면 자의식과잉이 되는 것이 문제야. 자수를 보여주기로 약속했고 모처럼 만든 작품이잖아, 라고 자신을 설득하며 액자와 손수건 따위를 안고 복도로 나왔다.

유키노의 방을 들여다봤는데 아무도 없었다.

보여줄 작품을 찾는 데 몰두한 사이에 시간이 생각보다 흘러서 가지와 조카는 점심을 먹으러 갔나보다.

사치의 자수를 보고 싶다는 말은 예의상 한 소리였을까. 흥분한 자신이 부끄럽고 비참해서 사치는 자기 방으로 돌아가 작업 책상 위에 액자와 손수건 등을 놨다. 동면에 실패한 무민 트롤처럼 세상에 혼자 남겨진 둔중한 생물이 된 기분이었다.

터덜터덜 1층으로 내려갔더니 쓰루요와 야마다가 식당에서 장어덮밥을 먹고 있었다. 레토르트 장어와 밥을 전자레인지에 돌려 그릇에 담은 것이다.

"내 건?"

"없어. 두 개였거든."

"죄송합니다, 아가씨."

어쩔 수 없이 여섯 장들이 식빵에 치즈를 얹어 먹었다.

"너 2층에서 뭐 하고 있었니? 점심시간인데 업자들한테 차도 안 내고."

"잠깐 방 청소를 좀 했어. 자판기도 있으니까 음료쯤은 알아서 하겠지."

켕기는 점이 있어서 사치는 대답하면서도 자기 눈이 흔들리는 것을 자각했다.

"그 두 사람, 유키노 방에 없던데 밥을 어디서 먹나?"

"차 안입니다."

기다렸다는 듯이 야마다가 보고했다.

"뭐 하는지 보러 갔더니 운전석과 조수석에 앉아 커다란 도시락통을 끌어안고 밥을 먹고 있더군요."

그렇게 말하는 야마다는 반쯤 눈을 감고 장어덮밥을 음미하고 있었다. 장어를 젓가락으로 직사각형으로 잘라 그 면적과 딱 겹치도록 밥을 퍼 입에 넣었다. 빈틈없다고 해야 하나 쩨쩨하다고 하야 하나, 사치는 관찰하다가 질렸다. 적어도 야마다가 경애하는 겐 씨는 장어덮밥을 그렇게 먹진 않을 것이다. 젓가락으로 덥석 집어 장어가 크게 잘리든 말든, 밥만 남든 말든 개의치 않고 맹렬하게 씹어 위장에 넣겠지.

그건 그렇고 도시락이라. 누가 만들었을까. 가지가 결혼했을 가능성을 전혀 고려하지 않았다. 사치는 본인이 독신이고 강렬한 결혼 욕구도, 결혼에 이르는 구체적인 미래 전망도 없어 이 세상의 수많은 사람이 최소한 한 번은 결혼한다는 사실을 잊곤 했다.

오 분 만에 빵을 먹어치웠다. 손을 씻고 식기를 설거지한 뒤, 식탁 구석에서 하던 일을 다시 시작했다. 가지와 가지의 조카도 점심 휴식을 마치고 2층으로 올라갔다. 장어 여운에 잠겼던 야마다가 즉시 감시하러 갔다.

세 시가 되면 가지에게 자수를 보여줘야지. 도시락에 대해서도 가능하면 물어봐야지. 전부 은근슬쩍, 속셈 따위 손톱만큼도 엿보이지 않고. 입 안이 피투성이가 돼도 거리끼지 않고 소나무 잎을 먹어치우는 무민 트롤처럼 사치는 머릿속으로 정신없이 계획을 세웠다. 그러나 곧 바늘 움직임에 몰두해 무의 상태가 됐다.

사치가 이성 교제나 집안일에 열정을 기울이지 못하고 전부 본의 아니지만 어중간한 결과로 끝나는 것은, 집중력이 자수할 때만 발휘되는 습관에서 온다. 자수를 시작하면 바늘땀에서 안개 입자가 방출되기라도 하듯이 사치의 뇌는 새하얗게 물들고 시야가 좁아지고 소리도 잘 들리지 않는다. 보이는 것은 오로지 천의 촘촘한 발과 거길 오가는 은색 바늘, 가느다란 뱀처럼 꿈틀거리는 실이다.

애석하게도 본인은 무의 상태에 들어가기 때문에 그런 습관을 깨닫지 못한다. 쓰루요가 자꾸만 말을 걸어서 시끄럽다고 생각하며 맞장구를 친다고 여기지만, 사실은 "응, 응" 같은 대꾸도 하지 않고 바늘만 움직이는 시간도 꽤 많다. 그래도 쓰루요는 개의치 않고 사치에게 말을 건다.

지금도 쓰루요는 버라이어티쇼를 보다가 바느질하는 지장보살로 변한 딸을 보고 '아이고, 또 시작이네'라고 생각했다. 그리고 텔레비전 화면 구석에 표시된 시간이 세 시가 된 것을 깨달았다.

"얘, 사치."

쓰루요는 지장보살의 어깨를 흔들었다.

"간식 내가야지."

집중력이 깨진 사치는 이번만큼은 쓰루요의 뭐든 남에게 맡기는 성정에 감사하며 차와 과자를 준비했다. 엄마가 정말 하루 내내 텔레비전만 보는 것에 새삼스럽게 놀라며 2층으로 올라갔다. 텔레비전, 가끔 마당에서 일, 며칠에 한 번씩 역 앞에 장 보러 가기. 쓰루요의 생활이 일직선으로 치매를 향해 나아가는 것 같아 쓰루요는 오싹해졌다.

어떤 자극을 주는 편이 좋지 않을까? 갓파 따위 눈에 들어오지 않을 만큼 충격적인 사태가 생기지 않을까. 예를 들어 내 결혼이라거나, 라고 생각하고 싱글거렸다. 그러나 현실감 없는 상상은 금세 사라졌다. 대신에 떠오른 생각은 '아버지가 돌아온다거나'였다.

사치는 계단 중간에 걸음을 멈추고 쟁반을 든 채 고개를 저었다. 돌아올 리가 없다. 40년 가까이 소식도 없었으니까. 어디서 새 가정을 꾸렸을까, 이미 죽었다는 소문이 사실일까. 이조차 알수 없으나 확실한 것은 아버지에게 내 존재 따위는 어찌 되든 상관없다는 점이다. 그렇지 않다면 한 번쯤은 만나러 오거나 편지나 전화를 했을 테니까.

사치는 조금 슬퍼졌다. 그러나 아버지의 얼굴도 모르니 진지한 감상도 품을 수 없다. '내가 사랑이나 교제에 별로 흥미를 못 느끼고 이때까지 살아온 것도 아버지 탓이 아닐까'라고 슬픔은 눈 깜짝할 사이에 분노로 교체됐다. 분명 무책임한 아버지에게 질려 남자에게 기대나 희망을 품지 못하게 된 것이다. 틀림없다.

사치는 다시 계단을 올라갔다. 인기 없는 이유를 남 탓으로 돌리면 정신적인 안정에 매우 도움이 된다. 미소를 되찾은 사치는 가지와 가지의 조카에게 간식을 줬다. 야마다도 기회를 놓치지 않고 얻어먹었다.

유키노의 방은 벽지 도배가 거의 끝나갔다. 차분한 분위기면서 귀여움이 있어서 유키노도 좋아할 것 같다. 천장널에는 물이 샌 꺼림칙한 얼룩이 남았지만 다른 곳은 참사의 흔적 없이 정갈한 공간을 되찾았다.

"어쩜 정말 예뻐요."

사치는 감동해서 방을 둘러봤다. 벽지는 이음새가 안 보일 정도로 정교하고 아름답게 발라졌다.

가지가 새우 센베이를 먹으며 조심스럽게 말을 꺼냈다.

"자수는……."

예의상 한 말이 아니었구나. 사치는 기뻐서 얼른 옆방에 가서

그 집에 사는 네 여자

작품을 가지고 왔다.

가지는 물티슈로 손을 꼼꼼히 닦고 사치가 내민 액자와 손수
건을 열중해서 살폈다. "호오"나 "으음" 등 감탄 어린 신음을 흘
렸다. 무의식적인 반응이 사치는 기쁘고 자랑스러웠다. 야마다도
자수를 들여다보며 이렇게 말했다.

"아가씨는 어려서부터 손재주가 뛰어났지요."

가지의 조카가 말없이 비실비실 웃었다. 아줌마 주제에 무슨
'아가씨'냐고 생각하나보다.

사치는 그렇게 받아들였으나 전혀 신경 쓰이지 않았다. 아니,
솔직히 말해 오래된 양옥집에 사는 면면을, 그 관계성을 가지가
어떻게 생각할지 또다시 애간장을 태우긴 했다. 회색 작업복을
입은 무뚝뚝한 노인, 매우 전문적인 자수를 놓는 올드미스(요즘
안 쓰는 말이지만), 뿌리라도 박힌 듯이 텔레비전 앞에서 움직이
지 않는 알 수 없는 기척. 옆에서 보기에 이상한 사람들이 아니고
뭐란 말인가. 하지만 지금 사치는 그런 세세한 것쯤 다 잊을 만큼
자수에 몰두한 가지에게 몰두했다. 심장이 너무 뛰어 괴로웠다.

"자수를 놓는 방식으로 입체감에 변화를 주는군요."

가지가 말했다.

"만져보니 알겠어요."

가지는 마디가 두드러졌지만 의외로 긴 손가락을 천 위에 미
끄러뜨렸다. 손톱은 짧게 손질되어 있었다.

좀 더, 좀 더 만져줘! 사치는 비명을 지르고 싶었지만 물론 그
런 소리를 하진 않았다. 대신에 어떤 기법을 썼는지 정신없이 설

명했다. 가지의 손가락을 건드리지 않게 조심하며 천을 가리키고 스티치 기법 이름 등을 하나하나 알려줬다. 이런 마니악한 얘기를 하면 안 된다고 순간적으로 자제해보려 노력했지만, 가지가 흥미롭다는 듯이 고개를 끄덕이자 기뻐서 또 말이 많아졌다.

평소 쓰루요에게 "응, 응" 하고 맞장구만 치고 하루 내내 아무와도 대화하지 않고 사는 것이 안 좋았다. 게다가 사치가 가장 심혈을 기울인 자수를 보고 대부분 사람은 "예쁘네" 정도의 감상만 품는다. 즉, 사치의 말에 귀를 기울여주는 사람이 거의 없었기에 사치는 자신의 사랑과 정열을 펼쳐 보일 기회에 굶주렸다. 가지에게 말하면서 굶주렸다는 사실을 새삼스럽게 깨달았다.

나는 누군가가 들어주길 바랐구나. 자수 이야기를. 자수가 얼마나 멋있고 아름답고 심오한 세계를 지녔는지를.

사치는 감격했지만 표면상으로는 어떻게든 평정을 유지하려고 노력하며 가지에게 강의를 이어갔다.

야마다와 가지의 조카는 옆에서 새우 센베이를 먹었다. 가지의 조카는 다람쥐처럼 앞니로 새우 센베이를 잘게 갉아먹으며 야마다에게 말을 걸었다.

"되게 어렵네요. 저는 잿날이면 서는 그 포장마차에서요, 틀에 찍은 쿠키 팔잖아요. 그것처럼 새우만 딱 남기고 싶다고 맨날 생각하는데 말이죠."

"불려서 새우를 벗기면 어떨까요?"

야마다는 자기 새우 센베이의 표면을 핥았다.

사치는 정말 싫었다. 이 사람들은, 아니, 이 세상에 사는 거의 모두는 자수의 아름다움에 무관심하게 살아간다. 한 땀 한 땀에 얼마나 많은 기술과 전통과 시행착오가 담겼는지 단 한 번도 생각하지 않고 죽겠지. 새우 센베이에 정신이 팔려서.

새우 센베이 역시 대단한 물건이다. 디자인도 색감도 귀엽고 무엇보다 맛있다. 그러나 '사람은 빵만으로 살 수 없다'고 하지 않나. '먹지도 못하는 자수 따위'라는 태도로 새우 센베이를 탐하는 소행을 사치는 용납할 수 없었다.

실제로는 그 자리의 누구도 자수에 트집을 잡지 않았고, 자수와 새우 센베이를 비교해 이러쿵저러쿵하지도 않았다. 그런데도 사치는 '자수의 지위를 좀 더 상향시켜야 해' 하고 의분을 느꼈다.

가지만은 새우 센베이에 이제 시선도 주지 않고 사치의 설명에 순순히 고개를 끄덕이며 자수에 계속 관심을 보였다. 간식 시간이 끝날 때가 되자, 이런 소리까지 했다.

"한 번이라도 좋으니 이런 자수를 수놓은 직물 벽지를 다뤄보고 싶습니다."

가지가 사치에게 작품을 돌려줄 때, 손과 손이 또 살짝 스쳤다. 일을 열심히 하고 성실해 보이는 남자의 눈. 사치는 녹아내렸다.

작업은 저녁까지 이어졌고, 사치는 바로 옆 자기 방에서 소음에 귀를 기울였다. 가지와 가지의 조카는 가끔 낮은 목소리로 대화를 나눴다. 내 자수나 나에 대해서 뭔가 말하진 않을까. 사치의 귀가 벽 일면에 흡수될 정도로 거대해졌지만 대화는 아주 짧아서, 아마도 도배에 쓰는 도구를 주고받을 뿐이라고 추측했다.

도중에 화장실에 가려고 사치가 방을 나오자, 2층 복도에서 야마다가 여전히 지키고 서 있었다. 작업 감시를 잠깐 중단하고 사치를 힐끔 봤다. 마음을 들킨 것만 같아 사치는 안절부절못했다. 정체 모를 분노가 솟구쳐 나를 좀 내버려두라고 생각했다. 나는 한참 전에 어른이 됐으니까 '느낌이 좀 좋은 사람이네' 하고 가슴 안에 사랑의 작은 새를 키우는 것쯤은, 날갯짓을 음미하는 것쯤 은 그냥 내버려둬도 되잖아.

야마다는 아무 소리도 하지 않았다. 쓸데없는 말은 하지 않는 다. 늘 그렇다. 야마다가 자신이나 타인의 연애에 흥미가 있는지, 애초에 연애한 적이 있기나 한지조차 명확하지 않은데도, 사치는 자의식과잉과 피해망상에 빠져 자기도 모르게 가시 돋친 태도를 취했다.

사랑의 작은 새가 가슴 안 새장에 머문 것이 오랜만이어서 사 치는 까맣게 잊었다. 이 작은 새, 귀엽게 삼씨나 쪼는 것처럼 보 여도 사실은 맹금류다. 조금이라도 성장을 저해하려는 요소를 용 납하지 않는다. 날카로운 발톱으로 생고기를 누르고 뾰족한 부리 로 물어 찢는다. 야마다는 작은 새의 표적이 돼 사치에게 쌀쌀맞 게 무시당하는 꼴이 됐다. 선의에서 우러나 작업을 감시하러 서 있을 뿐인데 엉뚱하게 날벼락을 맞았다.

사치는 곧바로 '내가 좀 나빴네' 하고 후회하고 부끄러워했지 만 사과하진 않았다. 사치에게 야마다는 가족과 마찬가지여서 만 만하게 여기기 때문이다. 그러면서도 사치 본인은 '야마다 씨는 가족도 아닌데 왜 같은 부지에 살지?'라고 생각하니 참 제멋대로 다. 사치의 인정머리 없는 태도에 언제까지나 손해만 보는 야마

그 집에 사는 네 여자

다였다.

그런데도 낙담하거나 속상해하지 않았다. "사치 아가씨. 작업이 끝났습니다"라며 부르러 와주는 것이 야마다의 장점이다. 사치는 야마다와 나란히 사치의 방으로 가 결과를 확인했다.

차분한 잔꽃 무늬 벽지는 이 집을 세웠을 때부터 있었던 것처럼 완벽하게 어울렸다. 창밖이 꽤 어두워져 방에 전등을 켜뒀다. 벽지에 따스하게 둘러싸여 부드러운 조명을 받은 실내는 마치 머릿속에만 존재하는 환상의 고향, 그곳에 세워진 실제로는 살아본 적 없는 집, 나아가 그 집의 어린이 방처럼 평온함이 가득했다.

사치는 매우 만족해 가지와 가지의 조카에게 정중하게 감사를 표했다. 견적을 냈던 금액으로 마무리가 돼 나중에 청구서를 보내면 대금을 입금하는 형식으로 하자고 합의했다. 완성도에 감격하는 사치를 보면서 가지는 차분하게 미소 지을 뿐이었다. 가지의 제자이자 수습생일 조카 쪽이 의기양양하게 서 있어서 재미있었다.

가지와 가지의 조카를 현관에서 배웅했다. 남은 벽지를 품에 안은 가지는 헤어지면서 말했다.

"그 방에 사모님의 자수 액자를 장식하면 어울릴 겁니다. 그 용과 기사 액자요."

사치는 또 녹아내렸다. 더는 버틸 수 없었다.

"저는 사모님이 아니에요."

사치가 황급히 자백했다.

"이 집의 딸이고……."

부끄럽지만 독신입니다. 덧붙이려다가 말문이 막혔다. 부끄럽지만 돌아왔습니다, 라고 말했던 요코이 쇼이치 씨, 쓰루요와 남편의 황홀하지 못한 기념일을 장식한 요코이 씨가 이상하게도 연상돼 '아니지, 내가 독신인 것을 고난의 나날을 보낸 요코이 씨와 같은 말로 표현해도 될 리가 없어'라고 생각했기 때문이다. 또 '독신이 부끄러워할 일인가?'라는 의문도 떠올랐다.

사치의 갑작스러운 침묵을 어떻게 받아들였는지, 가지는 귓불을 새빨갛게 붉히며 "실례했습니다" 하고 사과했다.

"그럼 또 무슨 일이 있으면 연락주십시오."

인사를 하고 가지는 정문 쪽으로 걸어갔다. 사치는 눈시울을 붉히고 마당에 깃든 어둠으로 사라지는 가지를 지켜봤다. 마음만은 자신을 구해주고 이름도 알려주지 않고 멀어지는 기사를 바라보는 공주님이었다.

그런 사치 옆을 현관에서 나온 가지의 조카가 지나가려고 했다. 사치는 양손에 도구함을 든 조카를 불러 세웠다. 가지의 조카, 조카를 도와 보양용 담요를 옮기던 야마다가 동시에 돌아봤다.

야마다의 시선이 방해됐지만 사치는 과감하게 조카에게 말을 걸었다.

"점심에 차도 대접하지 못해서 미안해요."

"아닙니다, 괜찮아요."

하루를 같은 지붕 아래에서 지낸 조카도 사치의 존재에 조금은 익숙해졌나보다. 초반의 무뚝뚝함은 어디 가고, 나이에 맞게 쑥스러워하면서도 무난하게 대화를 나눴다.

물론 사치는 조카와 한담을 나눌 생각은 없었다. 묻고 싶은 것이 있다.

"맛있어 보이는 도시락을 드시더라고요."

"어, 보셨나요?"

　직접 본 것처럼 사치가 말하자, 조카가 부끄러운 듯이 웃었다. 진짜 목격자인 야마다가 어리둥절한 시선을 사치에게 보냈지만 무시하기로 했다. 본성에 접근하려고 어둠을 틈타 전진하는 병졸 같은 신중함으로 사치는 질문을 이어갔다.

"누가 만드셨을까요?"

　가지의 조카는 순간 어리둥절한 표정을 짓더니 곧 이해했는지 고개를 한 번 끄덕였다.

"아줌마가요. 아, 아줌마라고 하면 안 되지. 숙모가요."

　짠, 종료!

　사치는 생각했다. 역시 부인이 있구나. 그야 있겠지…….

　이후 가지의 조카와 어떻게 인사를 나누고 야마다와 헤어져 집으로 들어왔는지 사치는 기억하지 못한다. 정신을 차리고 보니 거실 소파에 초연히 앉아 있다가 쓰루요에게 혼쭐이 났다.

"얘가, 저녁 차려야지."

　사치는 꾸물꾸물 앞치마를 걸치고 찬장에서 토마토 캔을 꺼내 파스타 소스를 만들었다. 조금 짠 맛이 강해졌다.

　사귀는 사이가 된다는 과대망상까지는 하지도 않았다. 물론 '혹시라도'라는 마음은 있었다. 사치는 그저 대화가 통하는 사람과 드디어 만나 기뻤을 뿐이다. 조금 더 같이 시간을 보내고 싶다고 바랐을 뿐이다.

그러나 유부남이라면 어쩔 수 없다. 그래도 괜찮다는 사람도 있겠지만 사치는 아니다. 이쪽이 교제하는 사이로 발전해도 좋다고 바라는 한, 아내가 있는 남자와 필요 이상으로 가까워지거나 적극적으로 접근하면 안 된다고 생각했다. 그런 부분에서 사치는 몹시 고풍스럽고 견실한 여자였다.

사치의 세계에 혜성처럼 도래한 가지는 '아내'라는 혹성의 중력에 튕겨 궤도를 변경해 우주 저 멀리로 사라져버렸다. 다른 업자한테 부탁할 것을 그랬다. 이런 감정을 맛보느니 말이다.

사치는 몰랐지만 사실 가지는 독신이다. 그렇다면 가지의 조카는 왜 가지에게 아내가 있는 것처럼 말했을까. 사치에게 악의가 있어서는 아니다. 가지는 어딜 가든 유독 부인들에게 인기가 있는데, 자기 딸이나 친척 딸과의 혼담을 가지고 온다면 그나마 낫지만 부인 본인이 접근하는 경우도 종종 있었다. 인테리어 업자로서 바람직하지 못한 상황이다.

그래서 '유한회사 가지 인테리어'의 사장인 가지의 부친이 꾀를 내 가지를 기혼자라고 선전하기로 했다. 물론 가지 본인은 이런 사정을 잘 모른다. 말수가 적고 장인답게 일에 몰두하는 그는 부인들이 보내는 추파를 거의 알아차리지 못했고, 가끔 알아차렸을 때는 적절히 몸을 피하고 그저 묵묵히 일에만 집중했기 때문이다.

사장에게 "마음이 있어 보이는 여성 의뢰인이 나타나면 기혼자라고 적극적으로 뻥을 쳐라"라는 명령을 들은 것은 가지의 조

　그 집에 사는 네 여자

카였다. 조카는 할아버지의 지시를 충실하게 따랐다.

사치는 병졸처럼 굴지 말고 성문으로 당당히 들어갔어야 했다. 즉, 가지에게 직접 "부인이나 애인이 있나요?" 혹은 "또 만날 수 있을까요?"라고 명확하게 말했어야 했다. 그러나 연애가 시작될지 말지, 그를 성취할지 그러지 못 할지는 전부 이런 사소한 것으로 정해진다. 타이밍. 그때의 기분이나 상황, 두 사람 사이를 중개하는 누군가, 이런 것으로.

단순히 만났다는 사실이 아니라, 타이밍이나 기분이나 상황이나 중개자의 눈치가 있어야만 '제대로 된 만남'이라고 할 수 있다. 혹은 '운명'이라고도 한다. 사치는 오늘 운명에 버려져서 제대로 된 만남에 실패했다.

그렇지만 실패가 이번이 처음도 아니다. 게다가 사치는 자기가 뼈아픈 실패를 한 줄도 모른다. '뭐야, 가지 씨는 유부남이구나. 그러면 그렇지' 하고 혼자 낙심했을 뿐이다.

가지를 향한 마음이 연모의 싹인지 스스로 알지 못하게 된 상태에서 뽑혀버린 셈이나 마찬가지여서, 짭짤한 파스타를 다 먹었을 즈음에 사치는 이미 기분전환이 끝났다. 경험을 쌓는 것과 무지한 것은 얼핏 상반돼 보이지만, 둔감해진다는 점에서는 아주 비슷하다. 실연에 그럭저럭 익숙한 데다가 자신의 진짜 마음을 모르는 사치는 둔감해지기 전법을 유감없이 구사해 오히려 후련해진 상태가 되어 자기 방으로 돌아갔다. 엉뚱하게 말려들어 짭짤한 파스타를 먹어야 했던 쓰루요, 유키노, 다에미에게는 안타깝다는 말 이외에 해줄 말이 없다.

유키노는 새 벽지를 바른 자기 방을 보고 귀여우면서 차분한 분위기에 가슴이 설레었다. 고양이 발 책상과 프릴 블라우스를 더없이 사랑하는 유키노에게 지금 이 방은 이상적인 공간으로 변했다. 누수 때문에 천장에 생긴 불길한 얼룩에만 시선을 안 주면 아무 문제없다.

유키노는 언제나 냉정하게 행동하려고 한다. 그래서 방이 품격 있는 사랑스러움을 뿜어내는 것이 특히 중요하다.

특징 없는 얼굴을 지녀 빈번히 다른 사람으로 착각당하고, 일 잘하는 여자라고 회사에서 적당히 중용된다. 의지는 되지만 갈구할 대상은 아닌 유키노는 냉철함을 갑옷처럼 두르고 자신의 가치가 높아져 최소한 회사 일 같은 사회적 입장에서만큼은 누군가가 갈망해주기를 바랐다. 그러나 갑옷을 계속 입고 있으면 숨이 막힌다. 유키노는 자기 방에서만큼은 내면에서 솟구치는 귀여움을 사랑하는 마음을 해방시킬 수 있었다. 벽지를 포함한 인테리어는 억누른 마음을 해방시키는 분위기 조성에 큰 역할을 해준다.

유키노는 리본이 달린 잠옷으로 갈아입고, 사치 방에 손님용 이불을 정리하러 갔다. 사치는 멍하니 작업 책상에 앉아 있었다. 천을 펼쳐 놨지만 자수바늘은 전혀 움직이지 않았다.

"사치."

유키노는 야생화에 앉은 나비를 잡듯이 신중하게 말을 걸었다. 사치는 그제야 문가에 유키노가 있는 것을 알아차렸다.

"응, 왜?"

바늘을 놓고 돌아본다. 왜는 이쪽이 할 말이라고 생각하며 유키노는 사치 옆에 섰다.

"벽지, 정말 고마워. 진짜 귀엽더라."

"마음에 들어?"

"응, 자수 액자도."

유키노의 침대 바로 옆 벽에 중세 기사 이야기 액자가 걸렸다. 유키노는 조금 전까지 그것을 마음껏 감상하고 왔다. 섬세한 색과 터치로 불을 뿜는 용, 사슬 갑옷을 입고 검을 치켜든 기사, 황금색 머리카락이 바람에 나부끼는 공주님을 표현했다. 탑이 있는 언덕에 새빨간 사과가 맺혔고 하늘에는 구름이 살아 있는 생명처럼 흘러간다.

언젠가 본 그림책처럼 따스하고 그립고 쓸쓸한 풍경이다. 이런 세계를 혼자 묵묵히 자아내는 사치의 내면을 생각하자 유키노는 가슴에 벅차오르는 무언가를 느꼈다.

그러나 유키노의 감개와 달리 사치는 "아아, 그거" 하고 별것 아니라는 듯이 웃었다.

"만들어놓고 깜박했는데 벽지 분위기랑 어울린다는 얘기를 들어서 걸어봤어."

퍼뜩 감이 와서 유키노는 물었다.

"누가 그랬는데?"

"응? 인테리어 업자가."

"흐응."

의자에 앉은 사치를 유키노는 바로 옆에서 내려다보며 관찰했다. 사치는 은색 골무를 중지에서 뺐다 꼈다 쪽가위를 들었다 놨다 바쁘게 움직였다.

"멋있어?"

"응, 글쎄, 얼굴을 잘 안 봐서. 실력은 좋은 것 같더라."

"흐응."

유키노는 정리하려던 손님용 이불을 바닥에 깔고 엎드려 누웠다. 그대로 호흡을 정돈하고 코브라 자세를 취했다. 하반신은 다리를 모아 뻗고 허리부터 위를 수직으로 일으키는 자세다.

그대로 정지해 사치의 뒷모습을 쳐다봤더니 시선을 느꼈나 보다. 사치가 조심조심 뒤를 돌아보더니 "꺅" 하고 비명을 질렀다. 사치 눈에는 유키노의 상반신만 이불 위에 놓인 것처럼 보였다.

"그 자세, 무서우니까 좀 하지 마."

"솔직히 털어놓으시지. 무슨 일 있었지?"

"일은 무슨, 아니야."

"그럼 이대로 너 일하는 거 볼래."

"알았어, 말할게! 다 말할 테니까 멀쩡한 자세로 돌아와줘, 부탁할게."

요청하는 대로 유키노는 자세를 풀고 이불 위에 연화좌로 앉았다. 이른바 좌선하는 자세다. 사치도 책상에서 내려와 유키노 옆에 무릎을 안고 앉았다.

사치는 유키노에게 가지가 어떤 사람이었는지 보고했다. 자수에 흥미를 보인 것. 장인 기질이 있고 성실하면서 정확하게 작업하는 한편, 쉬는 시간에는 이야기에 귀를 기울여줘서 사치도 즐겁게 시간을 보낸 것. 그러나 가지가 기혼자임이 판명됐다는 것까지.

유키노는 현기증을 느꼈다.

"내가 회사에서 일하는 동안 너는 은은한 연심을 품었다가 분쇄됐다는 거네."

"이야기가 그렇게 되네."

"뭐 이리 전개가 빨라."

"'일일 실연 사건'으로 후세에 길이 남겠다."

자기가 말해놓고 사치는 힘없이 "하하하" 웃었다. 유키노는 복식호흡을 하며 지금 들은 이야기를 검토했다.

"뭐, 설령 하루 만에 깨졌대도 사랑의 두근거림을 맛봤으니까 괜찮지 않아?"

"그런가. 맛볼 여유도 없이 진압된 기분이라. 두근거림도 되게 어중간한데."

"애초에 사치, 왜 가지 씨였어? 그 인테리어 장인이 왜 좋다고 생각했어?"

"말했잖아. 대화가 통할 것 같아서. '이 사람이라면 서로 이해할 수 있을 것 같다'고 생각했어."

"으잉."

연화좌를 한 채로 유키노는 몸을 젖혔다.

"'으잉'은 뭐야."

토라진 사치는 유키노를 곁눈질하며 불만을 제기했다.

"왜냐하면 연애에 서로 이해하는 게 필요하나?"

이번에는 사치가 "으잉"을 외칠 차례였다.

"당연히 필요하지! 그럼 너는 뭘 중요하게 생각하는데?"

"음, 별로 중요하게 보는 거 없어. 애초에 남자한테 기대를 안하니까 사귀지도 않고."

사치는 말없이 유키노의 어깨에 살짝 손을 올렸다. 유키노는 사치의 손을 잡고 가만히 어깨에서 떼어놨다.

"불쌍한 눈으로 고개 끄덕이는 거 그만하지?"

"하지만 유키노, 쓸쓸하지 않아? 사랑은 역시 좋은 건데?"

"시작도 못 하고 혼자 실연한 사람이 그런 소릴 하냐?"

"뭐, 그건 그렇지만."

"잘 생각해보니까 그건 '실연'도 아니다. '불연'이야."

"그만 좀 공격해라?"

생생한 상처가 아파서 사치는 심장 부근을 눌렀다.

"그런데 남자한테 기대를 안 한다고? 진짜로?"

"40년 가까이 살면서 깨달았어. 남자와 여자 사이에 진정한 이해는 성립하지 않는다는 걸."

유키노가 진지하게 말했다.

"그런가?"

"그럼. 예를 들어 남자들은 자기가 지도를 볼 줄 안다고 생각해. 하지만 내가 보기에 방향치인 남자도 상당수 있고, 지도가 아니라 문장으로 길을 설명하면 일부 남자와 상당수의 여자가 쉽게 목적지에 도착한다는 사실을 깨닫지 못해. 즉, 지도가 모든 사람에게 잘 맞는 도구가 아닌 것도, 자신과 다른 방식으로 세상을 바라보는 사람이 있다는 것도 깨닫지 못하지. 상상력이 부족해. 그런 상대를 이해하려고 하는 건 허무할 뿐이야."

"그런가?"

사치는 또 같은 말을 했다.

"상상력이 부족한 사람은 남녀 불문하고 어느 정도 있다고 생각하는데."

이번에는 유키노가 사치의 어깨에 손을 올리고, '그래, 너는 아직 순진하구나'라고 말하듯이 고개를 끄덕였다.

"나도 예전에는 '그렇지만 분명 어딘가에는 이해할 수 있는 남자가 있겠지'라고 믿었어. 하지만 없어! 있더라도 그렇게 멋진 남자는 이미 결혼했어! 너도 오늘 그걸 깨달았잖아?"

"그랬지."

"연애 감정은 이해가 아니라 자기중심적인 확신이야. 사랑이란 확신이 깨진 뒤에 이해하지 못할 상대라도 관계를 유지하려는 근성과 체념이라고."

"꿈도 희망도 없다."

사치가 한숨을 쉬었다.

"그래도 너는 남자에 대한 기대를 버렸잖아? 그럼 연심은 무리더라도 사랑은 쌓을 수 있지 않아? 오히려 기대나 확신이 없으니까 근성과 체념을 쉽게 발휘할 수 있을 것 같은데."

"나는 초등학생 때부터 고등학생까지 학생부에 거의 매번 '담담하고 냉정하지만 끈기가 부족합니다'라는 말이 적힌 사람이야."

"절망적이네."

사치가 마이크 대신 주먹을 유키노의 입가에 댔다.

"그럼 유키노 씨는 앞으로 사랑이니 반했느니 같은 건 무시하고 일에 전념하시겠다고요."

"그렇게 되겠군요."

유키노는 여전히 연화좌를 한 채로 노스승처럼 엄숙하게 고개를 끄덕였다.

"하지만 가끔 아악, 비명을 지르고 싶어져. 이젠 월급도 그다지 오르지 않을 테고 몸이 망가지면 그걸로 끝이고 대형 보험회사라지만 언제 파국을 맞거나 흡수 합병될지 모르지. 고독사라는 말이 요즘 유행하니까, 내 인생 정말 이래도 괜찮을까? 일하고, 매일 밤 요가를 해서 괜히 몸이나 유연하게 만들고 끝이냐고!?"

"진정해. 나는 퇴직금도 유급휴가도 없고, 닥쳐오는 노노간병*과 노안과 노후화된 가옥 붕괴를 적절하게 대처할 방법도 찾지 못해 이미 반쯤 죽은 몸이니까."

"아, 벽지 얼마나 들었어?"

"아니야, 그건 됐어. 오히려 우리 집이 너무 낡은 탓에 네 옷이 망가져서 미안한걸."

나갈 돈이 안 나갔기 때문은 절대 아니지만 유키노는 갑자기 감정이 북받쳐 말했다.

"사치, 나는 나이를 먹어도 여기에서 살 것 같아."

"얼마든지 있어. 도저히 안 되겠다 싶으면 우리 둘이서 죽자."

사치와 유키노는 서로의 몸에 팔을 두르고 힘차게 부둥켜안았다.

"멋진 각오야!"

---

* 노인이 된 자식이 부모를 돌보는 것.

"친구여……!"

곧바로 몸을 떼고 "바보 같다, 우리" "바보 같네" 하고 웃었다.

유키노는 연화좌를 풀고 누워서 이불을 덮었다.

"벽지 도배가 끝나긴 했지만 나 오늘 밤까진 여기에서 잘래."

"나도 그만 자야지. 어차피 자수에 집중도 안 되고."

사치는 방의 전등을 끄고, 유키노를 넘어 침대로 올라갔다.

"합숙이나 수학여행 같아서 방 같이 쓰는 것도 재미있다."

"응. 누수는 사절이지만."

"다에도 껴서 앞으로 또 하자. 소녀들의 수다."

"아까 그게 소녀들의 수다였어? '눈 폭만큼 굵은 눈물을 흘리며 하천에서 석양을 향해 부르짖는 유도부원들'에 가까운 느낌 같은데."

유키노가 그렇게 말하자, 침대에 누운 사치가 웃는 기색을 냈다.

"이런 바보 같은 얘기는 여자끼리 아니곤 잘 안 하잖아. 그러니까 점점 더 남자가 필요 없어지는 것 같아."

"과연."

유키노가 대꾸했다.

둘은 한동안 입을 다물고 어두운 천장을 올려다봤다. 봄날 밤이 서성거리던 마키타가에 정적이 내려앉았다.

벌써 잠이 든 줄 알았는데 사치가 속삭이듯 말했다.

"그래도 나는 역시 이해하고 싶어. 꼭 남자에게만 해당하는 건 아니고."

너는 오로지 거기에서만 꿈과 희망이 태어난다고 믿고 있잖아.

사치가 만드는 아름다운 자수를 떠올리며 유키노는 속으로 중얼거렸다. 나도 그러고 싶다, 그랬으면 좋겠다고 생각한다. 비슷하게 느끼고 바라는 사람이 아마 성별에 상관없이 많을 것이다. 그러나 이해의 도래는 번개처럼 한순간이고 대부분의 시간은 암흑이 가득할 뿐이다. 암흑 속에서 더듬거리며 누군가와 손이 닿을 때를 꿈꿀 뿐이다.

밤이 길기 때문에 빛을, 이해를, 사랑을 포기하지 않고 바랄 수 있는 것 아닐까. 그렇다면 인간이란 쓸쓸하면서 사랑스러운 영혼을 품은 생명체다.

가지 씨에게 직접 말해보지 그래? 어쩌면 아내와 이혼을 전제로 별거 중일지도 모르고, 부부 관계가 원만해도 마음을 전하면 속이 시원해져서 또 다른 만남이 찾아올지도 몰라.

유키노는 사치에게 그런 말을 하려고 했지만 잠을 이기지 못했다. 완수하지 못한 충고가 의외로 정확했다는 것을 유키노는 그때 당연히 깨닫지 못했다.

사치의 방에 두 사람의 숨소리가 부유하기 시작했다.

5월이 되자 쓰루요는 원예에 열을 올렸다. 평소에는 채소 모종을 사 와서 심었는데 올해는 씨앗부터 키우겠고 의욕이 넘쳤다.

사치 역시 다른 때의 몇 배로 쓰루요를 도와야 했다. 텃밭 흙을 경작하고 비료와 석회 따위를 혼합한다. 그 흙을 까맣고 재질이 얇은 밭용 화분에 담고 토마토나 오이 씨앗을 몇 알씩 뿌린다. 싹이 잘 터서 어느 정도 자라면 텃밭에 옮겨 심을 것이다.

귀찮다. 사치는 지긋지긋했다. 쓰루요는 끈기 있는 사람이 아니어서 화분이 잡초에 뒤덮일 것이 뻔했다. 그런 위기의식이 있는지, 쓰루요는 풋콩, 피망, 가지 등의 모종도 사 와 텃밭에 직접 심었다. 씨감자도 이미 묻어놨으니 흙 속의 식물 밀도가 매우 높다. 식물 생장을 고려하지 않고 복닥복닥 심는 것이 쓰루요의 나쁜 습관이다.

밀짚모자를 쓰고 목에는 수건을 두르고, 사치와 쓰루요는 매일 마당에서 몇 시간씩 보냈다. 야마다는 텃밭 주변에 같은 간격으로 대나무를 박고 사변을 그물로 둘러쳤다. 젠푸쿠지강 주변은 나무가 많아 주택가인데도 가끔 너구리가 출몰한다.

한편 다에미는 열리지 않는 방에서 발견한 갓파 미라를 거실에 장식하자고 주장했다.

"잘 뜯어보면 애교도 있으니까 좋잖아요."

"하나도 안 좋다, 그 기분 나쁜 걸 왜."

쓰루요가 눈살을 찌푸렸다. 사치도 자수 교실 수강생들이 출입하는 거실에 갓파 건어물을 두는 것은 말도 안 된다고 생각했다. 동네에 나쁜 소문이 나고도 남는다. 그 유리알 같은 눈으로 빤히 쳐다보면 천이 아니라 손가락을 바늘로 찌를 것 같다.

그런데도 다에미는 포기하지 않고, 문이 잠기지 않는 열리지 않는 방에서 미라를 들고 나왔다. 하는 김에 커다란 일본 인형이 들었던 유리 진열장까지 끌고 나와 인형 대신에 미라를 넣었다.

마키타가 거실에 갓파 미라가 자리하게 됐다. 갓파는 유리 진열장 안에 무릎을 안은 자세로 앉아 있다. 게다가 갓파 등에 닿는 진열장 내벽은 금색이다. 금박 병풍 앞에 움츠러든 불길한 건어물, 이런 풍경이다.

"저게 시야에 들어오면 밥이 잘 안 넘어간다고."

식당에서 저녁을 먹으며 사치가 낮은 목소리로 항의했다. 너무 당당하게 욕을 하면 갓파의 저주를 받을 것 같았다.

"어, 그래요?"

다에미는 식당과 이어진 거실을 바라봤다. 돼지고기생강구이를 호탕하게 입에 넣고 우걱우걱 씹었다.

"수호신 같아서 믿음직스럽지 않아요? 5월 인형*이라고 생각하면 되잖아요."

단오는 한참 전에 지났는데? 갑옷이나 투구도 안 썼는데? 전사하고 400년은 지난 것 같은 모습이잖아. 애초에 히나 인형도 장식하지 않았으면서 왜 5월 인형 대신에 갓파 미라를 둬야 하는데? 여자만 넷이서 사는 집에서, 아니, 어느 집이든 이건 이상하다고.

하고 싶은 말은 많았지만 갓파를 열리지 않는 방에 곧장 돌려보내면 또 저주를 받을지 몰라서 두려웠다. 사치는 참기로 했다. 유키노는 드물게도 다에미의 폭주에 적극적으로 반대하지 않았다. 갓파 미라를 발굴해버린 책임을 여전히 느끼는 중이어서 무슨 말을 할 처지가 못 된다고 자성하고 자제했다. 쓰루요로 말하자면, 텃밭 일로 머리가 꽉 차서 처음에는 난색을 보였으나 유리진열장의 존재 자체에 거의 신경을 못 썼다.

---

* 남자애들을 축복하는 날인 음력 5월 5일에 장식하는 무사 인형.

그 집에 사는 네 여자

자수 교실이 있는 날이면 유리 진열장에 보라색 보자기를 씌웠다. 호기심 왕성한 사람이 나타나지 않도록. 사치는 불안해서 수업 시간에는 무슨 일이 있어도 화장실에 가지 않겠다고 결심하고 홍차 마시는 양을 줄였다.

다행히 일부러 보자기를 들춰보는 수강생은 없었다. 학생들은 모두 예의범절을 갖춘 신중한 사람들이고 자수와 수다에 푹 빠진 덕분이다. 상대적으로 신중함이 부족해 보자기 안을 솔선해 보여줄 법한 사람은 다에미였지만 사치가 선수를 쳐서 이렇게 못을 박았다.

"만약 갓파 미라를 수강생들한테 떠벌리기라도 하면 다에, 너는 파문이야."

"파문이라뇨, 교실에서요?"

"교실뿐만 아니야. 이 집에서 나가야 할 거야!"

"에이, 가와타로 귀여운데."

다에미는 투덜거렸지만 잘 곳을 잃으면 안 된다고 판단했다. 보자기라는 이름의 베일에 덮인 갓파를 언급하지 않고 자수에 전념했다. 가와타로는 물론 다에미가 자기 마음대로 붙인 갓파의 이름이다.

자수 교실이 끝나면 언제나 다에미가 보자기를 걷었다. 그때마다 사치는 충격적인 외모의 미라에게서 무심코 시선을 피했다. 그러나 다에미는 "안녕, 가와타로" "가와타로, 건강하니?"라며 틈만 나면 갓파에게 말을 걸었다. 접시에 오이절임을 몇 조각 담아 진열장 앞에 놓기도 했다.

익숙함이란 참으로 무서워서 갓파 미라는 점차 마키타가의 거실과 어우러졌다. 불단이나 신단처럼 다에미가 매일 오이를 바친다. 유키노는 옷장 사정을 걱정하는 김에 "슬슬 장마철이니까 진열장 안에 습기 제거제라도 넣을까?"라며 갓파의 주거 환경까지 배려한다. 사치도 결국 감화돼 자수 교실 전에 보자기를 씌울 때면 "조금만 참아, 가와타로" 하고 사과하기에 이르렀다.

쓰루요만큼은 끝까지 갓파의 존재를 공기처럼 무시했다. 그런데 장마가 시작되고 얼마 지나지 않은 어느 날, 사치가 오후 일을 마치고 1층으로 내려갔더니 갓파의 목에 빨간 반다나가 묶여 있었다. 둥그런 머리와 도드라진 갈비뼈로 이뤄진 갓파의 동체를 보며, 사치는 '가면라이더랑 뭐 비슷해 보이긴 하네' 하고 억지로 납득했다.

평일이어서 낮에는 사치와 쓰루요만 집에 있었다. 갓파가 서서 걷지 않는 이상 누군가가 반다나를 묶어줬을 것이다.

"가와타로가 좀 패셔너블해졌네."

사치가 말했다. 쓰루요는 시치미를 뚝 떼고 멸치로 된장국 국물을 냈다.

그 순간을 기점으로 아무도 갓파 미라를 열리지 않는 방으로 돌려보내자고 제안하지 않았다. 갓파는 진열장 안에서 무릎을 안고 앉아 마키타가에 사는 네 여자가 웃고 수다를 떨고 먹고 사소한 일로 싸우는 모습을 지켜봤다. 아니, 정확히 말해 지켜봐준다고 네 여자가 느꼈을 뿐이다. 실제로는 유리로 만든 갓파의 눈동자가 멍하니 빛을 반사할 뿐이다. 여자들은 이제 그것을 불쾌하게 여기지 않았다.

장마 동안에도 사치와 쓰루요는 텃밭을 계속 돌봤다. 애써 자란 채소 새싹이 잘 자라도록 부지런히 잡초를 뽑아야 했다. 씨앗부터 키운 토마토와 오이 모종을 텃밭에 옮겨 심는 작업도 해야 했다. 비가 부슬부슬 내리는 날에도 우비를 입고 장갑을 끼고서 밭일을 했다.

자수와 가사 노동에 육체노동까지 더해져 사치는 반쯤 기진맥진했다. 그래서 유키노와 다에미에게 연락해 저녁을 지을 기력이 바닥났으니 일찍 집에 올 수 있다면 퇴근길에 반찬을 사 오라고 부탁했다.

두 사람에게서 '알았어. 일곱 시 반에는 도착할 거야'라는 답변은 금방 왔는데, 정작 그렇게 말한 본인들이 좀처럼 올 생각을 안 했다. 무슨 일이라도 생겼나 걱정하면서 사치는 밥을 짓고 가지 된장국을 만들었다. 반찬은 여전히 도착하지 않았다. 낮잠 혹은 저녁잠을 자던 쓰루요도 일어났다.

"저녁 먹을 시간인데 준비 다 했니?"

"유키노랑 다에한테 반찬 좀 사 와달라고 부탁했는데 아직도 안 왔어."

"어머나, 무슨 일이지?"

허기를 이기지 못해 사치는 된장국을 데웠고 쓰루요는 갓 지은 밥으로 작게 소금 주먹밥을 뭉쳤다. 반찬을 기다리면서 미리 가볍게 먹기로 했다. 가와타로에게 바쳤던 오이절임을 진열장 앞에서 내려 반찬으로 삼았다.

비가 흙을 적시는 소리가 났다. 베란다 창을 닫아도 축축한 냄새가 실내로 스멀스멀 들어왔다.

"연락도 없이 무슨 일일까? 전화해봤니?"

"벌써 했지. 그런데 둘 다 연결이 안 돼. 설마 사고가 났다거나, 다에가 스토커한테 납치됐다거나……."

"설마. 사고가 났으면 벌써 집에 연락이 왔을 테고 스토커는 요즘 안 나타났잖아. 진정해."

쓰루요가 관록을 보이며 사치를 달랬으나, 잊을 즈음에 나타나는 것이 스토커 아닌가. 사치는 너무 걱정돼 작은 주먹밥 하나로 배가 꽉 찼다. 쓰루요는 세 개를 먹었다.

그러는 사이에 벌써 아홉 시가 됐다. 갑자기 야근하게 되면 반드시 보고하는 두 사람이다. 게다가 오늘은 반찬 운반이라는 중요한 사명까지 받았다. 역시 심상치 않은 사태가 두 사람에게 벌어진 것 아닐까.

"엄마, 경찰에."

사치가 막 말을 꺼낸 순간이었다.

"다녀왔습니다."

목소리가 들렸다. 사치와 쓰루요가 현관으로 뛰어가자, 유키노와 다에미가 젖은 우산을 우산꽂이에 넣고 있었다. 본격적으로 비가 내리는지 두 사람의 신발과 스타킹은 진흙이 튀어 지저분했다.

"미안해, 늦었지."

유키노가 반찬이 든 봉지를 내밀었다. 샐러드에 같이 담긴 아이스팩이 말랑말랑해졌다. 시간이 많이 지났다는 증거다.

"무슨 일 있었어?"

사치가 묻자 다에미가 명랑하게 대답했다.

"소짱한테 말을 걸었어요."

"뭐라고?"

놀란 사치를 밀치고 쓰루요가 명령했다.

"자세한 얘기는 나중에 하고 둘 다 옷 갈아입고 오렴. 배가 고파서 쓰러질 것 같다."

사치는 '소금 주먹밥을 잔뜩 먹었으면서'라고 생각은 했지만 당연히 그런 말을 하지 않았다.

젖은 옷을 실내복으로 갈아입고 유키노와 다에미가 식탁에 앉았다. 사치는 된장국을 다시 데우고 사 온 반찬을 접시에 담아 식탁으로 옮겼다. 늦은 저녁을 먹는 유키노, 다에미와 함께 쓰루요까지 반찬에 젓가락을 내밀었다.

"회사에서 나왔는데 소짱이 가로수 아래에 서 있었어요."

다에미가 말하며 크로켓에 소스를 잔뜩 뿌렸다. 고등어된장조림을 밥 위에 얹으며 유키노도 설명에 가세했다.

"나도 다에랑 같이 회사에서 나와서 오다큐백화점 식품관에 들렀는데, 그 기둥서방 놈이 거기까지 따라왔어."

"반찬을 사고 있는데 소짱이 저기 옆에서 힐끔힐끔 관찰하더라고요. 진짜 소름 끼쳤어요."

두 사람이 일하는 니시신주쿠의 보험회사에서 신주쿠역에 있는 오다큐백화점 식품관까지는 인파가 끊이지 않는 지하 통로를 한참 걸어야 한다. 그런데도 미행을 계속했다니, 기둥서방 혼조 소이치는 대단한 집념의 소유자였다.

"지금까지는 그렇게 접근한 적 없잖아."

사치가 물었다.

"그리고 한동안 모습을 보이지도 않았으면서 왜 다시 스토킹을 한 거지?"

"궁금하죠?"

"응."

"그래서 우리가 소짱을 붙잡았어요."

"뭐!?"

"슬쩍 돌아가서 다에랑 협공했어."

"'용건이라도 있어?' 하고 양옆에서 동시에 말을 걸었더니 소짱, 깜짝 놀라더라고요."

놀란 건 이쪽이다. 스토커를 반격했다니 너무 위험했다. 혹시라도 흥분해서 칼이라도 꺼냈으면 어쩌려고.

그러나 사치의 걱정에도 유키노와 다에미는 "괜찮아요, 괜찮아" 하고 웃었다. 쓰루요도 말없이 두 사람의 설명을 들으며 태연히 차를 마셨다. 사치 혼자만 동요하고 있다.

유키노와 다에미의 이야기를 들어보니, 두 사람은 혼조의 양팔을 각각 붙잡고 오다큐백화점 근처의 카페로 끌고 갔다고 한다. 혼조는 저항하지 않고 카페까지 따라왔으나, 회사원 분위기인 두 여자가 프리랜서처럼 보이는 마르고 키 큰 청년을 질질 끌고 걷는 모습은 눈에 띈다.

마침 퇴근하는 시간대여서 무슨 일인지 호기심 가득한 시선이 사방에서 은근슬쩍 쏟아졌다. 유키노와 다에미는 신경 쓰지 않았다. '이 이상 스토커 때문에 아까운 택시비를 낭비하는 건 싫어'라는 뜨거운 의욕이 솟구쳤기 때문이다.

카페에 들어가 세 사람은 아이스커피를 주문했다. 혼조는 눈치를 보면서도 아이스커피보다 300엔 비싼 프로즌 블루베리 요구르트셰이크를 주문하려고 했다. 하지만 유키노가 허락하지 않았다. "그때 선배, 진짜 프로즌 같았어요"라는 다에미의 증언이다.

아이스커피가 나왔다. 유키노는 대각선 맞은편에 앉은 혼조를 자세히 관찰했다.

혼조는 조금 신경질적으로 보였지만 얌전했고, 좋은 의미에서든 나쁜 의미에서든 틀에서 벗어난 적이 없는 인간처럼 보였다. 다에미에게 폭력을 쓴 적이 있고 집요하게 쫓아다닌다고 말해도 곧이곧대로 믿어줄 사람은 잘 없지 않을까. 그러나 아쉽게도 현실은 퇴근하는 다에미를 기다리는 남자다. 게다가 '마음이 내키니까 어디 가볼까'라는 식으로 불규칙하게 말이다.

어차피 나타날 거라면 매일 재깍재깍 나타나는 근성 정도는 보여줘야지. 유키노는 화가 나서 이런 말도 안 되는 요구를 하고 싶었다.

박제를 검사하는 듯한 유키노의 냉정한 시선을 받은 혼조는 불편했나보다. 빨대를 유리잔에 꽂고 어찌할 바를 모르며 빨대 겉종이를 만지작거렸다.

잠시 후 혼조는 가늘고 길쭉한 종이를 반지 사이즈의 고리로 만들어 "자" 하고 유키노 옆에 앉은 다에미에게 내밀었다.

"결혼하자."

"어?"

다에미가 반응했다. 그 목소리에 포함된 성분은 경악이나 혐오보다 기쁨이 더 컸다. 유키노는 내밀어진 고리를 옆에서 빼앗았다.

"머저리!"

다에미와 혼조를 일갈했다.

"종이 쓰레기는 버려!"

손가락으로 고리를 꽉 뭉개 재떨이에 던졌다. 기운이 넘쳐서 뭉개진 고리가 튀어나와 테이블로 떨어졌다. 유키노는 자리에서 일어나 계산대 옆에 있던 종이 성냥을 가지고 와 구겨진 고리를 쥐고 불을 붙여 이번에는 신중하게 재떨이 위에 떨어뜨렸다.

싸구려 도자기 재떨이 안에서 빨대 종이는 꿈틀거리며 순식간에 새까만 재가 됐다.

마키타가의 식당에서 사치는 이야기에 집중했다. 유키노가 분노를 표출하는 방법은 어쩜 이렇게 정성스러울까. 사치는 겁을 먹고 조심스럽게 유키노를 살폈다. 다에미가 진지한 표정으로 "그때도 선배 프로즌 같았어요"라고 평가했다. 유키노는 고등어 된장조림 덮밥을 천연덕스럽게 먹었다.

현장에서 유키노의 분노를 본 다에미가 사치와 비교도 안 될 정도로 떨었던 것은 말할 필요도 없다. 큰일이다 싶어서 카페 의자에 자세를 고쳐 앉고 무심코 들뜬 자신을 반성했다. 궁지에 몰리면 "결혼하자"라고 말하며 다에미에게서 돈을 뜯어내는 것이 혼조의 상투적인 수법이다. 헤어진 남자지만 학창 시절부터 사귀던 사이라 기질을 잘 알고 애착도 남아서 질리지도 않고 또 속을 뻔했다.

빨대 겉종이로 청혼이라니 말도 안 된다. 다에미는 자신을 다스렸다. 불면 날아갈 것 같은 재떨이 속 잔해를 바라보며 '저건 쓰레기야, 종이 쓰레기야' 하고 속으로 중얼거렸다. 그러다보니 '소짱은 종이 쓰레기야. 소짱한테 좋을 대로 이용당하는 나도 종이 쓰레기야'라는 생각이 들어 슬퍼졌다. 암시가 너무 잘 들었다.

혼조는 어땠는가 하면, 재로 변한 종이 반지를 멍하니 바라보고 있었다. '제정신인가, 이 자식' 하고 유키노가 발끈한 것과 같은 타이밍에 다에는 '소짱, 배라도 고픈가' 하고 걱정했으니 구제할 방법이 없다.

"댁이 하는 짓, 스토킹이야."

유키노가 팔짱을 끼고 위압감 넘치는 목소리로 말했다.

"기록도 남겼으니까 또 이러면 경찰에 신고할 거야."

혼조는 곤란한 듯 눈을 치뜨고 물었다.

"저기, 언니 되시나요?"

"동료다."

유키노의 목소리가 분노하다 못해 뒤집혔다.

"다에랑 같이 회사에서 나오는 걸 지금까지 몇 번이나 훔쳐봤잖아!"

인상에 남지 않는 얼굴이 또 화가 돼 이런 때까지 기둥서방에게 말도 안 되는 질문을 받다니. 혼조는 "그랬던가요?" 하고 고개를 갸웃거렸다. 기관차처럼 뒤통수에서 연기를 내뿜는 유키노를 다에미가 "진정하세요" 하고 달랬다.

"소짱, 돈이 없어?"

"응."

곧바로 가방에서 지갑을 꺼낼 뻔했지만 다에미는 주먹을 쥐고 참았다.

만약 "너를 만나러 왔어"라고 말해줬다면 얼마나 기뻤을까. 거짓말인 줄 알아도, 유키노가 폭주 기관차로 변해도 지폐를 건넸을 것이다.

하지만 혼조의 용건은 늘 하나, 돈이다. 혼조에게는 다에미의 얼굴이 후쿠자와 유키치로 보일 것이다. 어쩌면 '노구치 히데요라도 괜찮아'라고 생각할지도 모른다. 사랑이 없어도 후쿠자와 유키치나 노구치 히데요나 히구치 이치요*와 자는 남자라니. 최악이다. 최악인 줄은 다에미도 이미 알고 있다.

그러나 아는 것과 인정하는 것은 다르다. 인정하는 괴로움을 맛보기 싫어서 다에미는 시간이 전부 잊게 해주기를 기다렸다. 어렴풋이 알고 있던 사실까지 알게 모르게 어딘가로 흘러가버리면 좋겠다고 바랐다.

하지만 기다리는 데도 한계가 왔다. 혼자였다면 얼마든지 기다

---

* 후쿠자와 유키치는 일본의 근대화를 이끈 에도·메이지 시대의 계몽 사상가, 히구치 이치요는 작가, 노구치 히데요는 세균학자이다. 순서대로 1만 엔, 5,000엔, 1,000엔짜리 지폐 속 인물이다.

　　　　　　　　　　　　　　　그 집에 사는 네 여자

릴 수 있지만 지금은 다르다. 이대로는 마키타가에 사는 쓰루요와 사치와 유키노에게 해가 미칠 가능성이 있다. 실제로 유키노에게는 이미 어마어마하게 폐를 끼쳤다.

다에미와 같이 사는 세 사람의 인연은 매우 얄팍하다. 가족도 연인도 친구도 아니다. 회사 선배, 자수 선생님, 그 어머니. 솔직히 세상의 시선으로 보면 지인으로 통 칠 거리감인 사람들이다.

유키노가 동거하자고 제안했을 때, 다에미는 가벼운 마음으로 허락했다. 스토커로 변한 혼조가 버거웠고 혼자 일하면서 사는 것도 왠지 불안했다. 혼조의 생활비를 부담했었기에 저축도 많이 못 했다.

그런 다에미 눈에 마키타가는 매력적인 피난처로 보였다. 어차피 얄팍한 인연에 불과하니 귀찮아지면 적당한 이유를 둘러대고 다시 집을 빌리면 된다고 생각했다.

그러나 1년 반 넘게 함께 생활하는 동안, 마키타가는 단순한 장소가 아니게 됐다. 다녀왔다고 말하면 어서 오라고 맞아주는 사람이 있다. 잔소리가 심하거나 이해하기 어려운 사람이 있다. 이런 공간을 '우리 집'이라고 하는 것 아닐까.

사치와 유키노와 쓰루요는 다에미에게 여전히 가족도 연인도 친구도 아니지만, 군이 언어로 표현하자면 '식구'로 변했는지도 모른다. 1년 이상 거의 비슷한 것을 먹고 거의 비슷한 공기를 마시며 잤다. 몸의 조성이 비슷해졌을 것이다. 다에미는 자신을 포함한 네 사람을 미개척지에서 특별한 관습을 유지하며 사는 부족 같다고 여겼다.

식구에게, 같은 부족민에게 위기가 닥칠 가능성이 있다면 모르는 척할 수 없다. 일찌감치 밑바닥이 드러난 연애 따위 묻어버리고, 돈에 욕정을 느끼는 변태를 퇴치하는 것이 여자로서의 능력이다.

다에미는 각오하고 혼조에게 말했다.

"어쨌든 난 불편해."

입에서 나온 목소리는 다에미가 예상했던 것보다 힘이 없었다. 이 지경에 이르러서도 괴로운 현실을 인정하기 싫은 감정이 마음 속 어딘가에 끈질기게 남아 있었다.

혼조는 상대의 틈을 알아차리는 것에는 천부적인 재능이 있다. 반쯤 무의식이겠지만 밀어붙여야 할 지점을 민감하게 파악한다. 이때도 목소리에 섞인 나약함을 알아챘나보다. 맞은편에 앉은 다에미의 손을 잡을 듯이 하며 말했다.

"나 일할게. 마음을 고쳐먹을 거야. 너를 더는 힘들게 하지 않을 테니까. 그러니까 다시 시작하자."

말투도 열정적이고 눈에도 성실함이 깃들었다. 다에미는 기쁨과 감격에 벅차올라 조금만 더 했다가는 "기뻐, 소짱!" 하고 혼조를 안을 뻔했는데, 옆에 앉은 유키노가 옆구리를 찔러 간신히 냉정함을 되찾았다.

안 돼, 안 되지. 진짜처럼 보여도 이 역시 소짱이 매번 쓰는 수법이다. 그렇게 생각하며 관찰하니 혼조의 입가에 띤 열기도, 열심히 다에미를 바라보는 눈에도 '여자를 위해 마음을 고쳐먹으려는 나 자신'에 혼조 본인이 취해 있다는 증거가 보였다.

　　　　　　　　　　　그 집에 사는 네 여자

속아 넘어가면 안 된다. 이 사람은 나에게 기생하기 위해서라면 자기 자신도 속이는 거짓말쟁이다. 마음을 고쳐먹겠다고 말한 순간에는 정말로 그 말을 실행할 셈이고, 마음을 고쳐먹을 수 있다고 믿는다. 하여간 인식이 끝없이 단순한 남자다. 소짱은 아무리 시간이 흘러도 자신의 본성에서 시선을 피하려고 할 것이다.

다에미는 혼조의 단순함과 나약함을 사랑했지만, 남자의 그런 면에 매력을 느끼는 한 행복이 찾아올 리 없다는 것도 인지하고 있었다. 동시에 이 자리에서 혼조와 관계를 회복하면 그냥도 옆에서 살기를 내뿜는 유키노가 얼마나 미쳐 날뛸지도 아주 잘 알았다.

다에미는 울고 싶은 것을 꾹 참았다.

"커피값은 내가 낼 테니까 나를 그만 좀 놔줘."

그렇게 말하며 일어났다.

"그럼."

계산서를 손에 들고 계산대로 갔다. 창자가 끊어지는 심정이 바로 이런 것이다. 마침내 결정적인 이별을 선언했다는 흥분과 상실감과 슬픔과 허무함으로 다에미는 실제로도 조금 배가 아팠다.

유키노는 고개를 돌려 다에미의 뒷모습을 바라봤다. 계산대로 향하는 다에미의 발걸음은 의연해 보였다. 혼조는 다에미를 우습게 본 모양이다. 최후통첩을 받았다고 생각하지 못하는지, 망연자실하면서도 초연하게 뒤를 쫓아가지도 않고 앉아 있었다. 고개를 정면으로 돌린 유키노는 넋을 놓은 혼조를 마음껏 감상한 후에 말을 걸었다.

"날카롭게 말해서 미안해."

유키노의 다정한 목소리에 혼조가 튕기듯이 고개를 들었다. 기대에 찬 눈빛이다. 유키노는 미소를 지었다.

"나는 당신 말에서 진실을 느꼈어. 다에미도 진정이 되면 마음이 바뀔 거야. 타이밍이 좋을 때 다시 만나면 잘될 것 같은데?"

"그럴까요?"

"그렇다니까. 내가 '이때다!' 싶을 때 알려줄게."

유키노가 테이블 위에 있던 종이 냅킨과 가방에서 꺼낸 볼펜을 건네자 혼조는 순순히 주소와 휴대폰 번호와 메일 주소를 적었다.

"이거 친구 집이어서요, 연락은 가능하면 스마트폰 쪽으로 전화나 메일을 주세요."

"알았어, 고마워."

유키노는 일어나 계산을 마친 다에미와 함께 카페를 나섰다.

"그 남자 진짜 멍청하더라."

돌아오는 전철에서 유키노가 말했다.

"주소를 알아냈으니까 지금까지 모은 기록이랑 같이 경찰서에 신고하자."

감상에 젖어 이별 장면을 되새기던 다에미가 "네에?" 하고 소리를 높였다. 주변 승객들의 시선을 끄는 바람에 허겁지겁 입을 막았다.

"정보를 어떻게 알아냈어요?"

"다정한 말을 조금 해줬을 뿐이야."

그 집에 사는 네 여자

"비겁해요, 선배!"

다에미는 무심코 목소리를 높였다가 또 입을 막고 웅얼웅얼 말했다.

"경찰에 꼭 신고하지 않아도……. 소짱도 완전히 헤어졌다고 생각할 거예요."

"그 녀석이 얼마나 이해력이 부족한지는 이미 충분히 증명됐잖아. 그런 놈은 제대로 정리해야 한다니까."

"소짱이 불쌍해……."

"너도 질리지도 않는구나. 이 상황에서 동정 따위 하지 마!"

유키노와 다에미는 아사가야보다 한 정거장 앞인 고엔지역에서 내렸다. 그리고 미행당하지 않는지 계속 확인하며 택시를 타고 마키타가로 귀환했다.

"소짱 때문에 또 무의미하게 돈을 쓰고 말았어요."

이 말로 다에미는 보고를 마쳤다.

"내일 출근하기 전에 경찰서에 들를 거니까 앞으로 그 남자는 안 나타날 거야."

유키노가 보장했다.

"기도 약해 보였고, 그런 놈은 이쪽이 세게 나가면 도망치는 법이니까."

그럴까? 사치는 조금 불안했지만 쓰루요는 구름 한 점 없는 표정으로 고개를 끄덕였다.

"그렇겠지. 이제 안심해도 되겠어."

그런 확신이 대체 어디에서 오는지 사치는 신물이 났다. 사치의 부친을 비롯해 심약한 남자 가족을 잔뜩 상대한 경험에서 왔다고 생각하니 더욱더 신물이 나 반론할 의욕이 사라졌다.

"다에도 유키노도 고생 많았다. 오늘은 일찍 씻고 자려무나."

쓰루요가 재촉하자 유키노와 다에미는 "네" 하고 식기를 개수대에 가져다냈다. 성격이 느긋할수록 명랑하다. 그 모습을 보며 사치도 '뭐, 어쨌든 두 사람이 무사하니까 다행이야'라고 이해하기로 했다. 유키노와 다에미가 드디어 혼조와 맞대결을 벌였는데 자신만 그 자리에 있지 못해 조금 아쉬웠다.

비 내리는 계절이 여전히 이어졌다.

그래도 기온이 조금씩 상승해 쓰루요의 텃밭 관리도 슬슬 본격적으로 궤도에 올랐다. 쓰루요의 주장에 따르면, 채소를 키울 때는 첫 시작이 중요하단다. 그와 비교하면 열매를 수확하는 것은 어린애 장난 같다.

사치는 김매기를 도맡았는데 잡초 번식력이 대단해서 매년 그렇지만 밑 빠진 독에 물 붓기와 비슷한 허탈함을 느꼈다. 도대체가, 잡초를 거의 다 뽑았다 싶어도 다음 날 아침에 마당을 보면 수분과 양분이 넘치는 흙에서 또 초록색이 고개를 내민다. 한편, 정성을 기울인 채소 모종은 육지 거북의 걸음처럼 성장이 느릿느릿하다. '잡초 같은 생명력'이나 '온실 속 화초'라는 말이 단순한 비유가 아님을 새삼스럽게 깨달았다.

그나저나 비료를 너무 일찍 주는 것 아닐까? 사치는 이 점이 의문이었다. 기껏 양분을 줘도 잡초가 전부 흡수해간다. 채소 모

그 집에 사는 네 여자

종이 어느 정도 자라고 뿌리도 든든해진 후에 집중적으로 비료를 뿌려야 효과적일 것이다.

그러나 쓰루요는 뭐가 잡초고 뭐가 모종인지 판단도 안 되는 단계에서 텃밭 전체에 비료를 뿌린다. 전후 식량난을 겪으며 자란 탓인지, 어린이에게는 무조건 먹을 것을 충분히 줘야 한다는 확고한 믿음이 있다. 무럭무럭 성장한 잡초를 보며 사치는 자신의 어린 시절 사진을 떠올렸다. 손발은 포동포동, 얼굴은 동글동글. 손목과 발목은 고무줄을 낀 것처럼 오목하게 들어갔다. 분명히 쓰루요가 우유를 너무 많이 먹인 탓일 것이다.

쓰루요의 영양 과다 방침에 따라 야마다도 매일 비를 맞으며 텃밭 작업을 해야 했다. 비료 봉투를 운반하고 바람에 쓰러진 울타리를 다시 묻는 등 어마어마한 중노동에 시달렸다. 그 결과, 불쌍하게도 야마다는 감기에 걸려 몸져누웠다.

"그 사람도 나이가 나이니까."

자기 나이는 자연스럽게 뒤로 미루고 쓰루요는 안타까워했다. 따지고 보면 쓰루요가 텃밭 같은 귀찮은 취미에 매진한 탓에 야마다가 감기에 걸린 것이다. 강 건너 불구경하듯이 말하다니. 사치는 화가 나서 야마다를 돌봐주려고 수위실을 방문했다.

사치는 어렸을 때 종종 수위실에 갔다. 쓰루요가 시켜서 선물받은 옥수수를 나눠주러, 야마다와 마당에서 놀려고. 그러나 그럴 때도 수위실 현관 앞에 서서 용건을 마쳤다.

성장하면서부터는 별채 자체에 접근하지 않게 됐다. 어느 정도 나이를 먹은 후에는 어쩌면 야마다가 아버지일지도 모른다는 의심에 사로잡혔기 때문이다.

그 의심 자체는 몇 년 지나지 않아 사치 안에서 '절대 아니야'라는 생각으로 마음이 기울었으나, 그다음에는 사치의 행동에 문지기처럼 눈을 빛내는 야마다의 존재가 성가셨다. 친척도 아닌데 부지 내에 사는 야마다가 싫어서 쌀쌀맞게 대하다보니 어린 시절과 같은 교류는 끊겼다. 사치도 야마다에게 좀 더 다정하게 대해야 한다고 속으로는 생각했지만, 관계를 회복할 기회를 딱히 마련하지 못한 채 지금에 이르렀다.

야마다는 사치가 매정하게 대해도 전혀 마음에 두지 않았다. 부탁하지도 않았는데 마키타가에 사는 여성들의 수위 역할을 도맡아, 부르지 않아도 마당을 돌아다니거나 안채에 찾아와서는 무슨 일이 생기지 않았는지 살핀다.

즉, 사치가 일부러 수위실에 방문하지 않아도 야마다 쪽이 알아서 시야에 출몰했다. 그러다보니 사치는 수위실 내부가 어떻게 생겼는지 모르고 지금까지 살았다.

나이 드는 것은 어쩔 수 없는지, 그토록 튼튼한 야마다도 감기로 쓰러졌다. 감기에 걸렸다는 소식은 당연히 야마다가 직접 전했다.

"죄송합니다만 상태가 안 좋아서 오늘은 마당 일을 거들지 못하겠습니다. 이거 면목 없습니다."

수위실에서 전화를 걸어 금방이라도 숨이 끊길 것 같은 목소리로 쓰루요에게 보고했다.

"어머나, 몸 잘 챙겨요."

중노동을 강요한 책임을 느끼지 않는지 쓰루요는 천연덕스럽게 대답했다. 그로부터 이틀이 지나도록 야마다는 마당에 모습을 드러내지 않았지만 쓰루요는 신경도 쓰지 않았다. 사치는 아무래도 걱정돼 마침 만든 금눈돔조림을 들고 수위실로 찾아갔다.

사치는 속으로 엄마가 가야 한다고 투덜댔지만, 드디어 수위실 내부를 볼 수 있다고 생각하니 호기심이 조금은 동했다. 조림을 담은 용기를 한손에 들고, 부슬비를 맞으며 우산도 쓰지 않고 마당을 뛰어갔다.

수위실 앞에 서서 현관 문살문을 주먹으로 가볍게 두드렸다. 대답이 없다. 설마 고열로 승천한 건 아니겠지, 불안해져서 사치는 문살문에 손을 댔다. 맞물림이 좋지 않은 미닫이문이 고령자의 관절처럼 요란하게 삐걱거리며 열렸다.

낮인데도 현관 안이 어두컴컴했다. 은단과 건조한 풀이 뒤섞인 듯한 냄새가 났다. 이게 야마다 씨의 집에서 나는 냄새구나. 사치의 콧구멍이 벌름거렸다. 불쾌하진 않다. 썩는 냄새가 나지도 않았다. 일단 야마다는 아직 승천하지 않았나보다.

현관 바닥은 콘크리트만 부어 만들어 간소했고, 모래 먼지가 살짝 깔려 있었다. 까만 고무장화, 까만 샌들, 외출용으로 보이는 낡은 까만 가죽 신발이 현관 바닥 한쪽에 가지런히 놓였다. 모래벽 한쪽이 우묵한 곳에 붙박이 장식장이 있었다. 싸구려 도장과 남부철기* 분위기의 작은 꽃병이 위에 놓였다. 꽃병에는 마당에

---

* 일본 이와테현 남부철기협동조합 연합회의 가맹업자들이 만드는 철기. 경제산업대신지정 전통적 공예품에 선정됐다.

서 따 왔을, 머리에 작은 꽃을 단 냉이가 꽂혀 있었다. 야마다가 몸져누운 탓에 냉이는 이미 말라버렸지만, 평소 현관에 야생화를 장식하는 습관이 있는 것을 알 수 있었다. 성실하면서 투박한 느낌이 왠지 야마다다웠다.

"실례할게요."

사치가 목소리를 높였다. 대답이 없어서 신발을 벗고 좁은 복도로 올라갔다. 현관 정면에 문이 있어서 거실인 줄 알고 열었더니 화장실이었다. 현관과 화장실을 마주 보게 하는 구조가 이상해 고개를 갸웃거리며 왼쪽으로 이어지는 복도를 걸어 안으로 들어갔다.

복도의 오른쪽으로 화장실과 나란히 부엌, 세면대, 욕조가 배치됐다. 복도의 왼쪽에는 마당과 맞닿은 형태로 방이 두 개 있었다. 사치는 먼저 현관에 가까운 미닫이를 열었다. 거실처럼 쓰는지 다다미 여섯 장 크기의 방 가운데에 낮은 밥상 그리고 자그마한 텔레비전만 있었다. 너무 한산한 풍경에 독거노인 야마다의 비애가 밀려왔다. 사치는 미래의 자기 모습일지 모른다는 생각에 떨었다. 잘 보니 밥상 위에 대여한 DVD가 몇 장인가 쌓여 있고, 전부 겐 씨가 주연을 맡은 영화였다. 겐 씨가 되고 싶은 야마다의 꿈은 건재한가보다. 애통함이 점점 더 사무쳐서 사치는 가만히 미닫이를 닫았다.

심호흡을 해 마음을 가라앉히고, 이번에는 거실 옆 미닫이를 열었다. 이쪽도 여섯 장 크기 다다미방이었는데 얇은 이불이 깔려 있었다. 야마다는 이불을 턱까지 덮고 누워 자고 있었다. 직립

　　　　　　　　　　그 집에 사는 네 여자

부동한 상태에서 등부터 쓰러진 것처럼 반듯한 자세였다. 숨을 쉬는 것과 연동해 가슴팍의 이불이 위아래로 희미하게 움직였다. 일단 살아 있는 것은 확실하다. 사치는 문 옆에 서서 방을 조심스럽게 살펴봤다.

역시 물건이 적다. 중인방에 박힌 못에 작업복 몇 벌, 깃 달린 하얀 셔츠와 까만 슬랙스가 걸려 있었다. 모래벽에는 다카쿠라 겐이 담배 CF를 찍던 시절의 포스터가 붙어 있었다. 햇빛을 받아 퇴색했고, 모래벽이라 포스터를 고정하기 어려웠나보다. 사변에 압정을 꼽고 셀로판테이프를 몇 장이나 붙여 고정해둬서 뭉클했다. 사치는 커다란 액자를 사는 편이 나을 것이라고 생각했다.

야마다의 상태를 살피러 사치는 방으로 들어갔다. 들어가자마자 버튼식 크림색 전화를 걷어찼다. 튕겨 나간 수화기를 다다미 위에 놓인 전화기로 서둘러 돌려놨다.

소음 때문에 깼는지, 야마다가 베개를 벤 고개를 돌려 사치를 바라봤다.

"아가씨."

힘이 쭉 빠진 목소리로 말하고는 묵묵히 눈을 깜박였다. 외로워 보이는 야마다가 왠지 안쓰러워서 사치는 베개 옆에 앉았다.

"야마다 씨, 몸 좀 어떠세요?"

그제야 꿈이 아닌 줄 알았나보다.

"일부러 보러 와주셨군요? 죄송합니다."

야마다가 벌레처럼 꿈틀거리며 몸을 일으켰다.

"열은 많이 내렸습니다."

야마다가 걷은 이불에서 고였던 열기와 식은땀이 혼합된 듯한 시큼한 냄새가 폴폴 났다. 사치는 조림을 담은 용기를 바닥에 내려놨다.

"이거 반찬으로 드세요. 밥은 있어요? 약은 드셨고요?"

"밥은 어제 지어졌습니다. 약도 사뒀고요."

사치가 시중을 들려고 해도 야마다는 완고하게 거절했다. 이불에 앉아 평소처럼 등을 펴고 "면목 없습니다"만 반복했다. 오래 머물수록 야마다는 더욱 신경을 써서 '꼿꼿하게 편 등'을 유지할 것이다. 아픈 몸에 안 좋은 영향을 끼칠 것 같아 결국 사치도 포기하고 일어났다.

"그럼 무슨 일 있으면 꼭 전화 주세요. 빨리 나으시길 바라요."

"고맙습니다. 그럼 죄송하지만 좀 눕겠습니다."

야마다는 안심했는지 다시 침대에 누웠다. 시선은 사치에게 고정한 채로 방을 나가는 사치를 바라봤다.

그 야마다가 앉은 자세를 끝까지 유지하지 못하다니. 몸이 웬만큼 나쁜 정도가 아니다. 사치는 야마다의 노화를 다시금 사무치게 느꼈다. 야마다가 사라지면 마키타가의 마당은 얼마나 풍정 없어질까.

가까운 미래를 상상하며 탄식하느라 사치는 복도에서 우물쭈물하고 있었다. 그러자 미닫이 너머에서 야마다가 부르는 소리가 들렸다.

"아가씨, 아가씨!"

상태가 갑자기 안 좋아졌나 싶어 놀라 미닫이를 열자, 야마다가 다시 등을 '꼿꼿하게 편' 상태로 정좌하고 고개를 숙였다.

"저, 죄송합니다만 옆방에 DVD가 있는데, 츠타야에 반납을 해주실 수 있을까요? 깜박했는데 기한이 오늘까지였습니다. 연금으로 사는 처지이다보니 연체료는 너무 부담이라⋯⋯."

"알았어요. 반납할게요."

어지간한 감기로는 야마다의 뇌나 몸을 망가뜨리지 못하나보다. 침실에 한 발을 들여놓은 사치는 반은 맥이 빠지고 반은 안심해서 야마다의 부탁을 받아들였다.

"야마다 씨, 일단 누우세요."

쪼그리고 앉아 야마다의 어깨를 밀며 누우라고 재촉했다. 야마다는 기쁜 듯이 이불을 턱까지 끌어당겼다.

"아무쪼록 조심해서 다녀오십시오."

야마다가 말했다.

"이 야마다, 몸만 완전했다면 사치 아가씨를 위험에 노출하는 부탁은 절대 안 했을 겁니다."

"무슨 소리예요. 아직 낮이고 역 앞 츠타야에 가는데 뭐가 위험해요."

"실은⋯⋯."

야마다가 진지한 표정으로 목소리를 낮췄다.

"어제 밥이 되기를 기다리면서 마당을 내다봤는데, 정문 밖에 젊은 남자가 어슬렁대지 뭡니까."

설마 기둥서방 혼조일까. 쫓아다니지 말라고 경찰이 경고했을 텐데, 오히려 혼조가 욱해서 다에미의 집을 알아내 찾아온 걸까.

긴장과 공포로 사치의 몸이 얼어붙었다. 그러나 일부러 명랑하게 말했다.

"열이 나서 환상이라도 본 거 아닐까요?"

"그야 몽롱하긴 했습니다만."

"그리고 밤이었잖아요? 문에 전등이 있어도 정문 건너편에 있는 사람까지는 정확하게 판별하지 못할 거예요."

"네, 그렇죠……."

야마다의 목소리가 한층 더 낮아졌다.

"하지만 아가씨. 만약을 위해서 등 뒤의 기척에 주의하면서 조심해서 다녀오십시오."

내가 뭐 킬러인가. 킬러한테 이런 어린애 심부름 같은 일을 부탁하면 어떡해. 알겠다고 고개를 끄덕이고 사치는 이번에야말로 수위실에서 나왔다. DVD를 손에 들고 안채로 돌아가면서 정문 쪽을 돌아봤다.

길을 오가는 사람이 없어서인지 마키타가 주변은 평소처럼 조용했다.

야마다는 헤어지면서 이렇게 말했다.

"신변에 위험을 느끼면 부디 저를 불러주십시오."

"야마다 씨, 지금 아프시잖아요."

"아프든 관에 누웠든 아가씨가 위기에 처하면 제가 달려가겠습니다."

진심인지 농담인지 모를 말에 사치는 웃음이 터졌다. 야마다는 그야말로 진지한 표정을 짓고 이불에 누워 사치를 올려다봤다.

어려서부터 사치를 걱정하고 놀이 상대도 해주고 눈에 띄지 않게 지켜주고 귀여워해준 남자다. 나이를 먹어서도 도우러 오겠다고 말해주는 남자다. 가족도 아니고 친척도 아니고 그저 부지 내에 거주할 뿐인 관계인데도.

사치는 야마다의 마음에 기뻤으나 고마움이 지나쳐 오히려 감정이 두려움 비슷하게 바뀌었다. 그래서 말없이 고개만 끄덕였다. 자신은 아버지를 모르지만 야마다 씨가 있어준다면 이걸로 충분하다고 생각했다.

아버지가 분명 이런 느낌이 아닐까. 성가시고 짜증스럽고 몸에서 냄새가 나고, 딸이 위기에 처하면 언제든 날아올 각오로 사는 사람. 실제로는 중요한 순간에 멍청하게 굴다가 날아오지 못할 것 같지만. 이런 점까지 포함해서 야마다 씨와 같은 존재가 아버지일 것이다.

왠지 모르게 만족감을 느끼며 사치는 DVD를 반납하러 역 앞까지 걸어갔다. 야마다의 충고대로 우산 그늘에 숨어 등 뒤를 살피는 것도 잊지 않았다. 따라오는 사람은 아무도 없었다.

야마다의 심부름을 마치고 역 앞 슈퍼에서 식료품을 산 사치는 나온 김에 경찰서에도 들렀다. 동거인이 스토커 피해를 겪은 것과 다른 동거인이 문 앞에서 어슬렁거리는 남자를 본 것 같다고 했음을 알리고 순찰을 부탁했다.

동거인이 몇 명이나 되는 집인가 싶겠지만, 경찰은 "동네 야간 순찰을 강화하겠습니다"라고 친절하게 응대해줬다. 사치는 마음이 놓여서 감사 인사를 하고 집으로 돌아왔다. 우산 그늘에서

360도 빠짐없이 시선을 줬다. 역시 따라오는 사람은 아무도 없었다. 모처럼 킬러가 된 기분이었는데 조금 맥이 빠졌다.

저녁을 먹으면서 사치는 쓰루요, 유키노, 다에미에게 오늘 있었던 일을 보고했다. 야마다의 상태, 야마다의 목격 증언, 경찰이 순찰해주겠다고 한 것까지.

세 사람의 반응은 대체로 이랬다.

"야마다는 곧 나을 테니까 그냥 둬도 괜찮을 거다. 고열 때문에 헛것을 봤을 가능성이 높으니까 절반 정도만 믿는 게 좋을 거고. 그래도 순찰을 해준다면 더할 나위 없겠지."

말이 죄다 짐작으로 끝나는 어중간한 반응이었지만 여기에는 이유가 있다.

경찰이 경고한 이후로 혼조는 회사 앞에 잠복하지 않았다. 다에미는 자기가 이별을 선언했고, 유키노도 자기편이 아닌 줄 깨달았으니 혼조도 마침내 제정신이 들었을 것이라고 주장했다. 유키노는 조금 더 신랄해서, "앞으로 다에를 더 쫓아다녔다간 체포된다는 걸 알았으니까 기생할 다른 곳을 필사적으로 확보했나보지"라고 말했다.

그런 이유로 야마다의 목격 증언은 환상으로 취급돼 어중간한 반응만 끌어내는 데 그쳤다. 또 한 가지 이유는 '스토커에게 언제까지나 끌려다닐 상황이 아니야!'였다.

"넋 놓고 있을 때가 아니에요. 이제 곧 장마철이 끝나니까요."

다에미가 열변을 토했다.

"여름이 온다고요!"

"빙수 먹고 싶구나."

쓰루요의 시선이 허공을 황홀하게 헤맸다.

"녹차에 팥을 잔뜩 얹어서. 거기에 살구까지 얹고……."

"그건 됐고, 역시 바다죠!"

"피부를 태우느니 나는 죽음을 선택하겠어."

유키노가 극단적인 비유를 들자, 다에미는 독재자처럼 팔을 들어 올리고 바다의 매력을 누누이 설파했다.

"사람이 많아서 어차피 물가에서 참방거릴 공간밖에 없을 테니까 파라솔 아래에 있으면 돼요. 요즘 해수욕장 시설은 대단해요. 야키소바나 라면만 파는 게 아니라 터키 요리랑 베트남 요리랑 프랑스 요리까지 먹을 수 있다니까요! 게다가 인테리어도 세련됐고. 다 같이 바다에 가요, 네?"

즉 다가오는 여름이라는 계절에 기대가 가득 차서, 실재하는지 의심스러운 수상한 사람에 대한 반응이 지극히 낮아진 것이다.

더위에 약한 사치는 러시아 사람 수준으로 여름을 기대하는 다에미의 젊음이 눈부시다고 생각했다. 그러면서도 덩달아 흥분해 들뜬 마음도 부정할 수 없었다.

결국 지금까지 해온 것처럼 문단속을 착실히 하는 것 말고는 마키타가 사람들이 당장 할 수 있는 일은 없다. 여름이 오면 바로 바다에 놀러 가자고 하고 이야기를 마쳤다. "바닷가 호텔에서 우아하게 머무르고 싶네" "챙이 넓은 하얀 모자도 쓰고 말이야" "그런 거 없는데" "아, 나는 있는데. 빌려줄까?" "엄마 건 밭일할 때 쓰는 챙 넓은 모자잖아"라는 대화를 주고받는 사이, 각자 마음속에 바다에 대한 기대와 꿈 같은 상상이 부풀었다.

다음 날, 사치는 오랜만에 신주쿠까지 나갔다. 이세탄백화점에서 수영복을 사기 위해서였다. 옷장을 뒤적였으나 수영복이 한 벌도 없었다. 그러고 보니 마지막으로 바다에 간 것이 15년이나 전이다. 그때 입었던 수영복은 버렸을까. 설령 남아 있더라도 20대 초반에 입은 수영복이 40대를 눈앞에 둔 지금도 어울릴 리가 없다.

그래서 사치는 나이에 어울리는 수영복을 마련하기로 했다. 하지만 전철을 타는 것조차 오랜만이어서 이세탄에 도착했을 때는 완전히 녹초가 됐다. 평일 낮이라 전철은 앉을 수 없어도 붐비진 않았다. 신주쿠역에서 이세탄으로 이어지는 지하 통로도 사람이 그리 많지 않았다. 그런데도 하루 대부분을 집에서 보내는 사치에게 바깥 세계의 활기는 너무 자극적이었다. 매일 아침 만원 전철에 시달리며 출근하고 하루 내내 사람과 접하며 일하는 유키노와 다에미가 대단하다고 생각하면서, 연약한 자신이 부끄러웠다.

수영복 매장도 사치에게 또 다른 타격을 안겼다. 위층에 특설 매장이 있었는데, 화려한 밀림 같은 곳에 헤아릴 수도 없게 수영복이 걸려 있었다. 사치는 잰걸음으로 매장을 쭉 둘러보고, 잰걸음 그대로 옥상으로 올라가 벤치에 축 늘어졌다.

무리였다. 저 안에 자신에게 어울릴 수영복이 있을 리 없었다. 나비 무늬 비키니를 입어? 이런 몸매로? 그렇다고 평범한 원피스 타입을 고르자니 바다사자로 분장한 것처럼 보일 것 같았다.

무엇보다 입어보겠다는 말을 못 하겠다. 탈의실에 들어가 수영

그 집에 사는 네 여자

복을 갈아입은 뒤, "손님, 어떠세요?"라고 말을 거는 점원 앞에 모습을 드러낸다. 비키니 사이로 살이 잔뜩 삐져나온 채로. 혹은 바다사자 같은 중후한 자태로. 악몽이다. 사치에게도 악몽이지만 수영복을 입은 사치를 보는 점원 역시 오늘 밤에 괴로워할 것이다.

그런 사태를 피하려고 벤치에서 호흡을 정돈한 사치는 그 길로 이세탄에서 후퇴했다. 신주쿠까지 뭐 하러 왔을까. 오늘은 저지가 아니라 티셔츠에 청바지까지 챙겨 입어서 슬펐지만 어쩔 수 없다. 다시 전철을 타고 아사가야역의 슈퍼에서 장을 보고, 마키타가까지 이십 분이 걸리는 거리를 몸을 웅크린 채 걸었다.

용감하게 신주쿠로 떠났을 때 내리던 비도 지금은 잠깐 잦아들었다. 그러나 머리 위에는 잿빛 구름이 무겁게 드리웠다. 사치는 토라진 초등학생처럼 우산을 바닥에 질질 끌며 걸었다. 종종 멈춰 서서 슈퍼 봉지와 우산을 바꿔 들었다.

뒷문을 지나 자택 부지로 들어가 먼저 수위실로 갔다. 현관문을 두드려도 여전히 응답이 없다. 사치는 허락을 기다리지 않고 수위실로 들어가 침실 미닫이문을 열었다.

야마다는 이불 위에 천장을 보고 누워 있었다. 눈을 뜨고 있어서 숨이 끊어진 줄 알고 오히려 놀랐다. 그러나 다음 순간, 야마다가 천천히 사치 쪽으로 고개를 돌렸다.

"어디 나갔다 오셨나봅니다."

어제보다는 기운이 난 목소리였다. 사치는 안심하고 대답했다.

"그냥 잠깐요. 이거 드세요."

다다미에 앉아 슈퍼 봉지에서 지에밥 도시락을 꺼냈다.

"이런, 죄송합니다."

야마다가 어제와 마찬가지로 일어나려고 벌레처럼 꿈틀거려서 사치는 "아니에요, 됐어요" 하고 말리며 지에밥 도시락을 베개 옆에 뒀다. 꼭 공물을 바치는 것 같다.

"몸은 어떠세요?"

"열은 내렸습니다. 하지만 마디마디 아픈 게 아직 가시질 않네요. 늙어서 그래요."

조금 힘이 없어 보였지만 안색도 좋아졌으니 내일이면 야마다는 완쾌할 것이다.

"몸조리 잘하세요. 우리는 신경 쓰지 말고 푹 쉬세요."

야마다가 곧 회복하리라 짐작한 사치는 그렇게 말하고 안채로 돌아왔다.

마키타가 식당에서는 쓰루요가 텔레비전을 보고 있었다.

"응? 너 어디 다녀왔니?"

이 사람이나 저 사람이나 내가 뭐 하나 눈을 빛내다니. 사치는 답답했고, 수영복을 사러 갔지만 사지 못했다는 사실을 말하긴 당연히 싫어서 이번에도 대충 둘러댔다.

"그냥 좀."

저녁이 되자 다시 비가 내리기 시작하더니 비바람이 점점 심해졌다. 태풍이라고 해도 좋을 정도였다.

그러나 마키타가에서는 합의를 거쳐 창문의 방범 셔터를 닫지 않기로 했다. 비는 마침 마당에 닿은 거실과 식당 베란다 창을 때리듯이 내렸다.

　　　　　　　　　　　그 집에 사는 네 여자

"비가 이렇게 내리니까 내일 아침이면 유리창이 깨끗해지지 않을까?"

저녁을 먹으며 쓰루요가 말했다.

"꼭 세차 기계 같네요."

퇴근한 다에미도 쓰루요의 말에 고개를 끄덕였다. 비바람으로 유리창의 얼룩을 깨끗이 제거하자는 작전이 찰떡 같은 호흡으로 승인됐다. 사치도 창문 닦기를 싫어했기에 쓰루요가 제안한 게으른 작전에 이의를 주장하지 않았다.

"오늘 퇴근하면서 주위를 살폈는데."

유키노가 말을 꺼냈다.

"혼조는 없었어. 야마다 씨가 봤다는 수상한 사람, 역시 착각이 아닐까?"

"우연히 지나가던 사람일 수도 있지."

사치도 동의했다.

"무성한 우리 마당을 보면 누구든 문 너머로 들여다보고 싶을 거야."

네 여자는 평소처럼 목욕을 하고 텔레비전을 보면서 저녁 식사 후의 한때를 보냈고, 각자 방으로 들어갔다.

사치는 방에서 자수를 이어서 놨으나 바람소리 때문에 집중하지 못해 유키노의 방에 놀러 갔다. 유키노는 바닥에 앉아 스트레칭을 하고 있었다.

"잠깐 괜찮아?"

"그럼."

사치는 유키노 앞에 책상다리를 하고 앉아 종이처럼 접히는 몸을 감탄하며 바라봤다.

"오늘 이세탄에 다녀왔어."

"그래?"

"그런데 안 사고 돌아왔어."

"뭘?"

유키노가 스트레칭을 그만두고 상체를 일으켰다. 사치는 잠시 머뭇거리다가 과감하게, 기어들어가는 목소리로 고백했다.

"수수수수영복……."

"수류탄?"

"아니야!"

"알아, 미안."

유키노가 웃었다.

"왜 안 샀어?"

"어떤 수영복을 사야 할지 모르겠더라. 반올림하면 마흔인데 수영복을 입어도 되나? 어린애랑 같이 가는 것도 아닌데."

"진정해. 당연히 입어도 되지."

"하지만, 하지만, 살이."

"살 같은 건 짜내고 깎아버리면 돼!"

유키노가 비정하리만큼 단호하게 말했다. 그야 유키노는 스트레칭에 요가에 여념이 없어 늘씬하면서 들어갈 곳은 들어가고 나올 곳은 나온 몸이니 괜찮다. 사치는 그렇게 주장하며 삐졌다.

"오늘부터 너도 트레이닝을 해. 나도 도와줄게."

유키노는 사치에게 바싹 달라붙었다.

"2주 정도 스트레칭하면 효과가 꽤 있을 거야."

"됐어, 나는 몸이 굳어서."

사치가 엉덩이로 물러나는데도 유키는 등 뒤로 돌아갔다.

"자, 다리 뻗고."

잔혹하게 명령하며 등을 꾹꾹 눌렀다.

"응, 진짜 굳었네."

"으악. 나 죽어, 나 죽는다니까!"

유키노가 몸을 비틀어 굽히고 팔을 잡아 빼서 사치는 뼈가 부러지고 근육이 찢어지는 정도의 고통을 맛봤다. 사치에게는 고문이나 마찬가지인 스트레칭은 옆방에서 다에미의 잠꼬대 섞인 호통 소리가 들릴 때까지 이어졌다.

"저기요! 두 사람, 시끄럽거든요!"

사치는 삐걱거리는 고관절을 이끌고 가까스로 유키노의 방에서 도망쳤다. 끔찍한 꼴을 당했다. 유키노는 도망치는 사치의 등에 대고 "내일 또 하자"라고 말했지만, 극구 사양한다. 복합골절을 입느니 위아래로 저지를 입고 바다에서 헤엄치고 말지.

허벅지 근육이 뜨거웠고 무릎 오금의 관절이 얼얼하게 아팠다. 자수할 마음도 들지 않아 전등을 끄고, 해골처럼 덜그럭거리며 침대로 기어 올라갔다. 가슴까지 이불을 덮고 깜깜한 천장을 올려다봤다. 빗소리에 취해 수마가 눈꺼풀 위로 드리워졌다.

그런데 사치는 드물게도 한밤중에 잠에서 깼다. 화장실 때문에 깼나 싶어 요의를 느끼는지 확인했으나 방광은 낌새 없이 얌전했다. 그 대신에 바깥은 본격적으로 폭풍우가 몰아쳤다. 천둥까지 쳐서 시끄럽기 그지없었다.

이래서 잠이 깼다고 납득하며 사치는 한동안 창을 때리는 빗소리와 마당의 나무가 바람에 흔들리는 소리를 들었다. 실내가 이따금 하얗게 밝아졌고, 잠깐 사이를 두고 천지를 뒤흔드는 굉음이 울려 퍼졌다. 그러나 마키타가는 고요했다. 다른 사람들은 이 요란한 음향 속에서도 속 편하게 잠들었나보다.

사치는 갑자기 불안해졌다.

이렇게 폭풍우가 치는 밤에도 경찰이 순찰을 돌아줄까? 내가 거실 창문을 잠그긴 했던가?

일 분쯤 망설인 끝에 사치는 일어나 바닥에 발을 댔다. 문을 열고 발소리를 죽여 계단을 내려갔다. 공기는 습하고 후끈했다. 장마가 끝난다고 알려주는 천둥일까. 날이 새면 여름이 찾아오리라 예감했다.

1층 다다미방에서 우렛소리에도 굴하지 않는 쓰루요의 코골이가 들렸다. 사치는 현관홀을 가로질러 거실문을 열었다. 거의 동시에 실내가 섬광으로 반짝였다.

사치는 목격했다. 거실과 이어진 식당에 사람 그림자가 있다. 동거인은 아니다. 검정 일색인 남자였다. 남자는 사치 쪽에 등을 돌리고 쭈그려 앉았다. 벽에 붙은 진열장을 탐색하는 중이다.

혹시 저게 스토커 기둥서방인가? 아니면 도둑?

사치가 반사적으로 내지른 짤막한 비명은 다행히 시끄럽게 울린 번개에 지워졌다. 사치는 비명을 또 지르지 않도록 양손으로 입

　　　　　　　　그 집에 사는 네 여자

을 틀어막고 몇 걸음 후퇴했다. 심장이 아플 정도로 뛰었다. 엄마를 깨워야 해. 아니야, 그보다 전화. 경찰한테 전화부터 해야 한다.

충격에 빠져 집 전화가 어디 있는지 순간적으로 생각이 안 났다. 어어, 그래, 현관홀! 그러나 그런 곳에서 전화를 걸면 침입자에게 들키고 만다. 휴대폰을 가지러 방으로 돌아가는 게 나을까. 하지만 잠든 엄마를 침입자와 함께 1층에 그냥 둬도 될까?

혼란이 극에 달했고 행동에 옮겨야 한다는 조급함 때문에 사치는 몸을 제대로 제어하지 못하고 열린 식당 문에 팔을 부딪치고 말았다. 그 소리를 들었는지 침입자가 동작을 멈추고 사치를 돌아봤다.

이번에는 비명도 지르지 못했다. 남자가 일어나서 돌진해왔기 때문이다. 사치는 남자에게 손목을 붙잡혀 거실로 끌려 들어갔다.

"조용히 해."

남자가 잠긴 목소리로 말했다. 또 섬광 그리고 우렛소리. 남자는 까만 야구 모자를 깊숙이 눌러 썼으나 얼굴이 보였다. 젊다. 20대 중반이나 됐을까. 이게 혼조인지 아닌지 사치는 모른다. 혼조의 얼굴을 몰랐다. 남자가 입은 얇은 점퍼는 비에 젖어 고무처럼 번들번들 빛났다.

사치는 몸을 웅크리고 사방에 시선을 줬다. 도움이 될 만한 것이라곤 하나도 없었다. 그저, 식당의 베란다 창이 깨져 비가 들이치는 것, 목에 나이프인지 식칼인지 모를 날붙이가 들이밀어진 것만 깨달았을 뿐이다.

사치는 충격적인 사태가 발발하기를 기대했던 얼마 전을 진심으로 후회했다. 이런 충격은 바라지 않는다. 역시 평온한 게 최고다. 그러나 지금 생각해도 이미 늦었다.

떨림이 잦아들지 않는 사치를 남자는 거실 중앙, 마침 갓 파 미라가 있는 유리 진열장 정면까지 끌고 갔다. 움직이지 못하도록 사치의 허리에 한쪽 팔을 감아 안았다.

"조용히만 있으면 아무 짓도 안 해."

남자가 낮게 속삭였다.

"돈은 어디 있지? 은행 카드는?"

거짓말이다. 사치는 알았다. 남자의 팔에 점점 더 힘이 들어갔다. 조용히 있어도 죽일 것이다. 얼굴을 봤으니까. 눈물과 콧물이 터졌다. 죽는 것뿐만 아니라 강간당할지도 모른다. 게다가 카드 비밀번호를 털어놓으라고 고문까지 당할 것이다. 나를 잃은 엄마는 돈 한 푼 없이 길거리를 헤맨다.

싫어, 그것만큼은 죽어도 싫어!

그 순간 야마다가 생각났다. 사치가 위험에 빠진다면 달려오겠다고 말해준 야마다, 자처해서 마키타가의 수위 역할을 해주는 야마다가.

사치는 여전히 소리를 못 냈지만 속으로 절규했다. 도와줘요, 야마다 씨, 도와줘요!

이 시점에 야마다는 무엇을 하고 있을까. 수위실의 다다미 여섯 장짜리 방에서 숙면에 빠져 있었다. 마디마디의 통증도 드디어 가라앉아 내일이면 마당 일을 도울 수 있겠다고 꿈속에서 생각하면서.

그 집에 사는 네 여자

사치는 침입자에게 필사적으로 고개를 끄덕이면서 야마다가 등장하기를 기다렸다. 당연히 야마다는 달려올 기색도 없었다. 그러면 그렇지, 사치는 낙담했다. 절망에 가까운 낙담이어서 온몸의 핏기가 빠져나가 빈혈을 일으킬 것만 같았다.

"빨리 불어!"

날붙이를 든 손에 어깨를 찔린 사치는 이번에는 고개를 저었다. 내가 따끔따끔 자수를 놓아 번 돈, 엄마가 찔끔찔끔 모아온 돈을 이런 침입자 따위에게 바칠 수는 없다. 어차피 죽는다면 최소한 돈이라도 엄마에게 남겨줘야 한다.

날붙이가 목에 더욱 가까워져도 사치는 고집스럽게 입을 다물었다. 죽기 일보 직전에 있는 힘껏 비명을 질러 쓰루요, 유키노, 다에미에게 침입자의 존재를 알리겠다고 다짐했다. 그러면 그들은 도망칠 수 있을지도 모르고 어쩌면 침입자가 거품을 물고 도망칠지도 모른다.

비장한 각오를 했지만 역시 무서워 죽겠다. 사치는 눈을 감고 '도와줘요, 누가 좀 도와줘요' 하고 간절히 바랐다. 침입자의 짜증이 극에 달한 것이 공기를 통해 선명하게 전해졌다.

사치, 위험해! 도망쳐, 도망쳐라, 사치!

나는 더는 참지 못해 침입자에게 덤벼들려고 했다. 그러나 육체를 지니지 못한 자의 비애다. 멱살을 잡으려고 해도 손이 침입자의 몸을 통과해버린다. 위협하려고 큰 소리를 내질러도 공기를 미세하게도 흔들지 못한다. 아아, 이를 어쩌면 좋은가. 마음만 타들어갈 뿐이다. 언제나 그랬듯이 그저 지켜볼 수밖에 없는 것인가.

갑자기 등장한 '나'는 도대체 누구인가. 의문스럽게 여기는 사람이 많을 테니, 긴박감 넘치는 장면 중에 면목 없지만 자기소개를 하겠습니다.

마키타 사치오입니다. 결혼하기 전과 이혼한 후의 성은 간다입니다. 그래요, 쓰루요의 전 남편이자 사치의 아버지, 까마귀 젠푸쿠마루가 말한 그 '간다 군'입니다.

쓰루요와 헤어지고 내가 어떻게 지냈는가 하면, 죽었습니다. 아아, 실제로 죽은 것은 이혼하고 7, 8년쯤 지난 후였지요. 사실은 죽음에 이르기 전까지도 이미 죽은 것과 매한가지였습니다.

마키타가에서 나온 나는 모아둔 골동품을 헐값에 팔아치워 도치기의 생가로 돌아갔습니다. 그러나 가업인 담뱃가게는 형님이 물려받았으니 머물 곳이 없었지요. 지금 생각해보면 생전의 나는 어디에서든 머물기 거북했다고 할까요, 항상 '여기가 아닌 어딘가'를 몽상했던 것 같습니다. 그래서 쓰루요가 이혼장을 들이밀었던 거지요. 하하하.

도치기에서 도쿄로 금방 되돌아와 샤쿠지이공원역 근처의 낡은 빌라에 방을 빌렸습니다. 외로운 독신생활을 시작했지요. 왜 샤쿠지이공원이었느냐, 자전거를 타고 간파치 도로를 남하하면 마키타가까지 갈 수 있는 입지였기 때문이죠. 여러 번, 셀 수 없이 찾아갔습니다. 쓰루요와 딸이 어떻게 지내는지 보려고요.

그 당시 나는 친구 연줄 덕분에 작은 회사에서 사무를 보고, 수상쩍은 방문 판매를 하고, 뭐 이런저런 일을 했습니다. 육체노동

그 집에 사는 네 여자

은 안 맞았지만 일용직으로도 일했어요. 그래도 전부 오래 하진 못했습니다. 여전히 어디에서든 머물기 어려웠고, 무엇보다 마음 도 붕 떠 있었죠. 쓰루요와 딸이 뭘 하고 있을지 궁금해서 제정신 이 아니었어요.

헤어진 아내와 버린 셈인 딸에게 미련을 느끼다니 내가 생각 해도 참 한심한 노릇이지만 마음은 그리 쉽게 잘라낼 수 없습니 다. 나는 휴일이면 자전거를 타고 마키타가에 갔습니다. 솔직히 말해서 휴일만 간 게 아니라, 일을 땡땡이친 적도 있어요, 암요.

문밖에서 몰래 부지를 들여다봤습니다. 대부분 마당에서 야마 다 씨만 일하고 있고 쓰루요와 딸의 모습은 보지 못했지요. 창에 커튼이 쳐져서 내부는 볼 수 없었어요. 그래도 아주 가끔은 마당 에서 노는 쓰루요와 딸을 목격했습니다. 그때 얼마나 기뻤는지! 쓰루요가 어린 딸을 "사치"라고 부르는 것을 처음 들었을 때는, 과장이 아니라 정말로 기뻐서 몸이 떨렸어요.

문기둥에 몸을 숨기고 가만히 둘의 모습을 지켜봤습니다. 물론 오래 있지는 못하죠. 동네 사람이 신고라도 하거나 야마다 씨에 게 들켜서 쫓겨나면 민망하지 않습니까. 고작해야 오 분입니다. 그 짧은 시간이 그 당시 내겐 전부였습니다. 살아 있다고 실감할 수 있는 귀중한 순간이었죠.

사치는 볼 때마다 무럭무럭 자라는 게 보였습니다. 갈 때마다 더 귀여워졌습니다. 쓰루요에게 웃으며 작은 손을 내밀었죠. 나 란 놈은 왜 제대로 일하지도 않고 쓰루요를 사랑하지도 않고 게 으름의 늪에 빠졌을까. 쓰루요의 곁에서 쓰루요와 함께 아버지로

서 사치를 마음껏 사랑해줄 수 있었는데.

수없이 후회하고 또 후회했습니다. 자전거 페달을 밟은 횟수보다도 더 많이요. 그렇지만 되돌릴 수 없는 것이 있지요.

처음에는 쓰루요 품에 안겨 다녔던 사치도 뒤뚱뒤뚱 걷기 시작했고, 세발자전거를 타고 마당을 질주하기 시작했으며, 쓰루요와 야마다 씨를 도와 화단 앞에서 꽃삽을 흔들기도 했습니다. 여자애는 수다쟁이더군요. 높다랗고 귀여운 목소리로 깜찍한 소리를 하는 사치. 그 모습을 떠올리면 지금도 눈물이 날 것 같습니다. 쓰루요와 야마다 씨는 어린 사치의 말 하나 행동 하나에 언제나 행복한 미소를 보내줬습니다. 나 역시 문기둥 그늘에서 미소를 지었습니다.

사치가 초등학교에 입학하던 날도 똑똑히 기억합니다. 새로 산 빨간 책가방을 메고 남색 원피스를 입고, 약간 긴장한 듯 보였죠. 마키타가 현관 앞에 선 쓰루요와 사치를 야마다 씨가 사진에 담았습니다. 사치, 축하해! 나는 문기둥 그늘에서 축하를 보냈습니다. 젠푸쿠지강의 벚꽃이 만개했죠.

내가 종종 지켜본다는 것을 쓰루요는 알고 있었을 겁니다. 그러나 우리는 대화를 나누지 않았고 시선조차 마주하지 않았습니다. 증오했기 때문이 아닙니다. 아마 이 점은 쓰루요도 마찬가지였을 겁니다. 그렇게 믿어요. 우리는 증오했으니까, 싫어졌으니까 헤어진 것이 아닙니다. 단순히 끝난 겁니다. 그 사실을 서로 잘 알고 있었어요. 도저히 되돌릴 수 없는 것이란 대부분 이런 것 아닐까요.

그 집에 사는 네 여자

이혼하지 않았다면, 마키타가에 계속 있었다면 나는 행복했을까, 이따금 생각해봅니다. 분명 그렇지 않았을 것이라는 답만 나오지요. 참으로 어리석게도 나는 마키타가에서 떨어져 나와 비로소 행복이 무엇이고 행복이 어디에 있는지 알았습니다.

쓰루요를 원망하지 않아요. 오히려 감사합니다. 그녀는 총명하니까 알고 있었겠죠. 마키타가에 있을 때의 내가 그다지 행복하지 않았다는 것을. 그녀는 내게 행복을 주기 위해서, 행복이 무엇인지 생각할 기회를 주기 위해서 이혼을 요구했습니다. 나를 싫어해서가 절대 아니라. 그렇게 생각합니다. 아닌가, 그렇게 생각하고 싶을 뿐일까요. 하하하. 어쨌든 반해서 결혼했던 사이니까요. 이혼했다는 사실이 있어도 미움받았다고 인정하기는 아무래도 어렵군요.

딸이 위기에 몰렸는데 뭘 느긋하게 헛소리나 하고 있어. 사치의 아버지라면 딸을 빨리 구하라고. 이렇게 생각하는 분도 계시겠지만 걱정하실 필요 없습니다.

네, 굳이 말씀하실 것도 없이 나 역시 지금 침입자에게 칼로 위협을 당하는 사치가 걱정되고 어떻게든 구해주고 싶어 고심 중입니다만, 동시에 죽은 자의 세계와 산 자의 세계는 시간의 흐름이 다른 것 또한 사실입니다. 이미 '저 세계'에 속한 내가 이렇게 사색에 잠기더라도 산 자의 세계에서 흐르는 시간으로 환산하면 한순간입니다, 한순간이요. 그러니 괜찮습니다. 지금까지 배경으로만 머물렀으니 이번 기회에 나도 마음껏 생각을 해보려고 합니다, 네.

어디까지 회상했던가요. 그래, 사치가 초등학교 입학식을 맞이한 시점이었죠.

그 후, 나는 수상한 사람으로 몰리지 않도록 티 내지 않고 사치의 통학로에도 출몰했습니다. 친구와 재잘대며 걷는 사치. 가방이 더 크게 보일 정도로 몸집이 작으면서 제법 그럴듯한 소리를 하는 사치. 정말 귀여웠죠.

1학년 운동회에도 갔습니다. 그때는 교문 출입을 엄격하게 관리하지 않아서 쉽게 들어갈 수 있었죠. 쓰루요에게 들키지 않으려고 조심은 했습니다. 공굴리기를 하는 사치. 공 던져 넣기를 하는 사치. 살림이 팍팍하다보니 카메라가 없어서 안타까웠습니다. 그 대신 망막에 새겨 넣었지만요.

점심에는 운동장에 돗자리를 깔고 쓰루요가 싸 온 도시락을 먹었습니다. 홍백색 모자를 쓴 사치는 작은 주먹밥을 먹었습니다. 어째서인지 야마다 씨도 함께 있었어요. 야마다 씨는 운동회 내내 사치의 전속 사진사가 됐죠.

아버지처럼 굴다니. 당연히 질투했습니다. 하지만 나는 이미 마키타가의 일원이 아닙니다. 자업자득으로 가족을 잃었어요. 어쩔 수 없으니 포기하는 수밖에요. 쓰루요와 야마다 씨가 어떤 관계인진 모르지만 아버지 역할을 대신 해준다면 감사할 일이라고 생각하려고 노력했습니다. 이렇게 가끔 그늘에 숨어 엿보는 것도 겨우 할 수 있는 나로서는 사치를 지켜줄 수 없으니까요.

사치의 초등학교 2학년 운동회 때에는 나는 이미 지금 상태였습니다. 즉, 죽었습니다.

그 집에 사는 네 여자

한참 전이어서 기억이 부정확한데, 아마도 1983년이었을 겁니다. 여름 감기에 호되게 걸려 체력이 떨어졌어요. 그렇지만 월세를 내야 하니 일용직으로 일했습니다. 경기가 점차 좋아지던 시기여서 빌딩이니 뭐니 건설 붐이 일었는데, 나는 그냥도 비쩍 말랐고 얼마 전까지 아프던 몸입니다. 조건 좋은 현장 일은 영 돌아오지 않아 피로가 쌓여갈 뿐이었죠.

그랬더니, 거참 놀랍습디다. 죽어버렸어요. 가을쯤이었나, 조금 쌀쌀하다고 생각하며 목욕탕에 갔다가 돌아오던 길이었습니다. 순식간에, 정신을 차리고 보니 죽었더군요. 나도 놀랐지만 지나가는 사람도 놀랐겠죠. 하하하.

즉시 구급차를 불러준 사람이 있어서 병원으로 옮겨졌지만 심장마비인지 뭔지로 소생하지 못했습니다. 다행히 바지 주머니에 지갑이 들어 있어서 신원이 판명됐고 도치기에 사는 형님이 당장 날아온 모양입니다. 노경에 접어든 부모님 가슴에 대못을 박은 셈이죠. 그런데 이때 있었던 일은 사실 잘 모릅니다.

왜냐하면 목욕탕에서 나와 길바닥에 쓰러진 다음 순간, 나는 높이 저 높이 비상하기 시작했거든요. 놀라서 모여든 사람들, 빨간 라이트를 회전하며 달려오는 구급차, 병원 건물 등이 아래에 보였지만 점점 멀어져 조그매졌습니다. 위를 올려다보니 연회색 구름이, 그 너머에 반짝이는 온 하늘의 별이, 새까만 밤하늘이, 끝없이 펼쳐졌습니다.

아아, 내가 죽었구나, 라고 생각한 순간 '싫어'라는 감정도 당돌하게 솟구쳤습니다. 나는 공황 상태에 빠져 소리가 되지 못한 비명을 질렀어요. 이미 영혼만 남았으니 물리적인 소리는 내지 못했지요.

싫다, 싫어. 이대로 죽을 수는 없다. 나는 보고 싶다. 사치를, 쓰루요를, 마키타가의 생활을. 설령 육체가 썩어 없어지더라도 계속해서 보고 싶다고.

나는 안간힘을 다해 허공에서 헤엄쳤습니다. 바다에 잠수하면 부력이 작용해서 몸이 잘 가라앉지 않죠. 딱 그런 느낌이어서, 영혼이 된 나는 무시무시한 힘으로 우주를 향해 당겨졌습니다. 그에 저항해 중천에서 어떻게든 머리를 지상으로 향하고 손발을 있는 힘껏 움직였습니다. 만약 그 꼴을 목격한 사람이 있다면 '하늘에 웬 중년남자가 거꾸로 선 자세로 떠서 어설픈 평영을 하며 허우적거리고 있어!'라고 생각했을 겁니다. 불행인지 다행인지, 나는 상공에 한참 있었는데 그때 하늘을 올려다본 영능력 보유자가 없어서 '저게 뭐야!?' 하고 소동이 벌어지지는 않았습니다.

노력한 보람이 있어서 나는 조금씩이나마 지상에 가까워졌습니다. 굽이굽이 흘러가는 젠푸쿠지강이 보였습니다. 거대한 느티나무의 우듬지가 보였습니다. 그리고 아아, 그리운 마키타가가 보였습니다. 오래된 양옥집 지붕. 식당 창에 불이 켜져 있어요. 사치는 벌써 잠들었을까. 쓰루요는 가계부를 쓰고 있을까. 어이, 나를 구해줘. 나를, 내 영혼을, 당신들이 있는 곳으로 되돌려줘.

그러나 원통하게도 한계가 왔습니다. 후에 지요노후지*가 은퇴

---

* 전직 스모 선수인 지요노후지 미쓰구. 스모 프로 리그에서 가장 계급이 높은 요코즈나의 자리에 올랐고 스모 선수 통상 가장 많은 승리 기록을 남긴 전설적인 선수.

회견에서 "체력의 한계입니다. 기력도 사라졌소이다"라고 쥐어짜듯이 말해 많은 사람에게 깊은 감동을 남겼다고 하죠. 딱 그것입니다. 위대한 요코즈나도 아닌 나 따위에겐 분수 넘치는 말이지만, 영혼이 된 몸(몸은 없지만)에도 체력의 한계가 찾아와 '아아 여기까지인가' 하고 기력이 바닥나버렸습니다. 그 정도로 우주의 끌어당김에 저항해 지상으로 가려는 행위는 힘든 일이었습니다.

손발(만약을 위해 말하는데, 어디까지나 개념상의 손발입니다. 따지고 보면 사후의 내게 손발은 없어요. 그러니 사치의 위기 상황에 마음만 졸이는 것이지요)이 급격히 무거워져서 1밀리미터도 움직이지 못했습니다. 물에 빠져 힘이 다한 사람처럼 나는 다시 상공으로 빨려 올라가기 시작했습니다. 마키타가의 지붕이, 큰 느티나무의 우듬지가, 굽이굽이 흐르는 젠푸쿠지강이 점점 멀어졌습니다.

사치. 쓰루요. 마지막 힘을 짜내 나는 외쳤습니다.

그때였습니다. 느티나무 우듬지에서 새까만 탄환 같은 것이 발사돼 일직선으로 나를 향해 날아왔습니다. 뭐지? 눈을 휘둥그렇게 뜨는데 탄환이 점점 다가오더니 나를 덥석 움켜쥐었습니다. 그것은 날카로운 발톱과 늠름한 부리를 지녔고, 눈은 지성 어린 은빛으로 반짝이며 밤 그 자체와 같은 색을 띤 날개를 지닌, 네, 까마귀 젠푸쿠마루였습니다.

"네놈 목소리가 시끄러워서 우리가 잠을 못 자겠다."

젠푸쿠마루가 날개를 퍼덕이며 말했습니다. 그때 나로 말하자면, 젠푸쿠마루가 까마귀의 집단 지성인 존재라는 것을 알 턱이 없어 '말하는 까마귀다!' 하고 그저 놀랄 따름이었죠.

"보아하니 네놈, 이 세상의 존재가 아니로구나. 얌전히 갈 곳으로 얼른 가버려."

젠푸쿠마루의 발톱에 붙잡혀 나는 공벌레처럼 움츠렸는데, 압도적인 힘을 지닌 까마귀라는 사실만은 이해했습니다. 그래서 용기를 내 부탁했습니다.

"부탁입니다. 부디 저를 지상에 머무르게 해주십시오."

"뭐 하러?"

"저기에 양옥집이 있는데요. 헤어진 아내와 딸이 살아요. 저는 생전에 제멋대로 살았습니다. 하다못해 죽은 후라도 아내와 딸을 지켜주고 싶습니다."

"우리가 보기에 그 집 사람들은 네놈이 지켜주길 바라는 것 같지 않다만."

"당연히 제 자기만족일 뿐입니다. 저도 잘 압니다. 하지만 제발 부탁드립니다. 그냥 보고만 있을 테니까."

"우리가 네놈 부탁을 들어줘야 할 의리는 없어."

그렇게 말한 젠푸쿠마루는 밤하늘을 비행하며 고개를 살짝 꺾어 나를 들여다봤습니다.

"······그래도 인간의 영혼을 가까이에 두는 것도 좋은 자극이 될지 모르지."

나는 필사적으로 고개를 끄덕였습니다. 영혼만 남은 몸이어서 실제로는 끄덕이는 듯한 미세한 파동만 보냈을 뿐이지만요. 젠푸쿠마루는 가을의 별 하늘 아래를 크게 세 번 선회한 뒤, 마침내 "좋다"라고 말했습니다.

"기한은 저 집이 땅 위에서 사라질 때까지다."

마키타가는 그때도 이미 노후화돼 몇 년 안에 무너질지도 몰라 걱정됐지만 일단 이 세계에 머무는 것이 먼저라고 생각해 얼른 대답했습니다.

"네!"

"집이 사라지면 네놈도 얌전히 갈 곳으로 가야 한다."

"정말 감사합니다. 약속드리겠습니다."

젠푸쿠마루는 크고 새까만 날개를 펼쳐 우아하게 지상으로 날아갔습니다. 그리고 마키타가의 마당에 나를 휙 내던졌지요.

영혼이 된 나는 그날 밤부터 마키타가를 쭉 지켜봤습니다. 경제 사정 때문인지 내 걱정과 달리 마키타가 양옥이 지금도 재건축되지 않고 존재한 덕분입니다.

나는 계속 지켜봤습니다. 쓰루요와 사치가 서로 지켜주며 조용히 사는 모습을. 사치가 성인 여성이 돼가는 모습을. 야마다 씨가 늙어서도 겐 씨의 포스터와 일상을 함께하는 모습을. 사치의 친구들이 마키타가로 굴러들어와 여자 넷이서 즐겁고 떠들썩하게 살아가는 모습을. 계속, 계속 지켜봤습니다.

지금까지 장황하게, 때로는 사치나 다른 사람들의 내면까지 들여다보면서 마키타가의 일상을 말한 것이 나입니다. 즉, 쓰루요의 전 남편이자 사치의 아버지이며 '간다 군'인 마키타 사치오입니다.

나는 죽은 자가 가야 할 곳으로 가지 않고 젠푸쿠마루의 힘에 의지해 마키타가 주변을 부유하고 있습니다. 세상이 어찌 흘러

가는지 대부분 파악했고 마키타가와 관련된 사람들의 마음이 어떤지, 엿보려고 하면 자유롭게 엿볼 수 있습니다. 인간이 말하는 '신'과 거의 비슷한 처지거든요.

물론 젠푸쿠마루와 약속한 대로 지금까지 나는 그저 지켜보기만 했습니다. 그런 점도 '신'과 비슷하군요.

큰 느티나무에 사는 젠푸쿠마루와는 날 좋은 오후에 대화를 나누곤 합니다. 실없는 수다지만 젠푸쿠마루는 시간 보내기 좋다며 즐거워합니다. 요즘 유행하는 말로 표현하면 젠푸쿠마루는 츤데레겠죠. 젠푸쿠마루의 말을 들어보니 그날 밤 내가 너무나 간절했기에 문득 마음이 동해서 영혼을 지상에 묶어두기로 했다고 하더군요.

그렇지, 쓰루요의 과거와 우리 부부의 내력을 왜 젠푸쿠마루가 말하게 됐는지 의문을 품는 분도 계실지 모르겠군요. 너야말로 직접적인 관계자이니 그 부분도 네가 말해야 하는 거 아니냐고요.

그래도 쑥스럽잖아요. 헤어진 아내와 있었던 일을 넉살 좋게 늘어놓다니요. 그리고 젠푸쿠마루 쪽이 공정한 시점으로 말해줄 것 같았습니다. 내가 설명자 역할을 맡아달라고 부탁했을 때, 젠푸쿠마루의 얼굴에는 '거참 귀찮게 하네'라고 쓰여 있었습니다만.

이렇게 해서 뜻하지 않게 30년이 되도록 부유하는 영혼으로 지냈습니다. 그러나 이 집도 언젠가 세월의 무게를 견디지 못하는 날이 오겠지요. 쓰루요도 사치도 바보는 아니니 그렇게 되기 전에 재건축하기로 결정할 겁니다.

　　　　　　　　　　그 집에 사는 네 여자

그때 내가 어떻게 될지는 잘 모릅니다. "갈 곳으로 가야 간다"라고 말한 젠푸쿠마루도 사실 그에 대해서는 잘 모르는 모양이에요.

우주의 인력에 저항해 생과 사의 이치를 거슬러 이 세상에 머무른 나. 언젠가 올 그날에는 평범하게 다른 죽은 자와 마찬가지로 다시 한번 우주로 빨려 올라갈까, 아니면 다른 운명이 기다리고 있을까…….

그렇지만 후회하지 않습니다.

살아 있는 동안에 나는 항상 '여기가 아닌 어딘가'를 몽상했습니다. 머무르고 싶고 돌아가야 할 곳을 찾아 떠돌았습니다. 그래도 이제는 압니다.

돌아가고 싶었던 곳으로 돌아왔다는 것을.

나는 딸이 위기 상황인데 무심코 회상에 잠겨버렸다. 그러는 동안에도 침입자의 칼은 사치의 목으로 점점 다가갔다.

안 돼, 절대로 안 돼!

나는 질리지도 않고 침입자를 덮쳤다. 하지만 역시 아무리 시도해도 물질이 없는 몸(몸은 없지만)으로는 아무것도 할 수 없었다. 나는 머저리다. 그러니까 영혼뿐인 머저리다. 욕을 퍼부으며 '그렇다면' 하고 폴터가이스트를 일으켜 침입자의 간담을 서늘하게 하려고 했으나 커튼조차 꼼짝도 하지 않았다. 산 자의 세계에서 말하는 심령현상은 다 새빨간 거짓말인가? 아니면 30년 가까이 철저하게 그냥 보기만 했기 때문에 죽은 자로서 내 능력이 현저하게 낮아진 건가?

사치는 입술을 꽉 악물고 각오를 다진 표정이었다. 마지막 순간에 절규를 내지르겠다는 결심이 보였다. 아아, 사치. 어쩌면 이렇게 엄마를 생각하고 친구를 생각하는 착한 애일까. 아버지가 지켜주마. 어떻게든 지켜주마.

나는 실내에 이변을 일으키는 것을 포기하고 창을 빠져나갔다. 수위실을 향해 쏜살같이 부유했다.

"야마다! 잘 때가 아니야, 사치의 위기라고!"

야마다 씨는 다다미 여섯 장짜리 방에서 여전히 새근새근 자고 있었다. 감기에서 회복했음을 알려주는 깊고 평온한 수면이다. 나는 야마다 씨의 얼굴 주변을 날아다녔지만 결국은 영혼이다. 미풍 하나 일으키지 못했다. 어쩔 수 없이 야마다 씨의 몸을 빼앗으려고 입을 노렸으나 갑자기 이를 무시무시하게 갈기 시작해 방해를 받았다. 콧구멍을 통해 체내로 들어가려고 해도 거친 숨이 뿜어져 나와 도저히 불가능했다.

에잇, 도대체 중요한 순간에 쓸모없는 노인네라니.

나는 다시 쏜살같이 부유해 마키타가 거실로 돌아왔다. 사치의 목에 드디어 칼날 끝이 닿으려는 참이었다. 이제 단 한 순간의 유예도 없다. 나는 당황해 정신없이 거실을 날아다녔다.

뭔가, 뭔가 없을까. 사치를 구할 방법이……!

거실 구석에 놓인 유리 진열장이 내 눈에 들어왔다. 진열장 안에는 갓파 미라가 무릎을 안고 앉아 있다. 목에 두른 빨간 반다나. 몽롱하게 빛나는 유리 눈알.

이거다! 나는 쾌재를 불렀다. 다에미, 여기에 갓파를 놔줘서 고맙구나! 딸의 탄생을 축하하려고 갓파를 샀던 나, 잘했다!

나는 유리 진열장을 쉽게 통과해 갓파의 몸 안으로 들어갔다. 야마다 씨와 달리 생체반응이 없어서 내가 몸을 빼앗아도 저항이 전혀 없었다. 곰팡내가 덮쳐왔지만 나는 코가 없으니까 기분 탓이다.

건조해 굳은 갓파의 손발을 억지로 뻗었다. 우주의 인력에 저항해 지상으로 돌아오려고 했던 때와 같은, 혹은 그 이상의 체력과 기력이 필요했다. 그러나 갓파 미라에 빙의한 나는 어떻게든 해냈다. 끼기기긱, 갓파의 두 팔을 움직여 유리 진열장을 안에서 주먹으로 깨부쉈다. 말라비틀어졌어도 물리적인 신체의 위력이란 대단하다.

갑작스럽게 유리가 깨지는 소리에 놀라 사치가 눈을 떴다. 사치를 안듯이 구속했던 침입자도 눈을 굴려 소리의 출처를 찾았다. 둘은 마침 갓파 미라와 마주 보는 위치에 서 있었다.

지금 사치는 눈을 휘둥그렇게 뜨고 갓파를 빤히 쳐다봤다. 즉, 갓파 미라와 일체화한 나를.

오오, 나는 감동에 몸서리쳤다. 생전에도, 영혼이 돼서도 항상 그늘에서 지켜보기만 했던 딸. 그 딸과 지금 처음으로 시선이 마주쳤다!

감동한 김에 유리 파편을 흩뿌리며 진열장에서 나왔다. 갓파는 오랜 세월 다리를 접고 앉은 자세여서 무릎 관절이 어긋난 탓에 일어나기 고생스러웠다. 그러나 이 또한 나는 해냈다. 사치의 위기를 목격하고 체력과 기력이 다 넘쳐흘렀다. 비틀거리면서도 상체를 일으켜 한 걸음, 두 걸음 앞으로 나아갔다.

침입자도 드디어 내게 시선을 돌렸다. 즉, 직립해도 어른의 허벅지까지밖에 안 오는 갓파 미라가 자기들 쪽으로 비틀비틀 다가오는 것을 깨달았다. 사치에게 들이밀었던 칼날이 힘없이 내려지고, 야구모자 아래에서 침입자의 안면 근육이 꿈틀거렸다.

"좋아, 내 딸을 그만 놓아라."

나는 말하려고 했다. 갓파는 성대까지도 말라비틀어져서 구강에서 휘익휘익 공기가 차가운 바람이 불듯이 새어 나올 뿐이었다.

"사치, 이제 괜찮다. 도우러 왔어. 내가 네 아버지란다."

생전에 내가 마지막으로 본 영화는 〈스타워즈-제국의 역습〉이었다. 이와 이어지는 〈제다이의 귀환〉도 보고 싶었으나 '사람도 많고 돈도 없으니까'라는 이유로 미루다가 못 보고 죽어서 아쉽다. 그건 그렇고, 영화관의 어둠 속에서 나는 꿈을 꿨다. 나도 다스 베이더처럼 언젠가, 언젠가 사치에게 말할 것이다. "내가 네 아버지란다"라고.

그 꿈이 약 30년이라는 세월이 지난 후에 이뤄졌으나 내 말은 여전히 차가운 바람만 내뿜는 공기일 뿐이다. 다스 베이더도 거의 모든 장면에서 "슈욱슈욱"만 말했으니 뭐 괜찮지 않을까.

나는 기대감에 가득 차 사치의 반응을 살폈다. 그러나 사치는 갓파의 눈이 섬광을 반사해 빛나는 것과 거의 동시에 루크 스카이워커처럼 비명을 내질렀다.

"안 돼애!"

루크와 다른 점은 눈앞에 있는 갓파를 아버지라고 전혀 인식하지 못해 비명이 오로지 공포로만 물든 것이다.

사치의 비명에 이끌리듯이 침입자까지 무섭게 절규했다.

"으아아아아아!"

놈은 엉덩방아를 찧더니 그대로 바닥을 기어 방을 횡단해 침입 루트였을 식당 베란다 창으로 도망쳤다.

사치는 경직된 채 서 있었다. 사치, 나는 딸을 불렀다. 휘익, 힘없는 공기 소리가 허무하게 방을 울렸다. 혼신의 힘을 짜내 덜걱거리는 팔을 딸에게 내밀었다.

"안 돼……. 오지 마."

어둠 속에서도 사치의 얼굴이 새파래진 것을 알 수 있었다. 사치는 고개를 저으며 내게서 조금이라도 거리를 벌리려고 뒤로 물러났다.

아아, 사치. 귀엽고 사랑스러운 나의 딸아. 아버지는 지금 갓파의, 그것도 미라의 모습을 하고 있지만, 네게 겁을 주려는 것은 아니다. 그저 지키고 싶었다. 어떻게든 해야 했단다.

너는 언제나 내가 너를 사랑하지 않았다고, 그래서 내가 마키타가에서 나갔다고 슬퍼하고 불안해했지. 그런 탓에 자신감이 부족하고 호감을 느낀 남자에게도 적극적으로 다가가지 못했고. 아니다, 물론 네 안에서 나라는 존재감을 과대평가하려는 것은 아니다. 네가 이성에게 적극적으로 다가가지 않는 것이 타고난 성격 때문이라는 것도 잘 알고 있다.

하지만 모처럼 이렇게 물리적 신체를 얻었으니 확실히 말하마. 어차피 갓파 미라의 몸이니 네게는 공기가 새어나가는 소리로만

들리겠지. 그래도 말하고 싶구나.

아버지는 너를 사랑한다. 진심으로 소중하게 여기고, 언제나 네 행복을 빌며 오랫동안 지켜봤다. 앞으로도 그럴 생각이다.

그러니 슬퍼하거나 불안해하지 않아도 된다. 아버지가 마키타가를 나간 이유는 너를 사랑하지 않아서가 아니라 내 부덕의 소치란다. 부디 엄마를 소중히 여기고 친구들과 웃으며 앞으로도 즐겁게 살아다오. 그리고 죽어서도 너를 사랑한 존재가 있다는 사실을 가능하면 잊지 말아 주겠니.

힘없이, 그러나 격렬하게 공기를 내뿜는 나를 사치가 응시했다. 지금 사치는 온몸을 덜덜 떨고 있었다.

역시 전해지지 않는구나. 나는 낙담했지만 당연한 일이라고 이해하려고 했다. 갓파 미라가 갑자기 유리 진열장을 깨고 서서 걸었다. 그뿐만 아니라 성대하게 휘익휘익 소리를 내고 있다. 놀라서 겁을 먹는 것이 당연한 반응이다.

나는 내밀었던 손을 얌전히 내리려고 했다. 갓파를 내 의지로 움직이는 것이 슬슬 힘에 부쳤다. 오늘 밤, 영혼이 되고 나서 처음으로 물리적 신체를 차지했는데 상상 이상으로 지치는 행위였다. 침입자가 도주한 덕분에 긴장이 풀렸는지, 샘솟았던 체력과 기력이 벌써 쪼그라들었다.

그러자 놀랍게도 이번에는 사치가 나를 향해 손을 뻗었다. 내리려던 내 손, 말라비틀어진 고목 같은 미라의 손을 잡고 싶은 듯이.

"혹시……."

사치는 나를 보고, 즉 유리 눈알을 지닌 갓파를 보고 말했다.

　　　　　그 집에 사는 네 여자

나와 사치의 손가락이 닿으려고 했다.

그 순간, 시간이 다 됐다. 갓파 내부에 더는 있지 못하게 된 나는 물리적 신체에서 튕겨 나와 원래대로 부유하는 영혼이 됐다. 나라는 영혼이 빠져나간 갓파 미라는 단순한 건어물로 돌아가 무릎을 안은 자세로 거실 바닥에 소리 없이 옆으로 누웠다.

사치는 움직임을 멈춘 갓파 미라를 멍하니 내려다봤다. 1층 다다미방에서 쓰루요가, 2층에서 유키노와 다에미가 잠옷 바람으로 거실에 달려왔다.

"뭐니, 시끄러운 소리가 났는데!"

"사치, 거기 있어? 괜찮아!?"

"꺅, 창문이 깨졌어요. 설마 벼락이 떨어졌나?"

세 사람은 발을 멈추고 입을 다물었다. 서 있는 사치와 갓파 미라를 번갈아 봤다.

"아니야, 도둑이 들었어."

사치가 단조로운 말투로 대답했다. 너무 많은 일이 한꺼번에 일어나 오히려 냉정해졌나보다.

"경찰에 신고해줄래?"

천둥이 어느새 멀어졌다. 저 멀리 밤하늘이 하얗게 빛났다. 깨진 베란다 창에서 후덥지근한 바람이 불어 들었다.

뒤늦게 희미하게 울린 우렛소리와 함께 장마가 끝났다.

마키타가에 침입한 범인은 기둥서방 혼조가 아니라 순수한 도둑이었다.

도둑 씨는 신고를 받고 달려온 경찰에게 체포됐다. 폭풍우가 부는 밤인데도 경찰은 약속한 대로 마키타가 주변을 순찰하려던 참이었다. 그래서 신고하고 얼마 되지 않아 마키타가 정문까지 급하게 올 수 있었고, 망연자실하게 길을 걷는 도둑 씨를 발견했다. 생각의 시점을 바꾸면, 스토커가 된 혼조 덕분에 도둑 씨가 오랏줄에 묶였다고 할 수 있다.

도둑 씨는 순순히 조사에 응했다. 직장을 잃어 밥줄이 끊어진 도둑 씨는 젠푸쿠지강을 서서히 거슬러 올라오는 형태로 나카노구에서 스기나미구로 들어와 최근 두 달간 이 유역의 가정집을 털고 다녔다. 낮에 사전 조사를 해 노인만 사는 것 같은 단독주택을 찾는 주도면밀함을 보였다.

도둑 씨는 마키타가도 여러 번 사전 조사를 했다. 그의 눈에는 노부부(야마다와 쓰루요다)와 딸이 마당에서 일만 할 뿐인 것으로 보였다. 힘이 센 남자가 있는 낌새는 전혀 없었다. 게다가 부지가 넓어서 심야에 소리가 나도 이웃에 잘 들리지 않는다. '이거 식은 죽 먹기겠군' 하고 목표로 삼았다고 한다.

다만, 이렇게 순조롭게 진술할 수 있기까지는 한참이나 시간이 걸렸다. 도둑 씨는 경찰에게 연행된 당초, 비에 젖어 덜덜 떨며 "갓파가, 갓파가" 하고 혼잣말만 중얼거렸다. 조금 진정이 된 후에야 여죄도 순순히 진술하기 시작했다. 스기나미구와 나카노구의 경찰이 협력해 현재 증거 확보 수사를 하는 중이다.

참고로 경찰은 만약을 위해 혼조에게도 연락했다. 혼조는 갑작스러운 전화에 놀라 범행이 있었던 밤에 친구 집에서 잤고 절대

그 집에 사는 네 여자

다에미를 쫓아다니거나 하지 않았다고 혼이 쏙 빠져 호소했다.

"따끔한 맛을 봤을 테니 그 남자는 이제 내버려둬도 괜찮을 겁니다."

마키타가에 보고하러 온 경찰이 말했다.

"물론 한동안은 계속해서 주변 순찰을 속행하겠습니다."

도둑 사건의 여파로 사치는 동네 경찰서에 여러 번 찾아갔다. 그 덕에 그 경찰과는 친근해졌다. 분위기가 온화한 중년 남자였다. 그를 거실로 들여 쓰루요와 함께 소파에서 차를 마셨다.

"하하하, 이 갓파군요?"

경찰관이 흥미진진하게 거실 구석에 놓인 갓파를 바라봤다. 다에미가 인터넷에서 주문한 새 유리 진열장 안에서 갓파가 아무 일도 없었다는 듯이 무릎을 안고 있다.

도둑 씨는 조사를 받으며 "갓파가 유리 진열장을 깨고 걸었다"라고 진술했으나 당연히 진지하게 받아들여지지 않았다.

"정말 잘 만들긴 했지만 이게 걸을 리는 없지요."

중년 경찰이 웃었다.

"이상한 약을 한 것처럼 보이진 않으니 아무래도 양심의 가책이란 놈이 환각을 보여줬나봅니다."

"네, 그런가봐요."

영 켕겨서 사치는 경찰에게서 슬그머니 시선을 피했다. 경찰서에서 무슨 일이 있었는지 설명하면서 "정신이 없어서 자세히 기억하지 못하는데, 범인과 옥신각신하던 차에 유리 진열장을 깨뜨려서 갓파 장식품이 바닥에 굴러떨어진 것 같아요"라고 진술했다.

경찰의 말에 따르면, 기소된 도둑 씨가 자기 범행을 인정하고 반성도 하고 있기 때문에 재판은 문제없이 진행될 모양이다. 사치와 쓰루요는 감사 인사를 하고 경찰서로 돌아가는 경찰을 배웅했다.

"그건 그렇고 범인은 비겁한 놈이네."

거실 소파로 돌아와 쓰루요가 울분을 풀 길이 없다는 표정으로 말했다.

"노인 세대만 노리다니 말이야."

마키타가를 제외하고 피해를 본 가정집의 주민은 모두 취침 중이어서 다음 날 아침에서야 범행을 깨달았다. 그 덕분에 도둑 씨에게 신체적 위해를 당하진 않았지만 옷장 속에 모아둔 돈이나 기모노 따위를 몽땅 도둑맞았다. 도둑 씨는 당연하게도 물품을 팔아 돈으로 바꿔 전부 써버렸기에 변제를 기대할 수도 없다. 노후 자금뿐만 아니라 추억 어린 물건까지 도둑맞아 낙담한 피해자도 많다고 들었다. 갓파 유리 진열장과 창문만 잃은 마키타가는 그나마 나은 형편이다.

사치는 새로 끓인 물을 주전자에 부어 두 잔째 차를 우렸다. 맞은편에 앉은 쓰루요 앞에 찻잔을 두며 "그러게" 하고 대답했다.

"반응이 뭐 그리 미지근하니?"

쓰루요는 저기압이었다.

"너는 죽을 뻔했다고. 좀 더 화를 내야 맞잖니?"

맞는지 안 맞는지는 모르겠지만, 사치 역시 화가 났다. 도둑 씨가 칼을 들이민 것을 떠올리면 공포와 분노로 몸이 떨릴 정도다.

그 집에 사는 네 여자

직장을 잃은 것을 변명 삼아 도둑질을 하다니, 직장이 있고 없고를 떠나 제대로 살아가는 사람에게 사과하라고 쏘아붙이고 싶다.

그저 도둑이 든 현실보다 마음에 걸리는 것이 있었다. 그래서 목숨이 위험했던 소름 끼치는 체험도 마치 다른 사람의 일처럼 느껴졌다. 도둑 씨가 칼을 들이민 것조차 사소하게 여겨졌다. 사실은 사소한 일이 아니라 중대한 사건이지만, 사치의 이성으로 해석하지 못하는 사태가 동시 진행으로 발발한 탓에 감각이 마비됐나보다.

그러니까 갓파 말이다.

사치는 유리 진열장에 있는 갓파를 바라봤다. 지금은 장식품처럼 구는 갓파 미라는 그날 밤 분명히 움직였다. 내부에서 진열장을 깨고 사치와 도둑 씨를 향해 걸어왔다. 유리구슬 같은 눈이 반짝이며 사치에게 말없이 무언가를 전하려고 한 것 같다.

사치는 이 이야기를 당연히 아무에게도 말하지 않았다. 도둑 씨가 도주하고 다들 거실로 달려왔을 때, 갓파는 이미 바닥에 누워 꼼짝하지 않았다. 사치는 자기가 본 것을 믿지 못해 동거인들에게도 경찰에게 한 것과 똑같은 설명을 했다.

야마다는 사건 당일 밤, 사이렌을 울리며 달려온 경찰차에 놀라 수위실에서 간신히 눈을 떴다. 허둥지둥 안채로 달려간 야마다를 쓰루요는 그야말로 냉담하게 맞이했다.

"집에 남자라고는 딱 한 명 있는데 아무 짝에도 도움이 안 되는군요."

몸이 안 좋았으니 어쩔 수 없지만 그런 점을 헤아리지 않는 사람이 쓰루요다. 야마다 역시 반론하지 않고 고개를 조아렸다.

"면목 없습니다. 사치 아가씨, 무사해서 다행입니다. 아가씨께 무슨 일이 있었다면 배를 갈라 사죄했을 겁니다."

옛날 무사 같은 소리를 했다.

그러는 동안에도 경찰의 현장 검증이 이어져 지문과 발자국을 채취하고 굴러다니는 갓파의 사진을 찍는 등 거실은 소란스러웠다. 사치는 유키노가 준 카디건을 걸치고 다에미가 준 따뜻한 우유를 마시며 마음을 진정시켰다.

현장 검증을 마치자, 쓰루요가 청소기로 유리 파편을 빨아들였다. 갓파는 야마다의 손에 안겨 망가진 유리 진열장 안으로 일단 돌아갔다. 모두 녹초가 돼서 야마다에게 순번이 돌아갔다. 사치의 위기에 제때 대응하지 못한 죄책감이 있는 야마다는 불평하지 않고 기분 나쁜 건어물을 소중히 다뤘다.

그 모습을 바라보며 사치는 자기 내면에 생긴 혼란과 싸웠다. 내 머리가 이상해진 걸까. 너무 무서워서 환상을 봤나? 갓파가 움직였고, 더군다나 어떤 심리적 교류가 이뤄졌다고 생각하다니, 진짜 정신이 나간 것 아닐까.

혼란은 고독을 깨웠다. 이렇게 이상한 소리는 아무에게도 못 한다. 엄마나 친구에게 "범인이 날 죽일 것 같아서 무서웠어"라고 말할 순 있지만, "일어나서 걷는 갓파 미라한테 친밀감을 느꼈는데"라는 사실은 내면에 숨겨두는 수밖에 없다. 기이한 사건을 기이하기 때문에 아무와도 나누지 못해 쓸쓸했다.

그래도 오늘 찾아온 경찰 덕분에 도둑 씨가 갓파에 대해 한 진술을 들었다. 사치와 마찬가지로 도둑 씨도 갓파가 걷는 것을 목격했다.

그건 환상이 아니었구나. 사치는 안도했다. 동시에 기괴한 사건을 나눌 수 있는 유일한 상대가 도둑 씨라는 현실에 왠지 모를 얄궂음을 느꼈다. "그 갓파, 움직였죠?" "움직였어요, 움직였어요"라고 도둑 씨와 꺅꺅거리며 대화를 나눌 수도 없으니 사치는 여전히 쓸쓸함을 느껴야 했다.

"엄마."

사치는 갓파에게 시선을 준 채 입을 열었다.

"아버지를 좋아했어?"

이런 질문을 하는 것은 처음이었다. 그래도 예전부터 쓰루요에게 물어보고 싶었다.

쓰루요는 가만히 있었다. 침묵이 너무 길어져서 심장발작이라도 일으켜 하늘나라에 간 건가 걱정돼 사치는 맞은편 소파에 앉은 쓰루요를 봤다. 쓰루요는 사치를 보고 있었다.

"네가 죽었다면."

쓰루요가 말했다.

"내가 어떻게 됐을지 모르겠다."

매우 차분한 어조여서 사치는 왠지 쑥스러워서 일부러 농담하듯이 받아쳤다.

"야마다 씨처럼 배를 가를 거야?"

"죽지는 않아."

쓰루요가 웃었다.

"그래도 이 세상과 저세상의 경계에서 살게 되겠지. 나는 너를 낳고 비로소 그 무엇과도 바꾸지 못할 존재가 있다는 걸 알았어. 그 사람이 없었다면 너는 태어나지 못했을 테니까, 나는 지금도 그 사람을 싫어하지 않는단다."

사치는 일어나 쓰루요 옆으로 자리를 옮겼다. 혈관이 파르스름한 엄마의 손에 자기 손을 살포시 겹쳤다. 조금 차갑고 그리운 감촉이다.

"걱정 끼쳐서 미안해요."

사치가 말했다. 쓰루요는 아무 대답 없이 사치의 몸에 팔을 두르고 가볍게 안았다. 그러면서 사치의 옆구리 살을 조물조물 붙잡은 것은 불필요한 행동이었지만, 모녀는 한참이나 그렇게 몸을 기대고 있었다.

새 유리를 끼운 베란다 창 너머로 한여름이 된 마당에 쏟아지는 매미 소리가 들렸다.

도둑 소동이 2주 정도 지난 8월 초순, 마키타가는 성수기를 맞이했다. 하나둘 열매를 맺은 채소를 수확해야 한다.

인력을 확보하려고 토요일 아침에 사치는 동거인 방을 급습했으나 유키노는 단호하게 밭일을 거절했다. 땡볕에 나가느니 영원히 배수 관련 청소 당번을 맡는 게 낫다고 했다.

유키노는 포기하고 비몽사몽인 다에미를 마당으로 끌어냈다. 다에미는 얼굴에 자외선 차단제를 바르고 소매가 긴 셔츠와 청바지, 밀짚모자와 장갑에 이르는 중장비를 착용하고 가지를 땄다.

그 집에 사는 네 여자

쓰루요는 오이와 토마토 담당이다. 사치와 야마다는 수박밭에 그물을 쳤다.

올해 시험 삼아 수박 모종 두세 주를 심었는데, 텃밭을 비집고 나갈 기세로 종횡무진 덩굴이 자랐다. 야마다가 도서관에서 『수박 재배법』이라는 책을 읽고 열매를 선별해 영양을 집중시키는 것이 좋다는 지식을 얻어 왔다. 그래서 사치와 야마다는 아직 작을 때 열매를 따 덩굴 하나에 열매 하나만 남기는 전법을 채용했다.

그러고 마음을 놓은 게 잘못이었다. 점점 커진 열매를 어느새 새가 쪼아 먹었다. 수박은 붉게 물든 내부를 드러내고 지면에 굴러다녔다. 하필이면 왕자의 품격 같은 것을 갖춘 가장 당당한 열매였다. 사치는 까마귀 짓이라고 짐작했다. 그놈들은 영리해서 시치미 뚝 뗀 얼굴로 잘 익기를 기다렸다가 수박을 찬탈했다.

야마다와 협력해서 그물 끝을 한쪽씩 붙잡고 침대보를 깔듯이 펼쳤다. 늦은 감은 있지만 대처를 아예 안 하는 것보다는 나을 것이다. 말을 주고받지 않아도 야마다와 호흡이 완벽하게 맞아 파란 그물이 물결처럼 넘실대며 밭에 착지했다.

그래, 바다가 있었지. 깜빡 잊었는데 우리, 바닷가 호텔에 가기로 했다.

예약도 아직 안 했고 유키노와 다에미의 여름휴가가 언제인지도 듣지 못했다. 수영복도 마련하지 못했다. 그래도 사치는 처음에 내키지 않았던 것은 잊고 바다에 간다는 생각에 가슴이 부풀었다. 도둑 소동 및 불가사의한 갓파 현상으로 몸과 마음 모두 피로가 쌓였다. 이번 기회에 끝없이 광활한 곳에 가서 대자연과 어울리면 좋지 않을까. 석연치 않은 마음, 말로 표현하지 못할 답답함을 바닷물로 씻어 없앨 수 있지 않을까.

오후에 자수 교실을 진행하면서 계획을 세운 사치는 그날 밤, 유키노와 다에미에게 방으로 와달라고 해서 "바다에 언제 갈 거야?" 하고 물었다. 그런데 바다에 가자고 최초로 말을 꺼냈던 다에미가 불참 의사를 표명했다.

"죄송해요, 패스예요."

"뭐?"

"어째서?"

"하필 선약이 들어와서요."

다에미는 미안해하지도 않았다. 그때 마침 다에미가 손에 들고 있던 휴대폰이 울렸다.

"닷군? 아니야, 응, 괜찮아. 조금 전에 목욕하고 캐모마일 차를 우린 참이야."

다에미는 전화 상대와 대화하며 사치의 방을 나갔다. 문가에서 잠깐 멈춰 서서 방 안의 사치와 유키노에게 웃으며 손을 흔들었다.

남은 둘은 기가 막힌 표정으로 마주 봤다. 누군데, 닷군이. 캐모마일 차가 대체 어디 있는데.

"그러니까 새로운 남자네."

유키노가 신음하듯이 중얼거렸다.

"그런 것 같지."

눈이 핑글핑글 도는 전개를 따라가지 못해 사치는 고개만 끄덕였다. 아무래도 다에미는 교제 상대를 찾아 몸과 마음 모두 가벼운 상태인가보다. 혼조와 사이에 있던 낫또 실처럼 끈적끈적한 관계가 도둑 소동으로 완전히 끊어진 덕분이리라.

그야 축하할 일이지만 사치로서는 따돌림을 당한 기분을 부정할 수 없었다. 바다에 가자고 말을 꺼낸 건 다에미였으면서 너무 제멋대로라 조금 화가 났다. 그러나 무엇보다도 공연스레 불안해졌다.

"다에, 이 집에서 나가려나?"

"글쎄, 바로는 아니겠지만 언젠가는 그럴지도."

바닥에 앉은 유키노가 발바닥을 합장하는 것처럼 모으고 벌어진 무릎을 손으로 꾹꾹 눌렀다. 유키노의 다리는 아무 저항 없이 바닥에 찰싹 달라붙었다. 언제 봐도 찹쌀떡처럼 온몸이 부드럽다.

사치는 유키노의 유연성에 감탄하면서도 머리 한구석에서 '역시 그렇겠지' 하고 생각했다. 이 미지근한 물 같은 생활이 영원히 이어질 리 없다. 사치에게 점점 더 불안이 차올랐다.

유키노가 고관절을 마음껏 풀어주면서 사치에게 제안했다.

"온수 수영장에라도 갈래?"

"어?"

"구에서 운영하는 실내 수영장 있잖아. 거기라면 피부도 안 탈 테니까 가도 돼. 다에가 남친이랑 꽁냥꽁냥하는 사이에 우리는 동네에서 첨벙첨벙하자."

"좋다."

유키노가 마음 써주는 것이 느껴져 사치는 기분을 풀었다. 앞날은 아무도 모른다. 언젠가 혼자가 될지 모른다고 불안해하고 공포에 빠지는 것은 바보 같은 짓이다. 지금 친구와 그럭저럭 즐겁게 지내고 있고 계절은 여름이다. 그 행복감과 고양감을 소소하게 느끼면 그만이다.

그렇다면 역시 수영복을 사야 한다. 어려운 임무였다. 광란 상태의 정글 같은 수영복 매장을 떠올리며 사치는 팔짱을 꼈다.

"맞다, 이거."

유키노가 잠옷 주머니를 뒤졌다. 주머니 테두리에는 당연히 귀여운 레이스가 달렸다.

"회사에서 협찬한다나 뭐라나. 잔뜩 있어서 가지고 왔어."

유키노가 내민 것은 우에노미술관 페어의 할인 티켓이었다. 세계 벽 장식전—벽화·태피스트리·자수·모자이크라고 적혀 있었다.

"와, 고마워. 다에는…… 저 상태니까 가자고 해도 안 가겠지. 유키노, 같이 안 갈래?"

"안 가."

"왜?"

"나보다 그 사람한테 가자고 해."

"누구?"

"그, 인테리어."

"가지 씨?"

사치는 자기도 모르게 동요해 유키노를 마주 보고 앉아 의미 없이 정강이를 긁었다.

"하지만 기혼자인데."

"얘기가 잘 통하잖아? 그러면 같이 가도 되지. 친구가 될 수도

　　　　　　　　그 집에 사는 네 여자

있어."

"유키노, 전에 남녀 사이에 이해는 성립하지 않는다고 말하지 않았어?"

"연애 방면에서는. 아니지, 애초에 인간 사이에 진정한 이해는 성립하지 않아. 하지만 친구라면 딱히 상대의 모든 것을 이해하고 싶어 하지 않고, 상대가 자기의 모든 것을 이해해주기를 기대하지도 않잖아. 상대의 내면에 의미 불명인 영역이 있어도 '뭐, 그런 거지' 하고 자기와의 차이점을 오히려 여유롭게 즐길 수 있어. 그러니까 상대가 남자라도 친구인 한, 이해가 성립하지 않아도 문제없어."

"그런가?"

사치는 의문이었다. 혹시 유키노도 조만간 이 집에서 나가려고 새로운 '친구'를 만들어주려는 건 아닐까. 이런 의심이 솟구쳐 외로움과 불안감을 다시 느꼈다. 그러나 유키노가 그렇다고 하면 받을 충격이 두려워 유키노에게 물을 용기는 당연히 없다.

의문에 뚜껑을 덮고 사치는 한숨을 쉬었다.

"그럼 사귀거나 결혼하는 건 자유롭지 못하게 되는 걸까?"

"본인에게는 행복한 속박이겠지."

유키노가 일어나 사치를 내려다봤다.

"나는 사절이지만."

유키노도 사치와 마찬가지로 지금 시점에서 교제나 결혼으로 이어질 길은 없고, 적극적으로 만들 마음도 없어 보였다. 그걸 깨닫자 타산적이게도 사치는 용기를 되찾았다.

"유키노, 가능하면 오래오래 우리 집에 있어줘."

사치가 솔직히 애원했다.

"하지 마, 서로 상처나 보듬어주자는 거야?"

유키노는 무뚝뚝하게 대꾸했다. 그래도 어딘가 기쁜 듯이 말을 덧붙였다.

"음, 평생 이 집에 더부살이할까? 이 세상은 같이 사는 사이는 가족이나 연인으로 한정하는 풍조지만 한 명쯤은 친구 집에서 계속 하숙하는 사람이 있어도 괜찮겠지."

어떤 관계인지 모르지만 왜인지 거기 사는 사람. 즉 당당한 여성판 야마다가 되겠다는 선언이다. 사치는 기뻤지만 쑥스러움을 감추려고 말했다.

"우리 집, 낡았지만."

"그건 괜찮아. 둘이 일해서 돈을 모으면 조만간 재건축도 가능하지 않겠어?"

"좋다. 창문을 이중창으로 해서 방범과 냉난방 효과를 높이자."

사치와 유키노는 신축한다면 어떤 집이 좋을지 원대한 꿈을 나눴다.

그때 1층 거실에서는 '재건축 결사반대'를 외치려고 나, 마키타 사치오의 영혼이 갓파 미라 안으로 돌입했다. 그러나 안타깝게도 다에미가 새로 마련한 유리 진열장이 튼튼해서 말라비틀어진 갓파의 팔로는 때려 부술 수가 없었다. 아니면 영혼의 세계에서도 위급한 상황이 닥치면 초월적인 힘이 생긴다는 개념이 적용되나보다. 갓파는 안쪽에서 유리 진열장에 쓰러져 기댄 모습이 됐고, 나는 풀이 죽어 갓파 안에서 빠져나와 다시 허무하게 부유했다.

물론 사치와 유키노는 아래층에서 그런 일이 벌어졌는지 알 턱이 없다. 다음 날 아침이면 "꺅, 가와타로가 쓰러졌어!" 하고 깨닫고 지진도 아닌데 좀 기분 나쁘다고 여기며 야마다를 불러 원래 자세로 되돌려 놓을 것이다. 한편 유키노와 신축 구상을 나눌 때의 사치는 '말은 그렇게 해도 유키노는 언젠가 이 집에서 나갈지도 몰라'라고 생각했다.

그래도 꿈을 꾸는 것이 뭐가 나쁜가. 나이를 먹어 죽을 때까지 마음 맞는 친구와 즐겁게 살았습니다. 이런 동화가 있어도 괜찮을 것이다.

언젠가 싸워서 헤어질지도 모른다. 특별한 이유 없이 언젠가 점점 소원해질지도 모른다. 그러나 '언젠가' 미래를 두려워해 꿈을 꾸는 것을 그만둔다면 동화는 영원히 동화일 뿐이다. 부화하지 못하고 화석이 된 알처럼 현실이 되는 길이 막힌다. 사치가 생각하기에 그건 너무 바보 같았다. 꿈을 꾸지 않는 현자보다 꿈을 꾸는 바보가 돼 믿고 싶다. 만끽하고 싶다. 동화가 현실로 바뀌는 날을.

그나저나 유키노는 아까부터 사치 앞에 서 있었다. 방을 나가려다가 새로운 화제가 나온 탓이지만 슬슬 본격적으로 잠이 쏟아졌다. 이번에야말로 잘 자라고 말하고 나가려고 입을 열었다.

"아무튼, 가지 씨한테 말해봐. 모처럼 기회잖아."

"응…… 생각해볼게."

자기 방으로 돌아가는 유키노를 배웅하며, 사치는 내심 '말하긴 뭘 말해. 절대 말 안 할 거야, 미안' 하고 대답했다.

만약 가지 씨가 "네"라고 대답하면 기대해버린다. 그러는 반면, 기혼자면서 딴 여자의 제안을 희희낙락 받아들이는 인간이었다고 실망도 하겠지.

유키노는 친구라면 이해가 성립하지 않아도 문제없다고 했다. 그러나 사치는 가지에게 딴마음을 품었다. 그러니 만나자고 하면 안 된다. 사치는 그렇게 다짐했다.

자유로운 몸은 행복한 속박을 원해서 선택한 사람들의 영역에 함부로 들어가서는 안 된다.

바닷물에서 맹물로 계획이 변경됐어도 물에 들어가려면 수영복이 필요하다.

사치는 스스로를 좀 더 부추겨서 마침내 수영복을 구매하는 데 성공했다. 휘황찬란한 정글에 재도전할 기력이 없어서 아사가야역에 병설된 마트의 옷 매장에서 샀다.

지금까지는 어차피 아줌마들 대상으로 하는 옷만 있을 테니까 피했는데, 생각해보니 사치도 '아가씨'보다는 '아줌마'에 가까운 나이가 됐다. 실제로 매장을 잘 살펴봤더니 너무 화려하지도 평범하지도 않은 형태와 무늬의 수영복이 있어서 '그렇구나, 지금 나한테 어울리는 건 이세탄의 화려한 수영복 매장이 아니었어' 하고 깨달았다.

사치는 사 온 수영복을 방에서 조심조심 입어봤다. 매장 탈의

그 집에 사는 네 여자

실에서도 입어봤지만 점원이 "어떠세요?" 하고 말을 걸까봐 조마조마해서 사이즈가 맞는지만 후다닥 확인했다.

침착하게 거울에 비춰본 자신의 모습은 예상만큼 심각하진 않았다. '대폭 다이어트에 성공한 바다사자' 혹은 '세 배쯤 급격하게 살이 불어서 다리가 짧아지고 얼굴이 커진 슈퍼 모델' 정도였다. 즉, 나이에 맞는 평범한 체형이다. 사치는 만족스럽진 않았지만 안도했다. 수영복은 까만색 원피스 타입으로, 양쪽 옆구리에 빨간 히비스커스 꽃이 쾅쾅 큼지막하게 프린트됐다.

수작업을 좋아하는 사치는 꽃잎에 자수를 놓고 꽃술에는 비즈를 달았다. 수영복이 화려해졌고 프린트된 부분이 자수 덕분에 음영이 강조돼 허리가 날씬해 보이는 효과까지 생겼다. 거기까지 하자 사치는 드디어 만족해서 '언제든 와라! 아니지, 언제든 가주마! 구민 수영장에!' 하고 의욕이 넘쳤다.

결행하는 날은 8월 13일로 정했다.

유키노도 다에미도 올해 오본에는 고향에 돌아가지 않았다. 귀성객으로 기차도 붐비고 친척과 어울리기도 힘들고, 부모님은 결혼은 아직이냐고 시끄럽게 한다는 이유였다.

게다가 평소대로 생활하는 것처럼 보이는 마키타가 사람들도 도둑 소동 때문에 정신적 충격을 크게 받아 역시 지쳤다. 특히 사치와 쓰루요의 정신적 피로가 심해서, 두 사람을 남겨두고 귀향하기는 망설여지기도 했다. 물론 유키노와 다에미가 자기 입으로 걱정되니까 귀성하지 않겠다는 소리를 하진 않았지만, 모녀는 세든 사람들이 마음 써주는 것을 느낌으로 알아차렸다.

그래도 다에미 쪽은 좀 더 큰 이유와 동기가 있을 거라고 사치는 짐작했다. 다에미는 새로 사귄 남친을 포함한 무리와 13일에 에노시마 부근에 해수욕을 하러 가기로 약속했다. 귀성보다 새 남친을 선택했다고 볼 수밖에 없다.

"오본이 지나면 해파리가 나온다지 뭐예요."

다에미가 그럴싸한 변명을 늘어놨다.

"좀 일찍 바다에 갔으면 좋았을 텐데, 다들 휴가가 맞는 날이 오본 때뿐이더라고요. 그럼 13일이면 아슬아슬하게 오본 전이니까, 고육지책이에요, 고육지책."

13일이나 16일이나 해파리 수에 그렇게 차이가 날지 사치는 의문이었지만 즐겁게 해수욕 준비를 하는 다에미를 보며 해파리가 달력을 갖고 있기를 바랐다.

다에미에게 대항할 생각은 아니지만 사치와 유키노도 어쩌다 보니 같은 날에 구민 수영장에 가기로 했다. 혹시 모르니 쓰루요에게도 말을 걸었지만 일축을 당했다.

"싫다. 내일모레면 일흔인데 수영장에서 물놀이라니. 나는 이세탄에 갈 거야."

쓰루요의 주장에 따르면, 오본 기간에는 도내 인구가 줄어 이세탄도 한가하므로 느긋하게 쇼핑할 수 있다고 한다. 사치는 이번에도 의문을 품을 수밖에 없었다. 오본 휴가를 이용해 도쿄로 놀러 오는 사람도 있을 테고 요즘은 1년 내내 외국인 관광객의 모습을 흔히 본다. 과연 쓰루요의 의도대로 될까.

아무튼 사치에게도 '노모를 동반하고 구민 수영장 가기'는 피하고 싶은 상황이었다. 쓰루요가 거절해서 솔직히 편했다.

그리하여 맞이한 8월 13일. 다에미가 계단을 내려가는 소리를 듣고 사치는 잠에서 깼다.

허둥거리는 발소리에 이어 현관문이 열렸다 닫히는 소리가 났다. 사치는 반쯤 잠에 취한 상태로 침대에서 내려와 커튼을 걷었다. 마당을 가로질러 정문으로 뛰어가는 다에미가 보였다. 수영복이며 수건 따위가 들었을 컬러풀한 가방을 들고, 벌써 비치 샌들을 신었다. 시원해 보이는 무명 원피스가 아침 햇살을 받으며 정갈하게 펄럭였다. 가벼운 발걸음도 그렇고 하나로 묶은 머리카락이 꼬리처럼 흔들리는 모습도 그렇고 중학생 같다.

귀엽다고 생각하며 다에미의 뒷모습을 창문 너머로 내다봤다. 정문 밖 도로에 메탈릭 블루 미니 밴이 정차해 있었다. 마침 젊은 남자가 내리는 중이었다. 티셔츠에 청바지를 입은 남자는 다에미에게 가볍게 손을 흔들었다. 웃는 얼굴이 다정해 보였다. 다에미는 정문으로 나가 남자와 함께 미니 밴에 탔다.

저게 닷군인가. 인간은 겉모습으로 판단할 수 없으니 훗날 기둥서방이 된 끝에 스토커로 변해버릴 가능성도 없진 않겠지만, 뭐 일단은 잘됐다. 대놓고 약물 중독자 같다거나 온몸에 문신을 새기고 칼을 들고 다니는 놈은 아니라서. 사치는 그렇게 생각하며 침대로 돌아가 다시 잠을 잤다.

다음으로 눈을 떴을 때는 정오가 다 된 시간이었다. 커튼을 열어둬서 햇빛이 직격으로 내리쬤다. 에어컨을 켜지 않은 실내는 한증막이나 마찬가지였다.

이런데도 살이 안 빠진다니까. 한숨을 쉬며 사치는 티셔츠와 트로피컬 무늬 롱스커트를 입었다. 스커트 허리는 당연히 고무줄이다. 이러면 수영장에서 수영복으로 갈아입기 편하고 바캉스 하러 온 기분도 날 것이다.

적당한 가방이 없어서 수영복과 수건을 손에 들고 1층 식당으로 갔다. 부엌에서는 유키노가 소면을 삶아 소쿠리에 담는 중이었다.

"안녕."

"잘 잤어? 너도 소면 괜찮지? 먹고 수영장 가자."

"응. 비닐봉지 좀 주라."

사치는 부엌에서 날아온 슈퍼 비닐봉지를 받아 수영복과 수건을 넣었다.

"설마 그거 가방 대신이야?"

"응."

유키노는 "맙소사"라고 말하고 싶은 표정으로 얼음물에 소면을 띄운 대접과 국물이 든 공기 두 개를 식탁에 놨다. 사치는 유키노가 마당에서 따왔을 차조기 잎을 찢어 참깨와 함께 공기에 넣었다.

"잘 먹겠습니다."

둘은 한동안 대화 없이 소면을 먹었다. 쓰루요는 벌써 나갔는지, 식탁 위에는 '이세탄'이라는 단어만 적힌 편지, 아니, 쪽지가 놓여 있었다. 사치는 곁눈질로 박력 넘치는 필적을 바라봤다. 볼펜으로 쓴 것 같은데 잉크 자국이 볼펜답지 않게 선명히 약동해서 구로사와 감독의 고전 영화 제목 같았다. 이세탄이 얼마나 쓰루요를 두근거리게 하는 곳인지 알 수 있었다.

엄마는 참 건강하네. 소면을 다 먹은 사치는 부엌에서 사용한 식기를 설거지하며 한숨을 쉬었다.

사치에게 이세탄은 몸과 정신 상태를 측정하는 지표다. 보통은 이세탄의 눈부심에 꿰뚫려 아무것도 사지 않고 후퇴한다. 웬만큼 컨디션이 좋은 게 아닌 한, 지하 식품 매장에 진열된 보석 같은 외형과 가격을 두른 과자를 앞에 두고 '이 세상에는 전쟁을 겪고 굶주리는 사람도 있는데 내가 단것이나 먹을 상황이야?' 하는 엉뚱한 생각을 하며 비명을 지르고 싶어진다. 이세탄에서 마음 편히 소비하려면 대단한 담력과 심신 양면의 건전함이 요구된다.

쓰루요가 사 오는 것이라 봐야 반찬이나 홑이불이지만, 사치가 보기에는 그것만으로도 대단하다. 이세탄의 눈부심을 순진무구하고 탐욕적으로 즐길 수 있으니까.

사치는 마흔이 가까워짐에 따라 엄마보다 먼저 죽지 않을 노력을 해야겠다고 생각했다. 앞으로 부자가 될 일도 없고 아마 결혼할 일도 없으리라는 판단이 섰으니, 최소한 자신이 할 수 있는 일은 쓰루요를 슬프게 하지 않는 것이라는, 지극히 소시민적인 결론을 내렸다. 특히 도둑 소동 때 칼이 들이밀어진 이후에 이런 생각이 강해졌다.

하지만 이 상태라면 쓰루요는 백오십 살까지는 살 것 같다. 지금 시점에서도 사치보다 담력이 세서 용감하게 이세탄까지 나아가니까. 그렇다면 사치도 백이십 살 이상은 살아야 한다. '도저히 무리야. 무능력한 불효녀를 용서해주세요' 하고 일찌감치 포기하고 싶어진다.

2층에 갔던 유키노가 외출 준비를 마치고 식당에 얼굴을 비쳤다. 지금부터 수영장에 수영하러 가는데도 꼼꼼히 화장했다. 프릴 달린 하얀 민소매 블라우스와 남색 플레어스커트. 밑단에 같은 색 레이스가 달렸다. 팔에 큼지막한 왕골 가방을 멨다.

"참, 다음에 이 가방에 수놓아줄 수 있어? 돈 낼 테니까 귀여운 무늬로."

"그냥 해줄게. 작은 새는 어때? 빨간 열매가 달린 잔가지를 문 모습."

"꼭 부탁합니다. 그래도 공짜로는 안 돼지. 너는 프로 자수 작가잖아."

"응, 알았어. 그럼 친구 가격으로."

이런 대화를 나누며 사치와 유키노는 현관을 나섰다. 한여름 대낮이라 주변이 새하얗게 타들어갔고 피부로 빛의 압력을 느낄 정도였다. 유키노는 하얀 양산을 썼다. 은색 풀 밖으로 보이는 발꿈치가 윤기 흐르는 복숭아색이다. 사치는 다에미를 흉내 내 비치 샌들을 신었다. 발톱은 둥글게 깎기만 하고 아무것도 바르지 않았다. 양산이 없어서 까만 우산을 썼다. 유키노와 비교하면 모양 빠지지만 어쩔 수 없다. 처마 아래에서 활기차게 한 걸음 내디뎠다.

"외출하십니까?"

텃밭에서 일하던 야마다가 말을 걸었다. 수박밭에 친 그물을 걷어 수박을 수확하는 중인가보다.

"수영장에 다녀오려고요. 와, 아주 잘 익었네요."

야마다가 안은 수박을 보고 사치가 환성을 질렀다.

"차게 해두겠습니다. 다녀오시면 드실 수 있게."

야마다는 수박을 안고 마당 수돗가로 걸어갔다. 사치가 먼저 수돗가로 달려가 엎어둔 은색 대야에 물을 받았다. 야마다가 대야에 수박을 내려놓고 수도꼭지를 조절해 물줄기가 가느다랗게 계속 흐르게 해뒀다.

"전체적으로 시원해지게 일하는 사이사이 굴려두겠습니다."

"몸을 식히는 것도 잊지 마시고요. 이렇게 더우면 열사병 걸릴지도 몰라요."

"그럼요. 조심해서 다녀오십시오."

사치와 야마다가 뒷문을 나설 때까지 야마다는 직립 부동으로 배웅했다.

희고 까만 우산을 쓰고 둘은 미나미아사가야역으로 느릿느릿 걸었다. 수영장은 전철을 타고 두 역이다.

냉방이 시원한 전철 안에서 유키노가 말했다.

"야마다 씨 대하는 게 친절해졌네."

"그런가?"

"응. 야마다 씨, 기뻐 보였어."

그랬나? 사치는 생각에 잠겼다. 그러는 사이에 목적지에 도착했다.

구민 수영장이라지만 초등학교 실내 수영장을 구민에게 개방

한 것이다. 사치도 이곳에 오는 것은 처음이어서 별로 기대하지 않았는데, 시설이 예상했던 것보다 더 좋았다. 천장은 높고 풀 사이드는 넓으며 청결하게 관리되어 있었다. 게다가 오본 휴가 기간이라 그런지 그리 붐비지 않았다. 귀성하거나 성묘하러 가서 스기나미구의 인구가 일시적으로 줄어들었나보다. 이런데 한 시간에 250엔이라니 이득이다.

탈의실에서 수영복으로 갈아입은 두 사람은 준비 체조를 건성으로 하고 물에 들어갔다. 미지근한 액체가 온몸을 감쌌다.

수영모 착용이 의무여서 사치는 접수처에서 까만색을 골라 샀다. 원피스 타입 수영복에 머리를 꽉 조이는 수영모를 쓰자 왠지 바다사자 느낌이 한층 강해진 것 같다.

유키노는 빨간 수영모를 가지고 왔고, 같은 색의 빨간 비키니를 입었다. 말랐으면서 볼륨감이 확실한 육체는 초등학교 실내 수영장과 몹시 안 어울렸다. 단골로 보이는 아저씨가 유키노를 빤히 쳐다보더니 격렬하게 접영을 시작했다. 허리가 다치지 않을까 걱정이다.

유키노는 그러거나 말거나 킥판을 품에 안고 누워서 해달처럼 떠다녔다. 어떻게든 얼굴에 물을 대지 않겠다고 결심했나보다. 사치는 아무도 자기에게 주목하지 않는 것을 알았지만 최대한 사람 눈에 띄지 않을 방법을 모색했고, 잠수하자는 결론을 내렸다. 수영장 바닥을 향해 물구나무서는 요령으로 머리부터 물에 잠겼다.

소리가 웡웡 멀어지고, 코에서 내쉬는 숨이 반짝반짝 포말이 돼 얼굴 위로 상승했다. 수영장 바닥에 그어진 하얀 선이 흔들흔

그 집에 사는 네 여자

들 일그러졌다. 조금만 더. 사치는 손을 뻗었으나 숨이 막혀서 일어났다. 이후로도 몇 번 도전했으나 도저히 바닥에 손을 대지 못했다. 누가 허리를 안아 올리는 것처럼 몸이 자연히 떠버렸다.

이상하다. 어릴 때는 이러지 않았는데. 수중에서 혼자 격투하던 사치는 결국 숨이 차서 포기하고 주변을 둘러봤다. 유키노는 풀 사이드에 있었다. 하얀 덱체어에 우아하게 누웠다. 절벽 위의 꽃처럼 보이기 때문일까, 아니면 미인인데 기억에 안 남는 얼굴이어서 사람들의 의식을 투과하기 때문일까, 말을 거는 사람 하나 없어도 여왕처럼 당당했다.

사치도 물에서 나와 유키노의 옆자리에 앉았다.

"잠수를 못하겠어."

"웅? 왜?"

"지방 때문에 부력이 느는 것 같아."

"그거 중증인데. 스트레칭을 안 하니까 그런 거야."

"도둑 때문에 정신이 없었으니까……."

"변명하지 마."

"죄송합니다. 오늘 밤부터 다시 지도 부탁드립니다."

수면이 금색으로 반짝였다. 사람 목소리도 물소리도 하나로 뭉쳐 외국 말로 떠드는 것처럼 불분명하게 울렸다. 유키노의 납작한 배가 숨을 쉴 때마다 위아래로 살살 움직였다. 네모난 창 너머로 파란 하늘이 펼쳐졌다.

줄곧 생각했던 것을 말하고 싶어서 사치는 입을 열었다.

"유키노, 아까 야마다 씨한테 부드럽게 대한다고 말했지."

"응."

"네 말이 맞아. 예전에는 야마다 씨를 매정하게 대해야 한다고 나도 모르게 생각했거든."

"왜?"

"아버지한테 죄송해서. 바보 같지만."

사치는 덱체어 위에서 무릎을 안았다. 유키노가 몸을 일으켜 조금 걱정스럽게 사치를 바라봤다.

"나도 이해는 돼. 나한테는 야마다 씨가 너랑 쓰루요 씨의 가족처럼 보이거든. 가족 같으니까 더 마음 놓고 함부로 대했던 거 아닐까?"

"응, 그럴지도 몰라. 혈연관계도 아니고 사회적으로 따지면 타인이지만 가족이지. 드디어 그걸 인정했어. 아니, 수긍했다고 해야 하나, 그런 느낌이야."

사치는 조금 망설이다가 옆에 앉은 유키노 쪽으로 몸을 기울였다.

"이렇게 생각하게 된 계기는."

도둑이 든 밤에 있었던 일을 말했다. 갓파 미라가 움직여서 걸었다고. 사치에게 무언가 말하려고 안간힘을 다해 손을 뻗는 것처럼 보였다고.

"그때 나, 자칫하면 가와타로한테 '아버지'라고 부를 뻔했어. 아버지가 도와주러 온 것 같아서……. 미쳤다고 생각하겠지만."

"뭐, 상식적이고 이성적으로 생각하면 말도 안 되지."

"그렇지?"

그 집에 사는 네 여자

"그래도 네가 그렇게 생각했다면 그걸로 된 거야. 아버지가 갓파 미라여도 괜찮은지 문제가 남지만."

유키노가 얼토당토않은 발언을 어떻게든 받아들이려고 상식과 이성을 억누르는 것을 알았다. 사치는 수영장 안에 들어갔을 때보다 따뜻한 것에 안긴 기분이었다.

"말도 안 되지만 아버지라는 느낌을 받은 순간, 이런 생각이 들었어. 엄마가 아버지와 만난 것, 내가 태어난 것, 전부, 전부 다 '그걸로 됐어'라고."

유키노의 손이 사치의 어깨를 가볍게 쓸고 금방 멀어졌다. 사치는 수영장 쪽으로 몸을 돌리고 반짝이는 수면을 보며 말을 이었다.

"아버지는 정말 돌아가셨을지도 몰라. 우리 집도 낡았으니까 내일이라도 무너져서 나랑 엄마도 길바닥에서 죽을지도 모르고. 그래도 그걸로 됐어."

가족 구성원 각각 나쁜 행동이나 잘못된 선택을 잔뜩 해왔을 것이다. 앞으로도 할 것이 분명하다. 그러나 그 전부를 삼키고 하루하루를 이어간다. 굽이굽이 흐르는 젠푸쿠지강처럼. 그걸로 된 거다. 지금 사치는 진심으로 그거면 충분하다고 느꼈다.

"이렇게 생각하니까 야마다 씨한테 부드럽게 대하게 되더라."

사치가 조용히 말하자 유키노가 "할망구 같네" 하고 웃었다.

"그보다 너희 집, 꽤 튼튼하게 지었으니까 무너질 일은 없을 거야. 걱정되면 역시 재건축을 생각해보자."

사치의 무릎 쪽에 까만 그림자가 드리웠다. 몸을 비틀어 뒤쪽

창을 보니 커다란 까마귀가 여유롭게 날갯짓하고 있었다. 발에 반짝이는 무언가를 매달고 있었다. 사치는 까마귀가 유리병 파편이라도 주워 둥지로 가지고 가는 중이라고 생각했으나, '반짝이는 무언가'의 정체는 당연히 나다. 이야기가 또 마키타가 재건축이라는 불순한 방향으로 발전한 것을 감지하고 나는 젠푸쿠마루에게 부탁해 상공에서 '결사반대'를 어필했다.

노력이 열매를 맺었는지, 원래대로 자세를 돌린 사치는 '그래도 정취 있는 양옥집이니까' 하고 마음을 바꿨다. 리모델링 정도로 그쳐도 괜찮지 않을까. 가지가 벽지를 새로 발라 아름답게 소생한 유키노의 방을 떠올렸다.

"맞다! 유키노, 수해를 당할 관상인데 수영장에 와도 괜찮아?"

"네가 바다에 가자고 했잖아."

이제 와서 무슨 소리냐는 듯이 유키노가 왼쪽 눈썹을 실룩였다.

"그 자수 멋있다."

유키노의 시선이 사치의 옆구리로 쏠렸다. 사치는 최대한 배를 집어넣으려고 숨을 참고 대답했다.

"고마워."

유키노가 물에 빠지면 안 되니 한 시간만 연장하고 수영장에서 나왔다.

해가 이제 막 기울기 시작한 시간이라 땡볕이라고 해도 과장이 아닌 역까지 가는 길을 둘은 또 우산을 쓰고 걸었다.

뒷문에서 마당으로 들어가 현관을 본 사치는 무심코 걸음을

그 집에 사는 네 여자

멈췄다. 문 앞에 작업복을 입은 가지가 서 있었다. 상황을 파악한 유키노가 옆구리를 찔러 사치는 구르듯이 가지에게 다가갔다.

"가지 씨?"

가지가 돌아보고 미소를 지었다.

"아아, 다행이다. 아무도 안 계셔서 무슨 일이 있나 걱정하던 차였습니다."

"어어, 무슨 용건이세요?"

옆에 나란히 선 유키노가 양산을 접으면서 사치의 옆구리에 팔꿈치를 찔러 넣었다. 사치도 반응이 너무 무뚝뚝했다고 반성했다.

"지금 이웃집에서 작업하는 중입니다만."

가지가 말했다.

"마키타 씨 댁에 도둑이 들었다는 소식을 들었어요. 괜찮으십니까?"

"걱정해주신 덕분에 도둑맞은 물건도 없고 하나도 다치지 않았어요."

가지가 걱정해서 와준 것을 알자 사치의 심장이 깨질 듯이 요동쳤다. 그러나 기쁨을 솔직하게 표현할 순 없었다. 유부초밥, 아니 아니, 유부남이잖아. 사치는 마음을 다잡았다.

"아니요."

유키노가 대화에 끼어들었다.

"하나도 안 괜찮아요. 도둑이 얘한테 칼을 들이대서 자칫하면 죽을 뻔했어요."

"네?"

가지가 사치의 전신을 위아래로 살폈다. 기분 탓인지 얼굴이 창백해진 것 같다.

"얘가 허풍은. 결과적으로 무사했잖아."

사치가 목소리를 낮춰 나무랐지만 유키노는 멈추지 않았다. 평소의 사려 깊은 태도는 어디에 갖다 버렸는지, 참견 좋아하는 아줌마처럼 가지에게 스스럼없이 말을 걸었다.

"역시 그런 일이 생기면 남자가 같이 살면 좋겠다는 생각이 든다니까요. 그런데 혹시 인테리어 하시는 분인가요?"

"네."

"어머, 방을 멋있게 만들어주셔서 감사해요. 참, 멋있다고 하니까 생각났는데, 멋진 부인이 계신다고 들었어요."

"아니요, 저는 독신입니다."

"네!?"

소리친 것은 사치였다.

"하지만 맛있는 도시락을 드셨…… 다고……."

"아아."

가지는 쑥스러운 듯이 굴었다.

"저희 어머니께서 모두의 도시락을 싸주십니다."

도시락 어쩌고 운운한 야마다, 부정확한 정보를 제공한 가지의 조카, 저주해주겠다. 사치는 속으로 외쳤다. 우산을 여전히 쓰고 있다는 사실을 뒤늦게 깨닫고 꾸물꾸물 접었다. 손이 떨렸다. 가지가 독신인 줄 알았다고 해서 즉시 적극적으로 나서지 못하는 것이 사치였다.

그러나 유키노는 다르다. 지금이 친구의 인생에서 가장 중요한 순간임을 알아차리고 또 옆구리를 찔렀다.

"뭐야."

"뭐긴 뭐야. 맹하니 있을 때야? 티켓 가지고 와."

속삭이는 대화를 듣고, 가지가 고개를 갸웃거렸다.

"티켓이요?"

"네. 인테리어 일을 하시니까 아마 관심 있으실 거예요. 얘, 사치. 빨리 가지고 오라니까."

유키노가 마구 재촉해서 사치는 현관문을 열고 계단을 올라갔다. 무릎이 떨려서 힘이 들어가지 않는다. 간신히 방에 도착해 책상 서랍에 넣어둔 세계 벽 장식전 티켓을 쥐었다.

계단에서 굴러떨어지지 않았다니 기적이다. 너무 동요해서 우산을 들고 왕복했다. 사치는 우산꽂이에 까만 우산을 넣고, 현관 밖에서 기다리는 가지에게 티켓을 내밀었다.

"이건데요, 괜찮다면 다음에 같이⋯⋯."

중학생보다도 어색한 데이트 제안이었다.

"좋아요."

하지만 가지가 응해줬다.

"티켓은 가지고 계십시오. 지금 일이 좀 몰려서, 이번 달 말이라도 괜찮으세요?"

"네."

"그럼, 휴일이 정해지면 바로 연락하겠습니다."

"네, 그럼, 저기 전화번호를."

"장부에 고객 정보를 적어뒀으니 괜찮습니다."

가지는 사치와 유키노에게 인사하고 정문으로 나갔다. 아무쪼록 문단속을 잘하라는 말을 남기고.

"반응이 있는 건지 없는 건지 잘 모르겠는 사람이네."

유키노는 조금 불만스러워 보였다.

"휴대폰 번호나 메일 주소도 안 물어보다니."

"아니야, 만족해."

사치는 현기증을 견디며 말했다.

"오히려 나한테는 전진하는 속도가 너무 빠를 정도야."

그런데 가지가 건 전화를 쓰루요가 받았다간 곤란하다. 앞으로 스피드 게임을 하는 기세로 수화기를 들어야겠다고 결심했다.

오랜만에 수영해서 지쳐서인지 가지의 출현으로 흥분해서인지, 사치와 유키노는 거실 소파에 누워 까무룩 잠이 들었다. 마당의 대야에 떨어지는 물소리가 시원하게 느껴졌다.

낮잠을 자다 깼더니 벌써 밖은 어둑어둑했고 쓰루요도 귀가했다.

"오늘은 불고기를 먹자. 사치, 고기를 양념에 좀 재워주련."

여전히 사람을 함부로 부린다. 사치는 왠지 묵직한 머리를 흔들며 부엌에 섰다. 유키노가 대야에서 수박을 회수해 삼각형으로 잘라 대접시에 놨다.

"양념이 배기를 기다리는 동안에 좋은 걸 하자꾸나."

자, 하고 쓰루요가 불꽃놀이 폭죽 세트를 들어 보였다. 상점가에서 발견하고 샀다고 한다. 고기 팩에도 역 앞 슈퍼의 스티커가 붙어 있었다. 이세탄까지 왜 갔는지 의문이다.

쓰루요가 재촉해서 사치는 마당에 모기향을 피웠다. 하는 김에 폭죽 세트에 딸린 작은 촛불에도 성냥으로 불을 붙이고, 물이 담긴 대야를 가까이 가져왔다.

준비를 마칠 즈음 쓰루요가 거실 베란다 창을 넘어 마당으로 내려왔다. 마당용 샌들이 한 켤레뿐이어서 사치와 쓰루요는 현관에서 신발을 신고 촛불 곁에 모였다.

각자 첫 번째 불꽃에 불을 붙여 빨갛고 노란 빛을 어둠 너머로 뿜어냈을 때, 마침 다에미가 돌아왔다. 정문 근처에서 닷군과 입맞춤하는 듯한 기척이 난 직후였다.

"아, 불꽃놀이다! 나도 할래요!"

다에미가 식구들 사이에 섞인 것을 지켜본 후에 자동차 엔진 소리가 멀어졌다. 어두워서 잘 안 보였지만 다에미의 피부가 제법 탄 것 같다. 하루를 즐겁게 보낸 모양이다.

네 사람은 창가에 놓아둔 수박을 먹으며 한동안 불꽃놀이를 즐겼다. 스파클라의 불꽃을 떨어뜨리지 않으려고 유키노는 쪼그리고 앉아 움직이지 않았다. 다에미는 양손에 불꽃을 들고 휘저으며 어둠 속에서 하트를 그리는 데 열중했다. 쓰루요는 수박을 먹고 "어쩜, 달구나"라고 평하고 씨앗을 땅에 뱉었다.

사치는 주위에 피어오르는 하얀 연기를 바라봤다. 모기향과 화약 냄새. 텃밭에서 나는 습한 흙냄새. 공기에 여름이 충만하다.

쓰루요가 옆에 서서 수박 한 조각을 내밀었다. 받아서 물기 풍부한 단맛을 즐겼다.

"별이 안 보이네."

사치는 연기의 막 너머로 밤하늘을 올려다보며 말했다.

"무카에비˙를 오랫동안 안 했네."

쓰루요는 유키노가 든 스파클라 불꽃이 지면에 스쳐 튀는 모습을 보며 중얼거렸다. 늘 그렇듯이 이야기를 종잡을 수 없다. 사치는 신경 쓰지 않고 그저 하늘을 올려다봤다. 시선 끝에 새 폭죽에 불을 붙이는 쓰루요가 보였다.

"야마다 씨를 불러오렴."

쓰루요가 불꽃을 살살 흔들었다. 특별한 자들만 해독할 수 있는 문자를 써서 허공에 비밀 초대장을 쓰는 것 같다.

"왜 내가? 엄마가 가면 되잖아."

"보면 모르겠니? 엄마는 지금 바빠. 늙은이에게 수박과 불고기를 먹일 마음도 없다니. 아아, 내가 귀신처럼 매정한 딸을 키워버렸구나."

"네, 네. 다녀올게요."

사치가 연기를 헤치고 수위실로 걸음을 옮겼다.

머리 위에서 반짝이는 은빛 별이 사실은 별이 아니라 나라는 사실을 사치는 모른다. 젠푸쿠지강에 인간의 눈에는 보이지 않는 무수한 별이 비치는 것, 강변의 큰 느티나무에서 젠푸쿠마루가 밤 그 자체인 날개를 쉬고 있는 것을 깨닫는 살아 있는 자는 없다.

그러나 나는 지켜본다. 수위실 미닫이를 두드리는 사치를. 거실에 누워 혼자 텔레비전을 보고 있던 야마다가 한 줌의 기대를 품고 몸을 일으키는 것을. 쓰루요가 식탁에 핫플레이트를 놓는 것

˙ 오본 때 조상의 영혼을 맞이하기 위해 피워 올리는 불.

　　　　　　　　　　　　그 집에 사는 네 여자

을. 모든 폭죽을 재로 만든 유키노와 다에미가 수박 씨 날리는 게 임을 하며 신이 난 것을. 슬슬 끝을 보이는 촛불의 희미한 불길을.

조금 더 말하자면, 수박과 고기를 너무 많이 먹은 사치의 배가 오늘 밤 설사 증세를 보일 것도 나는 이미 꿰뚫어 봤다. 그러나 전부 사소한 일이다. 사소하고 사랑스러운, 내가 놓아버린 일상 이다.

그러니 최소한 지켜보자. 그 집에 사는 네 여자를.

별이 순환하듯이, 바람을 타듯이 나는 떠돈다. 너희는 나를 깨 닫지 못하고 울고 분노하고 싸우고 웃으며, 또 다른 아침을 맞으 며 살아가겠지. 그걸로 됐다. 나는 언제나 지켜볼 것이다. 온몸으 로 즉, 영혼을 다 바쳐 행복을 기원한다.

너희는 보살핌을 받고 있다. 나에게. 이미 이 세상에 없는 많은 것들에게. 너희는 모르겠지. 그걸로 됐다. 너희는 살아 있으니까.

언제 끊어질지 모르는 느슨한 연대에 품는 동경

'그 집'은 어떤 집일까?

이 책의 제목을 처음 봤을 때, 여자 넷이 사는 '그 집'이 과연 어떤 집일지 궁금했다. 여자 네 명이 어떤 관계인지는 몰라도 넷이 한집에 살려면 방이 최소한 세 개 이상일 테고 어느 정도 넓어야 할 것이다. 셋집일까, 자가일까.

그렇게 호기심을 부풀리고 책장을 넘겨보니 '그 집'은 부지 면적이 백오십 평이나 되는 2층 양옥집이었다. 동네 아이들이 귀신의 집이라고 부를 정도로 낡았다지만 집값 비싼 도쿄에 넓디넓은 자가라니, 세상에 부러워라! 이 작품에 품은 첫인상은 속물적이고 솔직한 부러움이었다.

그 집, 마키타가에는 총 네 명의 여자가 산다. 집주인은 쓰루요. 나이를 먹어도 양갓집 규슈처럼 고고하고 제멋대로인 할머니다. 쓰루요를 모시고(정확하게는 쓰루요 집에 얹혀서) 사는 딸 사치는 서른일곱 살 먹은 자수 작가다. 현재 독신에 애인 없음. 이 둘은 모녀간이지만 남은 두 사람은 생판 남이다. 생명보험회사 선후배 직원 사이인 유키노와 다에미는 우연이 겹쳐 필연처럼 마키타가에 굴러들어왔다. 유키노는 수해를 당할 상 때문인지 살던 집이 물벼락을 맞아서, 다에미는 이른바 '똥차'인 전 남친을 피하려고.

이렇게 모인 네 사람은 한집에서 사는 사이지만 관계가 묘하다. 유키노와 다에미가 집세를 내므로 집주인 가족과 세를 든 사람들이라고 할 수 있지만, 생활비를 각출해 함께 장을 보고 집안일을 분담하고 꽃놀이도 같이 다니니 계약이 얽혔다기보다 좀 더 가족에 가까운 분위기다. 생활 동반자들의 동거인 셈이다.

네 여자의 삶에는 아버지가 없다. 생물학적 아버지야 있지만 '아버지'라는 단어에서 연상할 수 있는 든든하고 믿음직스러운 보호막 같은 존재는 없다. 대신 아버지 같은 역할을 하는 깍두기 같은 사람이 있다. 바로 마당 별채에 사는 야마다다. 이 할아버지, 마키타가를 지킨다며 설레발을 치지만 정작 가장 필요할 때 도움이 안 된다. 어떻게 보면 '아버지' 그 자체다. 이상적인 아버지상이 아니라, 자식을 사랑하고 도와주고 싶은데 겉돌기나 하고 필요할 땐 어디서 뭘 하는지 모를 현실 아버지 말이다.

사치는 그런 야마다가 어색하다. 사치에게 '그저 부지 내에 살고 있을 뿐인, 세상 사람들에게 뭐라고 설명해야 좋을지 고민되는 관계'는 유키노와 다에미가 아니라 야마다 쪽이다. 한때 쓰루요와 야마다의 관계를 의심한 적도 있어서 마음이 더 복잡하다.

이런 인물들이 어울려 알콩달콩 혹은 좌충우돌 살아가는 이야기라면 왠지 평화로울 것 같다. 그러나 세상살이가 어디 평화롭기만 하겠는가.

네 여자가 품은 고민과 외부적인 문제가 얽히고설키면서 사건이 벌어지는데, 그 물꼬는 또 수해를 몰고 온 유키노가 사치의 아버지와 관련한 실마리를 찾으려고 '열리지 않는 방'을 뒤지면서 트인다. 열리지 않는 방에는 평범한 가정집에는 없을 갓파 미라가 있다. 미라를 목격한 세 여자는 처음에는 인간인 줄 알고 쓰루요가 남편이자 딸의 아버지를 죽였다고 추리한다. 갑자기 미스터리로 장르의 궤도가 수정되는데, 이때 기다렸다는 듯이 화자로 등장하는 생물이 있으니 다름 아닌 까마귀다.

까마귀? 갑자기 까마귀라고? 이런 의아함을 느끼기도 전에 까마귀 젠푸쿠마루의 말발에 휩쓸린다. 젠푸쿠마루는 쓰루요와 남편 간다 미치오의 파란만장한 인생사를 천연덕스럽게 늘어놓고는 등장했을 때와 마찬가지로 쿨하게 사라진다.

지금 뭐였지. 석연치 않지만, 네 여자의 이야기는 계속 이어진다. 갓파 미라에 이어 까마귀가 등장했으니 앞으로 뭐가 나올지 모른다. 무방비하게 당하지 않으려고 주의력 안테나를 세우고 이야기를 따라가는데, 더더욱 당혹스러운 전개가 이어진다.

도둑이 든 날 밤, 위기에 처한 사치를 구하려고 "위험해! 도망

그 집에 사는 네 여자

처라!"라고 외치는 자가 있었으니 간다 미치오, 사치의 아버지다. 갓파 미라와 현명한 까마귀에 이어 이번에는 영혼이다. 게다가 지금껏 등장인물의 내면까지 서술하며 네 여자의 삶을 들려준 화자가 사치오였다고 한다. 갑자기 공포 분위기다.

네 여자와 야마다가 맺는 관계는 이런 사건들을 겪으면서 조금씩 달라진다. 도시의 단절된 관계에 익숙하던 유키노는 주변에 있는 사람을 세심하게 돌보고, 남자한테 질질 끌려다니던 다에미는 지금 곁에 있는 사람을 위해서 썩은 인연을 단호하게 끊어낸다. 사치는 성가시게 여겼던 야마다의 정성과 배려를 이해하고, 자기만 아는 사람 같던 쓰루요는 딸을 얼마나 아끼는지 표현한다. 평생 혼자였던 야마다도 여자들의 변화에 따라 차츰차츰 풀어진다.

이렇게 그들은 마음을 나누는 식구가 된다. 결혼이든 이직이든, 혹은 누군가의 죽음 같은 사정으로 언젠가는 끝날 동거지만, 지금만큼은 서로에게 따뜻하고 든든한 울타리가 되어준다. 독특한 가족이고 독특한 관계다.

이 관계를 남에게 뭐라고 설명해야 할까? 남들이 이해해줄까? 아니, 애초에 설명하고 이해를 받을 필요가 있나? 이들은 앞으로도 이렇게 살아갈 것이다. 서로 100퍼센트 이해하진 못할 테고 다투는 일도 있을 테고, 어떤 이유로든 동거가 끝날지도 모르지만, 각자를 있는 그대로 인정하고 받아들이며 함께하는 시간 동안 잘 살 것이다.

평범한 여자들이 평범하게 살아가는 이야기로 시작해서 뜻밖의 전개로 몇 번이나 어리둥절하게 만든다. 전혀 어울리지 않을 것 같은 요소들을 한데 모아 독특한 향기를 풍기다가 마지막에는 싱긋 웃으며 고개를 끄덕이게 하는 작품이 『그 집에 사는 네 여자』다.

어떻게 이런 발상을 했을까? 하긴, 작가가 지금껏 심부름센터(『마호로 역 다다 심부름 집』)나 사전 편집부(『배를 엮다』)나 식물학 실험실(『사랑 없는 세계』) 등에서 그려냈던 색깔 있는 이야기들을 떠올리면 그럴 법하다는 생각이 든다. 역시 감탄이 저절로 나오는 이야기꾼이다.

번역하면서 사치의 삶에 내 삶을 겹쳐 보았다. 집에서 혼자 일하는 직업에 독신인 점이 같고 성격도 조금은 닮았나? 일본 나이로 서른일곱 살인 사치는 한국 나이로 서른여덟 살인 나와 동갑이기까지 하다. 감정이입을 안 하려야 안 할 수 없다.

사치는 좋은 사람들과 어울려 소소한 일상에 웃고 울며 열심히 살아간다. 또 끝에는 풋풋한 사랑의 향기까지 난다. 사랑은 일단 제쳐놓더라도, 나도 사치처럼 좋은 사람과 함께 살고 싶어졌다. 그러려면 먼저 내가 더 좋은 사람이 되어야 하고 백오십 평짜리 집이 있어야 할 텐데……. 후자는 이번 생에는 불가능하겠지만 전자는 노력 여하에 따라서 가능하지 않을까?

꼭 여자 넷이 아니어도 되니까 마음 맞는 사람과 적당한 거리감을 유지하며 오순도순 지내고 싶다. 어려서 친한 친구와 "우리 나중에 같이 살자!"라고 농담처럼 했던 말을 나는 지금도 꿈꾼다.

여자들끼리 사는 삶은 쉽지 않을 것이다. 내게는 갓파 미라가 없고 영혼이 되어서라도 지켜주려는 아버지도 없으니까 도둑이라도 들면 큰일이다. 범죄의 위험에 노출되지 않더라도 시작에는 반드시 끝이 있으니 동거는 언젠가 끝난다. 대판 싸워서 갈라질 수도 있다. 그러면 사치의 상상처럼 먼 훗날 지하철이나 버스를 타고 하염없이 오가는 내가 있을지도 모른다. 그러나 그때는 그때, 지금은 지금. 사람 일 언제 어떻게 될지 모르는데 노후를 걱정하며 애간장을 태우기에는 시간이 아깝다.

남에게 설명하기 어려운 관계여도 서로 배려하고 이해한다면 얼마든지 동반자가 될 수 있다. 가까운 듯 멀며 먼 듯 가까운 뜨뜻미지근한 연대. 상상만 해도 가슴이 벅차다! 처음 책장을 펼쳤을 때는 속물적으로 부러울 뿐이었는데, 책장을 덮으면서는 다른 의미로 부러움을 느꼈고 그 부러움을 현실로 만들기 위해 노력해야겠다는 생각이 들었다. 생활 동반자와 함께 살고 싶다는 어렴풋한 꿈에 화르르 불을 지펴준 소설, 내게 이 작품은 그런 의미다.

2020년
겨울 초입,
이소담

그 집에 사는 네 여자

펴낸날	초판 1쇄 2020년 11월 20일

지은이	미우라 시온
옮긴이	이소담
펴낸이	심만수
펴낸곳	(주)살림출판사
출판등록	1989년 11월 1일 제9-210호

주소	경기도 파주시 광인사길 30	
전화	031-946-1350	팩스 031-624-1356
홈페이지	http://www.sallimbooks.com	
이메일	book@sallimbooks.com	

ISBN	978-89-522-4245-7 03830

※ 값은 뒤표지에 있습니다.
※ 잘못 만들어진 책은 구입하신 서점에서 바꾸어 드립니다.

이 도서의 국립중앙도서관 출판예정도서목록(CIP)은 서지정보유통지원시스템 홈페이지
(http://seoji.nl.go.kr)와 국가자료종합목록시스템(http://www.nl.go.kr/kolisnet)에서
이용하실 수 있습니다.(CIP제어번호: CIP2020042433)

책임편집·교정교열	최정원